文
景

Horizon

Reservoir

Jon McGregor

13

[英] 乔恩·麦格雷戈 著

卓雨 译

水库13

上海人民出版社

河在动，

黑鸟必定在飞。[1]

———华莱士·史蒂文斯

---

[1] 该句出自华莱士·史蒂文斯的诗歌《看一只黑鸟的十三种方式》。此处译文引自《最高虚构笔记：史蒂文斯诗文集》，华东师范大学出版社 2009 年版，陈东飚、张枣译。——中译注，下同

纪念

阿利斯泰尔·麦格雷戈

1945—2015

1

他们于黎明前聚集在停车场，等待有人告知接下来该怎么做。天气寒冷，交谈寥寥。有些问题顾不上问。失踪女孩的名字叫丽贝卡·肖。最后一次出现在人们视线中时，她身着白色连帽上衣。一场雾低悬于荒野之上，地面冰冷坚硬。人们收到指令后出发，鞋子踏过硬邦邦的土地，嘎吱作响。他们身后的踪迹逐渐消失，被碾过的帚石南恢复原状。她身高五英尺，头发暗金色，已失踪数小时。大伙儿目光低垂，不作声，想着自己可能会发现些什么。唯脚步声、路边犬吠，以及水库那边直升机的动静依稀可闻。直升机整夜搜寻却一无所获，探照灯扫过帚石南丛，如褐色溪流涌动。杰克逊家的羊吓得从一扇破门逃窜，一整晚他都忙着把它们捉回来。山区搜救队、洞穴救援队和警方之前什么也没找着，午夜又发起新一轮搜救。没费多大力便觅得一批志愿者。村里的大半人马早已出动，大家对可能发生的情况议论纷纷。有人说，这不是上山的好时节。有些人踏上进山的路，却不晓得这里天气变幻有多急，夜幕降临有多快。一些人似乎并不知道，山里有些地方没有手机信号。那女孩一家是来过新年的，住在亨特家的某个谷仓改建房里。黄昏时分他们慌张地跑进村子大喊大叫。今晚山区户外非常冷。人们说，她大概只是躲起来了。她可能掉进深谷，可能扭伤了脚踝。她或许想吓爸妈一跳。那会儿有许多这样的猜测。人们只是想开口说话，不太在乎脱口而出的究竟是什么。第一缕晨光乍现，雾散去了。人们站在荒野的最高处，转身就能望见村庄全貌：山毛榉林与集体菜圃[1]，教堂钟楼与板球场，河流、采石场与进城主干道边的水泥厂。这范围太大了，许多地方都可能是她的藏身之处。他们继续前进。沿着地平线可见高速公路上的车流中偶有光亮闪现。水库呈一派单调的银灰色。一阵瓢泼大雨后，地面变软，油腻的棕色污水渗入他们的鞋子。一架跟踪报道直升机在志愿者队列上方低低盘旋，人们很难克制抬头招手的冲动。之后警方在格拉德斯通酒吧召开新闻发布会，但除众人皆知的那些情况外，他们再没什么可公布的。失踪女孩的名字叫丽贝卡·肖，今年十三岁。最后一次出现在人们视线中时，她身着白色连帽上衣、藏青色保暖马甲、黑色牛仔裤

---

[1] Allotment，由堂区俗务委员会管辖，廉租给低收入人士的非营利性自耕地。

与帆布鞋。她身高五英尺，一头暗金色及肩直发。警方恳请民众若见到符合描述的孩子便上报。天气条件允许时，搜救将继续。夜里，电视机的光亮在广场上闪烁，发电机产生的烟雾与酒吧后院的嘈杂声响也弥漫开来。疑云始现。

午夜，新年到来时，烟花从山谷远侧的城里升起，但因为太遥远，声响传不到这里，所以无人出门去看。村中礼堂的舞会取消了，格拉德斯通酒吧虽挤满了人，却无人有心思庆祝。半小时后酒吧打烊，托尼关了门，所有人各自回家。街上只有警察，他们围在警车旁或掉头进山。早上又开始下雨了。水顺着泡涨的泥沼流下，疾速通过峡谷，涌入荒野边缘低处的人行道。河水因混了山上的淤泥而变稠，羽毛般的浪花层层涌过来，漫过大坝。荒野上插着旗子，用来标示女孩父母言明他们曾到过的地方。这些旗子在风中卷曲收拢，猎猎作响。游客中心的停车场上停满了电视台的采访车，记者蜂拥而至。村中礼堂的搁板桌上摆放着绿色的杯碟，壶里的水沸腾着，培根奶酪洋葱包的气味飘散在雨中。亨特家中，女孩父母所住的谷仓改建房里传来一阵喧哗，声音大到室外的警察都能听见。杰丝·亨特带着一杯茶从主屋过来。一架直升机由水库那儿沿河飞来，缓慢地倾斜转弯，飞越大坝、采石场及树林。潜水员再次潜入河中。一群记者站在驮马桥旁的警戒线后等待拍照，相机对准空阔的水面，他们呼出的白汽萦绕于头顶。低地里，杰克逊家的两个小伙子跪在一只跌倒的母羊旁。第一位潜水员浮出水面时，响起一阵快门声，他缓缓游过水面，裹着潜水帽的头部线条光滑。第二位潜水员出现，接着是第三位。他们依次没入桥洞下的水面，消失在人们的视线中。摄影师们将相机从三脚架上卸下，收起所有装备。杰克逊家的某个儿子骑着四轮摩托疾驰经过这里，让记者们让路。水面空无一物，水流极快。为了搜寻，水泥厂完全关闭了。一周内，第一朵雪花莲出现在板球场边缘，看来冬天还将持续一阵子。学校的老师们都身着大衣在教师办公室里等待着。说什么好像都是错的。暖气管道嘎吱作响，他们大部分人早已习惯了这噪音，屋子里的氛围同先前无异。戴尔小姐询问弗伦奇女士她母亲是否好些了，从弗伦奇女士的描述看来，她母亲并未好转。室内再次陷入沉默，只剩轻敲暖气片的声音。辛普森夫人走进来，感谢大家提早上班。所有人都说这当然没问题。是在这种情况下啊。辛普森夫人宣布计划是大家照常上课，但也要做好准备，若学生问起该如何说明。照目前情况看来，他们是极有可能问起的。看门人琼斯敲敲门走了进来，表示不久便能恢复供暖。辛普森夫人向他确认操场的沙砾是否已铺好。他给了她一个无须多问的眼神。孩子们入校时，辛普森夫人站在门口迎接。学生进校后，有些家长逗留了一会儿，看着校门关闭，其中几位看起来能在那儿待一整天。大孩子们在巴士站等着开往城里中学的车。他们现在是青少年了。这是返校的第一天，但他们交谈不多。天气很冷，几人都戴了帽子，包得严严实实。这一整天他们都会被人问起关于失踪女孩的消息，仿佛他们知道的比电视上播报的要更多。琳西·史密斯说鲍曼女士准会问大家是否需要聊聊。讲到"聊聊"时，她做了个表示双引号的手势。迪帕克说那样至少可以摆脱弗伦奇。索菲看向别处，发现安德鲁与他妈妈艾琳在另一个巴士站等车。安德鲁与他们一般年纪，但上的是特殊学校。他们的巴士来了，詹姆斯警告利亚姆别瞎编任何关于贝姬·肖[1]的胡话。积雪厚厚地铺了一地。教堂有一场礼拜仪式。牧师请警察要求媒体不要介入。欢迎所有人参加，她说，但不希望出现有人拍照、录像或挥舞着采访笔记本的场景。她不希望通过大众痛苦祷告的画面吸引注意力。堂区俗人委员[2]多摆了些椅子，但人们仍沿过道站成一排。那些不常来教堂的男人把帽子折起来攥在手里，倚靠着教堂长椅的一边。有些人期待地抄着手。常来教堂的人为他们提供了翻到正确页码的祈祷书。牧师简·休斯说她希望没人上这儿来寻求答案，也没人要寻求安慰。在今天这样的情况下我们无法找到丝毫慰藉，她断言。对女孩

---

[1] Becky Shaw，丽贝卡·肖的昵称。

[2] Churchwardens，指英国国教会中经教民选出代表堂区全体教民的没有神职的世俗信徒，掌握教堂的动产，并维持教堂的秩序。

的父母或跋涉至此希望能支援他们的其他家庭成员来说，这里找不到任何安慰。对参与搜寻的警员来说同样如此。我们唯有相信，在这样的艰难时刻，或许会感受到上帝栖居于你我之间。唯有要求我们自己不沉溺于悲痛，不被压倒；要受到信仰的鼓舞，响应号召帮助受折磨的家庭。她停下，闭上双眼，做了一个她但愿是代表祈祷的手势。抄着手的男人们依旧保持着这种姿势。堂区俗人委员敲了三次钟，钟声穿透明亮的清晨，沿着山谷扩散，远至旧采石场也能听见。一月底，太阳出来了，大地渐渐解冻。屋顶上的雪也融化了，闷声砸落下来，震得静止的空气微微颤动。流言四起，但都是关于女孩父母如今可能会去哪儿的。据说他们忧心忡忡，不能自已。

二月份警方计划重现案发现场，从曼彻斯特请了帮演员来。他们还未发现任何线索，想重新寻求民众帮助。警方允许媒体进入亨特家，根据指示进行拍摄。那日天朗气清，有霜降。新闻官要求大家保持安静。谷仓改建房的门开了，一对四十出头的夫妇现身，跟着一个十三岁女孩。女人身形苗条，一头金发整齐地修剪至耳际。她穿着深蓝色雨衣和黑色紧身牛仔裤，裤脚塞进及膝靴里。男人高挑清瘦，留着粗硬的黑发，戴一副黑框眼镜。他穿着炭灰色厚夹克、户外休闲裤及黑色鞋子。就十三岁的年纪来说，那女孩个子太高了。她留着暗金色及肩长发，眼神恰到好处地演绎着恼怒。她穿着黑色牛仔裤、白色连帽上衣、藏青色保暖马甲，以及帆布鞋。三人钻入一辆停在谷仓改建房外的银色汽车，车子沿路缓缓行驶。摄影师们跑着跟上。在游客中心，演员们等摄影师各就各位后才下车前往荒野。女孩掉队了，饰演父母的演员三次转身喊她赶紧跟上，三次女孩均以猛踢地面回应，且每次她的步伐都又慢了些。两名成年演员携手走在前头，女孩也加快了步子。事后证实，这组连续发生的事是从警方讯问中推断出来的。两个大人继续前行，直至越过第一个山丘，消失在大家的视线中。稍后，那女孩也退出了人们的视野。相机拍下空空荡荡的画面。新闻官感谢到场的所有人员。三位演员从山上往回走。水泥厂复工了，滚滚尘埃使道路笼上一抹银色。货运列车转轨穿过山间，沿树林里长长的弯道行驶。一道暗淡的光束在荒野上徐徐游弋，落在被洪水淹没的深谷与沟渠中，那里变得明亮起来，直至浮云又遮蔽了上方的天空。黄昏时分，一只苍鹭停驻于大坝对面的河岸上，观察着水面。夜里由山区缓缓飘下一阵雾。清晨四点，莱斯·汤普森起床，领着奶牛穿过院子去挤奶。那天晚些时候，有人看见牧师开车去了亨特家。她同失踪女孩的父母在屋里待了一小时，离去时并未与任何人交流。

　　调查继续。三月底天气回暖，那对夫妇仍住在亨特家。没有新消息。简·休斯某日上午前去探访他们，途经杰克逊家时，她瞧见老杰克逊与儿子们都在产羔棚外。他们脸上挂着一种对辛苦劳作习以为常的表情，手里握着茶杯，夹着烟。屋里正在做早饭，食物的气味飘散出来。直到看见第一批上学的孩子，威尔·杰克逊才想起来这会儿他本应该到孩子妈家接儿子去学校。货车没法启动，他只好骑上四轮摩托，没到前就知道孩子妈要不高兴了。于她而言，这又是一个可用来对付他的把柄。父子俩抵达时校门已关闭，威尔不得不让琼斯从锅炉房出来给他们开门。他带儿子走进教室。卡特小姐接受了他的道歉，让孩子坐下，并询问威尔母羊生小羊时是否可以让班上的孩子去观摩。他告诉她，母羊已经开始下崽儿了。卡特小姐看起来惊讶不已，她问之后是否会有更多羊羔出生。威尔说，若想安排郊游，卡特小姐就得给他老爸写份书面文件之类的东西。几周来这是她听到威尔讲话最多的一次。他回到院子时，兄弟几个都已进棚。在他离去的这段时间里死了一只母羊。堂区俗务委员会 [1] 召开会议。布赖恩·弗莱彻没法让人们按议程走，最终只得承认在这种时期很难分心探讨停车的问题。会议延后了。警方在格拉德斯通酒吧的活动室召开新闻发布会，宣布他们想追踪一名驾驶红色 LDV 厢式货车的司机。记者问是否视该司机为

---

[1]　Parish Council，行政堂区是英格兰乡村的基层行政单位，由主席和不少于五人的委员组成委员会，负责提供并管理堂区的公共服务。

嫌犯，负责此案的警探表示他们当前会考虑各种可能。女孩父母同警方坐在一起，默默无言。下午风很大，吹得云团迅速东移。一只乌鸫低低掠过威尔逊先生的花园，衔起筑巢所需的枯草。小巷后的山毛榉林中有许多跳虫，靠吃落叶残片过活。夜里，由山区可见车灯的红白光亮沿高速公路交替跃动，浮云从上空飘过。人们还在寻找失踪的女孩，里里外外，连汤普森家院子里枯死橡树周围长出的荨麻丛也不放过。大家进门前，地上的石砖与木板已被掀开过了。人们在亨特家找她，谷仓改建房背后、车棚、柴火间、作坊、林地、温室、封闭花园都翻遍了。人们前往水泥厂寻她，在这座巨大的建筑里不安地挪步，在集装架、叉车后茫然地搜查，走过办公室和食堂，他们轻手轻脚地走着，脸和手都沾上了白色粉尘。夜里有人梦到她的下落。在有些人的梦里，她沿荒野一路走来，衣服湿透，皮肤几乎是蓝色的；也有人梦见自己第一个迎接她，为她递过毯子，带她安全回家。

四月份，第一批燕子出现时，徒步者们也返回了山区。有人听见他们在停车场整顿行囊时就女孩的事做出种种推测：她可能往哪个方向去、走了多远；如果往北，夜幕降临时她已经过了高速公路；若东行，她会途经水库；一路向西，她会到达山区边缘，那里帚石南与土壤渐稀，逸散空中，粗砂岩从山上滚下。那种天气里步行，还穿着那样的鞋子，她在很多地方都可能跌倒。随着白昼变长，阳光照入更深的山谷，桦木下新生的蕨类植物也由冰冷的黑色土壤中探出身子来。过了这么久，怎么还找不着她。晚间新闻总播放同样的画面：搜救队一行人翻越荒野的航拍图，潜水员探出水面、女孩父母搭车离开时的情形，以及失踪女孩的照片。照片上的她转过半张脸去，穿着符合那日的描述。人们说，那姿态看起来像她宁愿身处别处。又有警探前来拜访女孩的母亲，有时会问些新问题。孩子们到校前，卡特小姐用铝壶从餐厅接来水，然后往里插上带芽的柳枝。菜圃里紫色西兰花正在生长，顶部被利索地折断，但尝起来太甜，没法儿办个像样的秋收感恩节了。有人见测绘员上了姐妹石阵附近的山，传闻他们在为一家采石公司工作。年度春季舞会差点儿就要取消，可当艾琳提议借此帮助失踪儿童慈善团体后，没人好意思拒绝。萨莉·弗莱彻主动提出要协助组织活动，艾琳一度盯着她瞧了许久。潜水员们再度系上安全绳，潜入水库。苍鹭从他们头顶斜斜飞过。树木又长出了叶子。毛毛细雨沁入笼罩地面的烟云中。

五朔节那周末，肉铺前排起一条队伍但比不得往年。生意完全达不到让马丁与露丝维持铺子正常运转的程度。马丁没让别人知道这事，虽近来萧条越发明显，但也没人打听。艾琳排在队列前端，正在向大家讲她所了解的亨特家的情况。她在那儿做保洁，所以略知一二。看着咱们这儿的人继续过日子，你可以想象女孩父母的心情，她说。露丝说，但也不能指望咱村的日子就这么搁置了啊。奥斯汀·库珀带着一摞《山谷回音》杂志进门，放在柜台上。露丝向他道贺，库珀看起来一时间有些困惑，但随即露出笑脸，转头离去。艾琳看他走了便问，苏·库珀是不是怀孕了。露丝说，对，总算啊。排在队伍后头的戈登·杰克逊嚷嚷道，还有没有可能在孩子出生前买上肉啦。一辆拖车沿窄路缓缓开来，后头拽着辆红色 LDV 厢式货车，警车在旁一路随行。货车上裹着透明塑料膜。马丁在围裙上抹了抹手，走出门看着车辆经过。戈登与他一同出来，点了根烟。马丁点点头。这事有变，他说。那算个屁突破，戈登道。杰克逊家的产羔棚、汤普森家的牛栏和亨特家的谷仓，人们看见大量归来的燕子在其间来回穿行。水井装饰[1]委员会在今年要不要做装饰板这个问题上产生了分歧。这种情况下办有些不合适，可至今为止这传统从未中断过，但先前也没哪年发生过这种情况呀。最终他们达成共识，装饰照旧，但活动要办得低调。有人见到那失踪女孩了。最初是艾琳看见她在茶室边的人行桥上

[1] Well-dressing，水井装饰是一项在英国乡野，尤其是德比郡与斯塔福德郡的峰区十分受欢迎的传统活动。依照习俗，人们会用花朵、种子、苔藓等制作装饰板点缀水井、泉水及其他水源地。原与水神祭仪相关，装饰板上的图案多是宗教主题。

从一头往另一头走。艾琳说，她看起来非常孤单，她转过小脸去，没看我的眼睛，我追上之前她人就消失了，也没能看清她走的是哪条路，我知道那就是她。警方被如此告知，之后他们进行了搜寻，但一无所获。一名警方发言人说，那天这附近住了许多带孩子的家庭。可我知道那就是她，艾琳再次强调。下雨后河水涨高，冲下低地草甸周围的山楂花，浮起白色泡沫。人行道边生长着密密的峨参，树下阴影愈深。家畜被赶往山区更高处。磨坊池边上的茶室应季开张。牛栏里，汤普森家的工人们正忙着摆弄牧草打捆机，为之后割草做好准备。草已长得很高，但近来持续低温不便收割。屋顶上的落雨声吵闹而规律。水库满了。

那辆货车是在 7 号水库的仓库后发现的。女孩失踪后，警方也搜查过那片区域，这说明货车应该是在之后才停在那儿的。或许有人目击车辆被移动的过程，或许有人记得货车司机的模样。警方正在寻求目击证人的帮助，希望他们能站出来，同时也在全力追踪车主。车牌号是假的，但车辆识别代码有存档记录可查。那货车已从现场挪走，进行全面的司法鉴定。新闻发布会逐渐成为一种常态，先摆好椅子，在老地方架好相机，然后是让众人感到厌倦的案件进展汇报。现场有一份关于未披露细节的手册。发布会结束后屋子空了，椅子被摆在一旁。托尼清扫地面，关灯，然后返回酒吧。旧采石场中，野茴香从蕨类植物中冒出来，郁郁葱葱。温妮到这儿采摘时，再次发现被丢弃的打了结的避孕套，让她倍感意外的是打了结这件事。有人看到一名穿着炭灰色夹克的戴帽男子在8号水库远侧站了好长一段时间，之后转身离开，进入树林。马丁·福勒找到广场上的办案小组告诉了他们他所知的有关那红色货车司机的一切。这是在他与托尼交谈后发生的事。马丁曾提过他知道那个男人叫伍兹。托尼问他为何还不告知警方。马丁说，他是那种你不愿和警察聊起的家伙。但托尼说服了他。马丁向警方讲述伍兹时稍有保留，他没提收购废金属、偷猎、偷柴油那些部分。据说伍兹和这些生意都脱不了干系，马丁也偶尔参与其中。警方没兴趣知道这些，他们想了解的是伍兹身在何处，为什么藏起货车，又为何有人在女孩失踪时见到这车。马丁有些不情愿，但最后还是都说了。之后在酒吧里，他紧张地同托尼谈起这之后可能招致的恶果。伍兹看重口风紧，他说，人们一传十，十传百，可想而知你害我陷入什么境地了。拜托，马丁，她才十三岁啊，想想吧。马丁说，你可不了解伍兹这人。托尼反驳，但如果我知道他的事，我会比你早去警察局。他们看着彼此，马丁将酒一饮而尽后离开了。晚间新闻里出现了一张合成画像，警方表示希望能通过调查排除此人。青少年们聚在板球场看台上喝酒。索菲·亨特从家中地窖里顺走一瓶葡萄酒，她说估计得过好多年才会有人想起这酒来。他们花了好长时间开瓶，最后是利亚姆用螺丝刀把瓶口木塞给捅了下去。几人又聊起那女孩。詹姆斯·布罗德说他寻思着大伙儿是不是该去说些什么。其他人告诉他这没有意义，他们先前讨论过。这改变不了什么，琳西说，她消失了，这只会让我们卷进各种各样的麻烦里。你当时又不在那儿，詹姆斯说。迪帕克告诉他那会儿很混乱，你没做错什么。他们坐在看台台阶上喝酒，互相询问是不是喝上头了，没人知道醉酒应该是什么感觉。直到喝完酒他们一直都没说话。索菲把瓶子藏在台阶下，几人回家去了。空气意外温暖，他们走得蹒跚，不止一次绊倒其他人。他们的声音比自个儿意识到的要更加吵闹。

有人在游客中心周围看见了女孩父母，正与两名警探一同上山。远远看去他们的动作显得僵硬而缓慢。一行人沿着女孩最后被目击的区域走了一大圈。荒野上的旗子已取走，再无标记指明他们曾到过的地方，除了他们自己没人会知道这些地方。几人沿着那条经过黑牛岩并指向水库的古马道走了大半个下午。返回时摄影师们正在停车场候着。案发已超过六个月，仍然没有任何线索。没有脚印，没有衣物，没有嫌犯，没有任何监控器拍下相关画面。仿佛地面忽然张开大口，一股脑吞了她。记者说这话时用了比喻或夸饰的修辞，可村里人知道这是可能的。

有人问那对夫妇会在这儿待多久。亨特家取消了所有谷仓改建房的预订，没人知道这会持续多久。极少有人见到亨特家的人，即使他们知道些什么，也不会说出来。众所周知的是牧师休斯曾到访。越来越多的花束和蜡烛被放置在游客中心，大家开始商议该如何处理。有人曾见到女孩的父亲步行外出，但没人知道他有什么目的。艾琳说，他很难接受这事。别人问她，不然你以为呢，他还能怎么办？有人发现伍兹在曼彻斯特一处建筑工地当保安。警方逮捕了他并详细盘问一番，但没什么能将他与失踪女孩联系在一起，且事发当晚他有不在场证明。原来，当时被人目击的并非他的货车。警方释放了伍兹，但不久他又因一系列与偷窃、倒卖相关的指控被再次逮捕。成群野雉鸡在教堂南边的干草草甸上奔走，鸡妈妈又啄又叫领着孩子们，它们分散开去，发出极微弱的声响。凯茜·哈里斯牵着威尔逊先生的狗漫步于草地边缘，越过河流。进入森林时，她解开了牵引绳，从石篱笆的空隙间挤了过去。人们希望那女孩回来，告诉大家她去了哪儿。他们常常琢磨这事，有太多种方式可以让女孩消失了。可能正当她小跑下山时，一个男人现身，提出要载她一程，就这带走了她，将她的尸体埋在向北一百英里高速公路出口边上一处茂密的树丛里，她或许还躺在那冰冷潮湿的泥土里。有人梦见她步行回家，走在高速公路边上，穿过荒野，从某一座水库走出来，由灰暗的水面现身，她的头发仍在淌水，衣服上挂着长而绿的水草。

八月的最后几日十分闷热，一切都移动得十分缓慢。菜圃里硕果累累，满是豆角和西葫芦，各种植物散乱地蔓生到小径上。胖乎乎的蜜蜂在花丛间晃晃悠悠地打转。蛞蝓一顿饱餐。第一批羊羔准备开卖，杰克逊家的小伙子们忙着挑选装车。一年一度对阵卡德韦尔的板球赛输了。女孩母亲时不时会去教堂。她在礼拜仪式开始前勉强赶到，由牧师陪同入座侧道边那个为她留出的位置，在最后唱圣歌时离开。一切都安排好了。杰丝·亨特有时会在教堂外的车中等她。人们明白该让她自己待着。与大伙儿打招呼时，她只同众人简短握手，脸上带着一种有些人认为是戒备有些人认为是感激的笑容。夏末，那帮青少年自发组建了搜救队，是詹姆斯的主意。他们可以走遍荒野，远至 13 号水库，翻遍所有他们认为警方没能想到的地方。如果有任何发现，他们就能上新闻了。利亚姆说他们可以带几罐啤酒去，搞成一个派对，"搜救派对"[1]。琳西说拿这事开玩笑简直糟透了。他们早早出发，利亚姆、詹姆斯、迪帕克、索菲和琳西，每个人都向父母编造了不同的借口。清晨气温仍十分凉爽时，他们于菜圃旁的停车场集合，穿过山毛榉林。基于对贝

_____

[1] 原文为 search party，"party" 既有 "队伍" 之意又有 "派对" 之意，因而下文琳西责备其以此取乐。

姬的了解、在相同境遇下自己会采取的做法，以及对地形的认识，他们对贝姬身上可能发生的一切有自己的想法。去年夏天，几人曾见过贝姬，那会儿她一家在亨特家住了两周，他们与贝姬的接触时间比人们想象的更久，这让他们觉得自己也牵涉其中。中午时分，几人在烈日下放缓了脚步，在一处铁轨岔路口停下。山脚下有一间老杰克逊用于储存粮食和设备的废弃谷仓。他们渴得很，一起分享了两听好不容易搞到的啤酒。帚石南丛中有几只蟋蟀。一只甲壳虫爬上琳西的手。羊群在谷仓里进进出出，寻觅一处遮阳阴影。他们找过这地儿吗？迪帕克问。显然啊，利亚姆答道，我自个儿搜过，我借了那种热成像相机，什么也没发现。迪帕克因这番胡说八道拍了他一巴掌。他们各处都搜遍了，詹姆斯说，所以我们在干吗？没人回答。琳西和索菲早闭上了双眼，正午的阳光晒得索菲的皮肤渐渐发烫起来。蝴蝶在帚石南间觅食。一架飞机从上空飞过。几点了？利亚姆问。大概十二点吧，詹姆斯闭着眼猜测道。他身下的帚石南开得密实。他们紧挨彼此躺着，比过去都要近。有人胃里咕咕作响，但无人在意。远处传来车辆往来与农机作业的声响。他们睡着了。某一刻，詹姆斯看见一个男人朝他们这条路走来，用一根棍子轻轻拨动帚石南，经过时似乎并未看见躺在此处的五人。这人穿着一件炭灰色夹克。詹姆斯站起身，两人都点点头，他本想说自己为贝姬的事感到难过，但最后却只说了抱歉。那男人又点了点头，继续前行。之后詹姆斯怀疑这一切是否真的发生过。这时候穿夹克也太热了。下午五人抵达山顶，俯瞰8号水库。原来利亚姆还带了伏特加。他们发现了一个先前从未见过的采矿入口，便打着手电走了进去，身后的泥土上留下一串脚印。大家都很害怕，万分惊惧中琳西抓住了迪帕克的胳膊。他们再次出来时已是黑夜，而且是稀里糊涂地误从山的另一侧出来的。好不容易回家后，几人发现自己正面临着比想象中还要多的麻烦。家长们怒火中烧，紧紧拽着他们，还有警察等待问话。

为迎接双胞胎宝宝的降生，苏·库珀重新布置了公寓里的小卧室，他们住在一处马厩改建房的二楼。奥斯汀曾提出要搭把手，但苏对他说《山谷回音》还有很多事等着他做，自己只想把活儿干完。奥斯汀问她是否有言外之意。她挂上印有动物图案的窗帘，比第一次更熟练地组装好第二张婴儿床，在天花板上安装了之后用于挂风铃的挂钩。她叠好白色的婴儿服放入抽屉柜，将尿布堆放在衣柜上，把玩具整理成一列。这是一间很小的屋子，但看起来很适合宝宝居住。这也是间很小的公寓，过去曾是马夫们睡觉的地方，本不是为一家人居住而建造。可苏和奥斯汀第一次搬进来就爱上了这地方，也决心在这儿安家。她买了储物筐，贴着两张婴儿床整齐摆好。她知道这么早做这么多布置是有风险的，有些人对此有迷信的讲究。她知道母亲不会赞成，但她就是想把这些都做完。她想准备好一切。她对村民们不太了解，不敢假定他们到时会帮忙。她也不知道奥斯汀会如何应对这些挑战，苏猜他应付不了。她猜他是那种人：会深情凝视宝宝，却丝毫未发觉孩子正需要换尿布或喝奶。他有能力养家，她知道。她一直等到自己能确信这点，才决意生儿育女。但他不知道具体该怎么做，这就是她需要准备的。他是个感情用事的人，除写作、编辑、出版外，完全干不了其他活儿。她吹了吹婴儿风铃，倾听它发出的嗡嗡声，看上边挂的玩具蜗牛和青蛙在阳光下旋转，声音停止前她关上了身后的房门。獾在山毛榉林中飞快地进食，为即将到来的冬天备好一身膘。它们在落叶层中边嗅边蹦蹦跳跳地寻找蚯蚓和掉落的浆果，它们的皮毛正在渐渐变厚。河水在驮马桥下翻涌，直奔磨坊池的堤堰而去。

调回冬令时后，黑夜长过了短暂的白昼。青少年们得从巴士站摸黑回家。有人目睹一名看起来像失踪女孩父亲的男子从村中走远，经过十三座水库的最后一座前往阿什布鲁克森林远处。有人反映，看见一名穿着炭灰色夹克的男子，走在高速公路的紧急停车带上。山上遍布大片生了锈病的蕨类植物。有人梦见那失踪女孩找着了，她面部朝下栽进水池里，还有人梦见她搭车安全离去。恶作剧之夜 [1] 过去了，不复往年盛况。不知是谁在电话亭中塞满了气球，此外无人有兴致搞恶作剧。杰克逊家的小伙子们将羊群赶到山下的草场，他们一整天都在修剪羊尾巴附近的毛，为配种做好准备。学校里的灯早早亮了，锅炉房中升起黑烟。教师办公室里，卡特小姐正与辛普森夫人一同浏览这周的课程计划。之后辛普森夫人问卡特小姐在这儿过得如何。卡特小姐快速点点头，并说挺好的，只是她发现要和大家熟悉起来挺难的。辛普森夫人笑着说自己明白卡特小姐的意思，并问她有没有试过制作带照片的花名册来帮助记忆。卡特小姐表示她指的并不是孩子们。我以为你问我生活得如何呢，她说。辛普森夫人致歉，并表示为免混淆，希望卡特小姐明白，自己从不过问教师的私人生活。我们只关心校门内发生的事，她说。水库的堤坝又经过一轮检查，需留意的区域被记录下来。薄暮时分，斑尾林鸽集结栖息。

十一月，奥斯汀·库珀与妻子带双胞胎宝宝回家，抱着他们走楼梯回到马厩改建房二楼的公寓里。转身关门时，他在门口站了一会儿，望着楼下街道，仿佛在期待甚至听到了掌声。他的感觉是，这很值得。他从未想过会与苏产生如此深厚的情

---

[1] Mischief Night，在部分西方国家流行的一个非正式节日，这一天孩子们会尽情炮制各种恶作剧。

谊，而十年后双胞胎的降生也是一种他早先就训练自己不去期盼的额外恩赐。在人生的某刻，他一定做对了什么。艾琳看着他关上门，看着他们的窗户里亮起灯来，便想起十四年前带着安德鲁回家的情景。但当她去格拉德斯通酒吧向大家描绘这事时，众人只会说这真是甜蜜的负担啊，想想那些台阶，她是怎么推着双胞胎婴儿车上上下下的？第一晚，奥斯汀没睡着，苏给父母亲朋打电话再次告知他们这个好消息时，他为妻子准备了热饮，之后又进进出出，观察小家伙们的睡眠，最终他在苏身旁躺下，聆听屋子里各种不同的呼吸声：苏的呼吸绵长而均匀；双胞胎的则快而浅，仿佛只为透口气。夜里孩子啼哭、惊醒与大人喂奶、换尿片交替，但也有一室空余呼吸声的时刻。奥斯汀觉得自己只要醒着，就能保护他们，这就是他当前最要紧的事。晚上苏和父母通电话时，他曾试图分辨她在说些什么。他知道"妈妈""爸爸""孩子们"用她的语言怎么说，此外便毫无头绪。他认为自己听到了"快乐"这个词，但苏与父母交流时语速过快，他无法完全确定。他想当然地认为妻子是快乐的，大部分时间她只是看起来很累。这一刻他们盼了太久。她曾那么努力尝试，而如今可算轻松了。带孩子看起来累却也叫人感到欣慰，如释重负。他早就发现了，从她抱双胞胎的方式、围着他们打转的样子，或他抱孩子时她靠过来稍做姿势调整的手法，这些都说明她完全明白自己该做什么。她心里有数，甚至不为此感到惊讶。这种镇静是苏身上特别讨人喜欢的一种品质，仿佛她一直都明白生活本将如此。他们第一次在一起过夜时，清晨她脸上那副表情就像是在说，哎，现在，咱俩之间该发生的当然都已经发生过了，不然你以为会怎样？大清早楼下的灯就亮了起来，楼下那个马厩被他改建为《山谷回音》的办公室。拂晓时分，屋子里的白光有些刺眼，奥斯汀埋头编辑下期杂志的最后几页，从窗外正好可瞭见他的头顶。他正往信息公告栏目添加一些内容，同时注意措辞，避免滥用职权。一周后，杂志出现在信箱里和商店柜台上。这一小块公告是写给少数还不知情的人：

苏·林·库珀与奥斯汀·库珀宣布，他们的双胞胎儿子汉·利·林与卢·桑·林已平安降生，感谢所有人善意的祝福。

有人见学校礼堂的灯早早就亮了。大家正在筹备圣诞集会。辛普森夫人跪在圣诞布景旁，整理琼斯从林中砍来的冬青与冷杉。卡特小姐请琼斯帮忙，在她往高处挂闪光装饰物时扶住梯子底端。弗伦奇女士负责的墙面装饰好了一半，主题是牧羊人和棉花做的羊。她从那儿一瞥，不禁注意到卡特小姐穿着短裙，而琼斯的目光并非一直向下。她不想介入，但觉得最好还是叫琼斯出去摆椅子。当卡特小姐看向下方，发现没人扶着梯子时，她僵直地站着，盯着眼前这堵墙，试着不去想琼斯最近一次擦地板是何时。她发现自己想起了汤姆·杰克逊的父亲——威尔，他看起来可不是会在这种情况下从梯子下方走神离开的人。她紧紧抓住梯子两侧。教堂里烛光闪烁，颂歌嘹亮，萦绕着紫杉与冬青的气息。奥利维娅·亨特独唱《平安夜》中的一节，她今年八岁，无忧无虑，满怀信心。唱到"万暗中，光华射"[1]时，她的声音有些不稳，这节结尾时她嫣然一笑，等待会众加入齐唱。《杰克与魔豆》[2]终于在村中礼堂上演，沿用前一年的布景与服装，大部分人也很高兴接着演从前的角色。演出当晚礼堂坐满了人。琳西·史密斯这几年个子蹿得很猛，身上那股男孩子气也较当初选角时褪去不少。但当她爬豆茎时还是能看出恰到好处的少年鲁莽劲儿。当她消失在帷幔后，饰演杰克母亲的凯茜·哈里斯露出失去亲人的神色，演得棒极了。落幕后，人们收起了椅子。酒吧开张，端出一盘盘百果馅饼。多年来人们第一次见理查德·克拉克出现在观众席上，他会与母亲住几天。他在妹妹来过又走了之后才到达这里，对此理查德的母亲

---

[1] 此处引自刘廷芳的译文。

[2] *Jack and the Beanstalk*，英国著名童话故事。讲述了贫苦男孩杰克得到一粒魔豆种子，他顺着长出的巨大豆茎爬到云端，偷走巨人财宝的故事。

早已习惯，这年结束前他又将出国。他是个大忙人。几年来，凯茜很高兴终于见到他了。他似乎一直拎着手提箱四处漂泊，要像他这般生活那么久可真不是办法。他还在村子里时，他们其实从未真正坐下好好聊聊，当他出发前往机场，她甚至不晓得他将去往何方。他是一名顾问，这便是她所知的全部。他似乎有了新的暧昧对象，但没提过名字。他走后，她换了床单，打开窗户给房间透气，教堂钟声也随之飘扬入室。他们举办了自那女孩失踪后的又一场礼拜，纪念这一年。这回教堂里没有多放椅子，也没人站在后面。简·休斯提及许多去年曾宣讲过的内容。我们仍未获得答案，我们能做的一切便是等待。她闭上双眼，伸出手，让静谧沉淀。那失踪女孩的名字叫丽贝卡，也叫贝姬、贝克斯，她失踪时是十三岁，穿着白色连帽上衣、藏青色保暖马甲、黑色牛仔裤与帆布鞋。如今她的身高应该超过五英尺了，或许也换了发型、染了色。一名警方发言人确认，调查仍在继续。有人在荒野边缘看见女孩的母亲，她还是走在从前常经过的那些老路上，路面积了许多雨水或更糟。冷风来袭，云团与其投下的阴影随风移动，飘过数座水库，高地上一小阵薄雪在树顶打转。教堂墓地的紫杉枝杈深处，戴菊莺埋首饱餐。

2

　　午夜，新年到来时，烟花从山谷远侧的城里升起，但因为太遥远，少数愿意出门看的人也听不见什么动静。村中礼堂举行了舞会，参加的村民都乐在其中，他们觉得一年已经足够长了。寒风冰冷刺骨，街道静悄悄的，如今不再有警察走动，但大家总觉得那还是最近的事。威尔·杰克逊被人看见与他儿子班上的老师在一起。鹅毛大雪下了一整夜，一度看起来有封路的可能。中午太阳出来了，路上融化的雪水涌入下水道。一只乌鸦在克拉克夫人花园的篱笆下缓缓移动，在湿漉漉的落叶堆中四处啄食。教堂屋檐下，蝙蝠紧紧蜷缩着身体进入冬眠状态，周围空气静止。一周暴雨造成洪水泛滥，沿河而下的垃圾残骸堆积在茶室旁的人行桥边，直至冲毁桥面。暴风雨过后，河流看守人拽出残余的垃圾，并在人行桥两端放置了禁行栅栏。这人为卡尔肖庄园工作，卡尔肖庄园的人享有此地的捕鱼权，但就谁应该为桥梁与道路负责一事总有分歧。住在卡尔肖大宅中的一家子已经不是卡尔肖家族的人了，所以觉得这事不在他们责任范围内。对这家人来说，让房子保持原貌已经是件难事，更别提管理全部土地了，大部分钱都花在雇河流看守人上，毕竟狩猎及捕鱼是他们全部收入来源。剩下的收入用于请律师，以证明他们没有义务为卡尔肖家族曾经的花销付钱。多年来，水库里的水第一次越过大坝，水势浩大持久，席卷山谷。一整月，教堂礼拜都由来访的传教士暂代主持，似乎没人知道牧师去了哪儿。堂区俗人委员说，她正在度假。大家将这话理解为她还会回来的。有人提及此事时用了"压力"一词，待她归来便没人再说了。亨特家的生活有种被迫搁浅的感觉，谷仓改建房又一年取消了预约，这里安静得很。杰丝·亨特没能与女孩的母亲成为自己想象中的那种朋友，即便如今她的丈夫大部分时间都在伦敦，而她明显想在这儿长住。杰丝也曾试图让她融入家庭生活，但或许对她来说，看着索菲与奥利维娅在身边实在有点难熬。他们一同用餐，有时喝一杯，可那女人十分自闭，大家不知该如何与她相处。一直以来，杰丝都以身为一个能让他人打开心扉的女人为傲。女儿们与她无话不谈，其中有些内容甚至是无法对孩子爸爸开口的那种。这个月他又不在家，杰丝只是模糊知晓他离家的原因，大概是去参加一些高层政策论坛，和土地管理有关。这男人总是语焉不详。杰丝从厨房里往外看，目光越过院子朝着谷仓改建房的方向。女孩的母亲正站在她那一间的门阶上抽烟。杰丝好奇她是否可以从那儿看到这边厨房的内部。村里有人问她会待多久。大伙儿希望能找到女孩，了结这一切。那孩子或许掉进了山区深处的洞穴，她蜷缩在角落里而且现在仍倒在那儿。

忏悔星期二[1]那天，琼斯扫完雪并给学校操场铺好沙砾后，卡特小姐组织了一场"煎饼赛跑"。就参赛选手翻煎饼的频率这一问题，大家产生了分歧，导致有些孩子很是沮丧。露西·威廉森脚受伤了，只得被送回家去。杰克逊家的小伙子们路过通往学校的那条路。西蒙问威尔，难道不进去递张情人节贺卡吗？威尔说他不明白这是什么意思，并表示他们最好安静点，因为这是无中生有。本来就没什么大不了的，如果大家都开始说闲话，只会让他与孩子妈之间的事变得复杂，他说。大家尚不清楚自何时起他开始管她叫孩子妈，而非女友或克莱尔。或许就是从她回娘家那会儿，这事本是暂时的，总会有办法解决。到了低地开始从拖车上卸饲料时，兄弟们仍因他的矢口否认而

---

[1] Shrove Tuesday，基督教大斋节的前一日，通常在二月至三月之间。大斋节期间基督徒会缅怀耶稣的苦难，进行斋戒及忏悔。在英国，这一日又俗称"煎饼节"，有些地区有吃薄饼、举行"煎饼赛跑"的传统，规则是每人拿一个平底锅，里面放一张烙好的煎饼，选手要边跑边颠匀让锅中煎饼翻面，先到终点者获胜。

调笑不止。威尔警告他们若还不停下来，他就去告诉老爷子偷柴油的事。他们说他不会这么干的，但也安静了下来。几人倒饲料时母羊聚集过来，重重撞上他们的腿。兄弟几人在附近忙活起来，一一检查羊毛、羊脚、羊屁股和耳朵，他们突然变得那么专心致志，仿佛之前没有开玩笑这回事。他们稳当、迅速地检查着动物们，互相低声说明情况，若此时兄弟几个的母亲恰好途经这条乡间小路，她会在儿子们身上看到他们父亲的影子，从他们的各种举止，以及在沉闷天空下忙碌的样子中看到。午后，半融的雪水又冻住了，像玻璃一般，后来降下一层新雪覆盖在上面。夜里很冷。清晨，树木上方的天空尚未大亮时，莱斯·汤普森就领着他的牛群穿过院子去挤奶。不久，空气便因熙熙攘攘的牛群变得热气蒸腾起来，莱斯在牛群间穿梭。他是个大块头，奶牛们轻巧地挪开身体让他通过。距黎明尚有段时间，待到破晓时天气会变得潮湿。老杰克逊中风入院，预计几周内都无法回家。

狐狸在山毛榉林中诞下小崽，黑暗中，睁不开眼的小狐狸们趴在泥土里，浑身湿透，瑟瑟发抖，拥簇在母亲身边取暖。雄狐外出觅食。黄色的欧报春在林间及路边盛放。水库闪烁着银灰色的光芒，风拂水面，波浪轻轻拍打着大坝。夜里有人默默到荒野去跑步，他步速平稳，身着白衣，在昏暗山间很是显眼。戈登·杰克逊参加完家畜买卖后开车回家，看见路边有个男人伸出双手，仿佛在求救，他并没有穿那件炭灰色的外套，但看起来像是失踪女孩的父亲。戈登停下车，询问男人是否需要自己载他一程。那人看着戈登，一语不发。堂区俗务委员会会议因缺席而致歉的人比出席的还要多，布赖恩·弗莱彻想延期再议，但一项关于公共厕所的提案需做出决定，于是会议继续进行。晚上强风阵阵，吹得广场上的街灯摇摇晃晃。月底，卡特小姐领着班上的孩子们去杰克逊家的农场看母羊下崽。他们结对穿过马路，挤在产羔棚门口的栅栏处。威尔事先提出由他来讲解，此时他正一边等孩子们，一边擦除工装裤上的大量血迹。他的兄弟们对此不感兴趣，远远在产羔棚尽头各自找了活儿干。卡特小姐再次感谢他让他们参观，接着威尔发现他其实并不知道该说些什么。大部分孩子都在这儿长大，比卡特小姐更了解生小羊是怎么回事。他问卡特小姐想让他从哪儿说起。她问道，是否有羊羔在晚上出生？只有三只，他说，我们不干预太多，尽量让母羊自己生，一旦母羊将孩子清理干净了，我们就检查小羊，打上标签，确保它们能正常进食。她问能否让大家看看新生小羊，他还没来得及回答，就听见戈登在产羔棚另一头说不行。威尔告诉她，刚生下这几天最好别把它们从母羊身边移开，这很重要。卡特小姐看起来有些失望，她接着请他解释在未来几周、几个月里会发生的变化。于是他聊起小羊多久会到草地上去，哪些母羊要出去下崽，如何放羊以保证它们能吃上最鲜嫩的牧草，还有夏末选择哪一只羊进行加工等等。加工？她问。他不明白这问题是什么意思。班里的一个女孩扯了扯卡特小姐的袖子，为她解释了加工的意思。一些男孩捡起喂羊的颗粒饲料互相弹着玩。卡特小姐给孩子们发了写字夹板，要求他们所有人都去画画。孩子们忙起来时，她问威尔是否有意参加村中礼堂举办的春季舞会。其他老师都说要去，她道。威尔说他还没细想过这事，得看那会儿有什么活儿要干，但一般是可以的。应该会很好玩，他说。如果你正在考虑邀请谁，或许我能给你点建议呢，她说。她脸上的表情令他有些想入非非。一只母羊的痛苦叫声传来，戈登喊他聊完了就赶快洗手消毒。威尔说自己得接着忙活了，他还说现在她可以带孩子们回去了。她告诉他，自己希望能在舞会上见着他。你会的，他回道。

杰夫·西蒙斯在自己工作室的石制水槽边洗手，清水溶解了他手上的陶土，汇成一股米色细流顺着出水孔流入水槽下方的U形弯管中。未干的盆盆罐罐正摆在托盘上晾干，窑内刚刚热起来。威尔逊先生家窗外的树篱上，一只乌鸫在巢里等待着雏鸟从蓝绿色的蛋里破壳而出。电视上播出了北欧洪灾的画面：穿雨衣的男人们划着小艇在街道间穿行，倒塌的桥梁，溺死的家畜。茶室应季开张时，人行桥尚未修复。堂区俗务委员会致信卡尔肖庄园称事态紧急，后者则说这是国家公园该负责的事。国家公园可不这么看。河流看守人说他只能完成吩咐下来的任务。最早的一批荨麻蛱蝶开始交尾繁殖，在荨麻丛上飞舞追逐，直至雌蝶停驻于视线所不及的某处，等待雄蝶跟上。来自游客中心的国家公园巡山员愉快地观察了一小时，并做了记录，他返回办公室后仔细将此存档。维修队走在 11 号水库的坝顶，寻找大坝表面或排水口处的裂缝。草坡上有些鼹鼠丘尚待处理。黄昏时分，大批蝙蝠由栖息处飞来，沿河捕捉水面上方的昆虫。它们的动作迅捷无声，行人只得短短一瞥。春季舞会提早结束，因为利亚姆·胡珀与一个来自卡德韦尔的男孩打了起来，一路打到防火门外。不久几人被拉开，但那时已造成了损失，卡德韦尔的男孩们被请出场外。有人在停车场再度看到威尔·杰克逊与学校的卡特小姐在一起。

银行的人进门说"到时候了"那会儿，马丁·福勒正在肉铺柜台后忙活着。你说现在怎么了？马丁问。他逼视那人，换在平时这就足够解决麻烦了。那人胳膊下夹着几份文件，告诉马丁自己需要那些钥匙。门外还有两人候着，个头大得多。这不可能，马丁说。他身后传来一阵金属链哐当作响的声音。露丝迎上前问发生了什么。银行来的人重述一遍。可我们没收到这事的公函啊，露丝说，什么都没有。她觉得挨着自己的马丁渐渐瘫软下去。那人露出同情的神色。所有规定的法律程序都走完了，他说，文件挂号邮递，已签了字。最让她感到愤怒的就是他脸上的同情之色。他们不需要同情。那人一转身露丝便从收银机里取出钱来，领着马丁和他身上仅剩的一点尊严出门去。至午餐时段，银行的人已给肉铺上了新锁，并在窗上张贴了告示。就这样。他俩回家了，她甚至无力要求马丁给个该死的解释。河对岸传来肖恩·胡珀打磨石头的声音，那是一种短促有节奏的敲击声，随他手起手落而带出。燕子们忙着在谷仓里飞进飞出。有人将水井装饰板带出仓库放在河里浸泡。那女孩的母亲仍住在亨特家，大伙儿知道简·休斯有时会上门拜访。她从不待太久，也没人想问拜访的情况。当然了，她什么也没提过。有时她倒宁愿有人问问自己呢，即使那人是她先生，或是城里大教堂的同事，但这就是工作。她停好车进入室内，不一会儿便出来了。人们还在寻找那女孩。在每一座水库附近，在大坝岩石周围，在林木线之上，甚至在所有门窗用木板封上的建筑与棚屋里，人们四下寻找那女孩。她可能失足落水溺毙了，她可能被困在阴沟或水闸深处之类的地方。潜水员什么也没找到。人们想知道答案。人们觉得自己牵涉其中。

老杰克逊回家时，被人用担架从救护车上抬下，送至起居室内事先安装好的升降床上。虽然已为这一刻做了大量准备，但医护人员一走，梅茜想到该做的所有事情就感到慌恐一波波袭来。戈登与亚历克斯一直忙于整理房间，但老杰克逊未必会对此感到满意。他面肌无力的症状已充分好转，如今几乎能说话了，但僵硬的表情令人难以读懂他的情绪。那张床对着窗，方便他往外看，从那儿能瞧见通往教堂的那条街。床的一边有张桌子，上面摆着便盆及药物，还有一台收音机放在靠床的一侧。护工、护士与理疗师会上门来，但还有长长一列事项需要家人为他完成。回来的头天晚上，就因喂饭而闹别扭大吵一架。医院护士喂饭时他乖乖接受，但对自己的老婆就百般刁难。他迅速而愤怒地转过头，成功把汤给弄洒了。梅茜清理干净后让戈登过去同他聊聊。没聊太久。不让我们喂的话，您一周内就会死，考虑考虑吧，戈登说。次日上午他吃了碗炒蛋。透过窗户，他能看见莱斯·汤普森从地里走来，过河检查牧草长势。顶端还在长，叶子已垂下了，是时候割草了。如果他们要在这段时间割草，就需要尽快来个干季。大家因姐妹石阵附近发现的测量标桩而议论纷纷。库珀前往规划局打探一番后，在《山谷回音》上撰写了一篇关于计划新建采石场的报道。田鹬飞往斯堪的纳维亚半岛筑巢下蛋。一群旅客由主干道进入旧采石场。托尼问马丁是否还有伍兹的音信，马丁否认了。托尼追问这整件事他就没起一点疑心吗。如今，事发已过一年，马丁也就承认确实有点。这是陈年往事了，他说。

这学期最后一天，詹姆斯、利亚姆与迪帕克逃了课，沿 3 号水库高处那条路骑自行车上山。大部分上坡路他们都得推着车走。四处是松动的页岩和深深的车辙，几人移动缓慢。到山顶后，他们从背包里掏出饮料和薯片。我爸在纽卡斯尔找到了一份工作，迪帕克说。纽卡斯尔，詹姆斯重复道，怎么回事？纽卡斯尔不错啊，利亚姆说，我去过那儿，我叔叔在那儿开体育用品店，有段时间我在店里帮忙，还遇上艾伦·希勒 [1] 来买足球鞋。他找工作找了有一阵了，迪帕克说，是我妈的主意。他对球鞋可挑剔了，利亚姆说。你妈妈想搬去纽卡斯尔？也未必，她就是想去其他地方。她不喜欢这儿吗？自从贝姬出事后，她觉得住在这儿有点怪，迪帕克说。艾伦·希勒这事儿挺好玩的，对吧，他的脚真特别小？利亚姆，闭嘴，你叔叔住卡德韦尔好吗。不，那是我另一个叔叔。你满嘴谎话。你他妈才满嘴谎话。詹姆斯靠过来，撞翻了利亚姆手上的薯片袋。利亚姆爬上自行车，向山下骑去。他们看着他一路颠簸打滑，身后扬起灰尘。难道最开始不是你妈妈想搬到这儿吗？是啊，但她说现在改变想法了，你知道的，她说她想去个离家人近一些的地方。

---

[1] Alan Shearer（1970— ），英国足球运动员，曾效力于纽卡斯尔联队。

你有家人在纽卡斯尔？詹姆斯问。没有，可是——他会接下那份工作吗？我不知道，我觉得他不想，但我妈妈真的会因那样而不开心，她总念叨这个。纽卡斯尔，该死的，詹姆斯说。是啊。他们吃完了薯片。詹姆斯背上背包，骑上自行车。我们现在要这么干？利亚姆几乎到山脚下了，他还没摔倒过。迪帕克骑上车，看着詹姆斯。那个夏天，你是不是真和贝姬睡了？詹姆斯也盯着他。那个，没有，没怎么着，他说，去你妈的，迪帕克你睡了吗？没，迪帕克说，虽然我挺想的。我们现在是骑车下山，还是聊这个，还是干什么？詹姆斯说。闭嘴，别聊这个，咱们走。他们吭哧吭哧地沿小路下山，脑子里充斥着自行车行过车辙时打滑的声音。几人在山脚下与威尔·杰克逊擦肩而过，后者正要去学校接儿子，已经迟了。那是本学期最后一天，当他到教室时其他孩子早已离开。他觉着这或许是和卡特小姐说上几句话的好时机。汤姆一肚子关于回家后该做些什么的疑问，而卡特小姐也正忙着收拾，因而打从他与汤姆穿过走廊算起，整整三个月，他未能与卡特小姐说上话。或许也没什么可说的。她曾给他发过信息，但他请她不要这样做。他不想惹上任何麻烦。他怀疑"麻烦"是个错误的用语，她可能觉得受到了冒犯。这很难说。他想知道她会如何处理他的内裤，留着还是扔掉，邮寄过来也不麻烦，但她没这么干。那个早上她问他借内裤，那条蓝白条纹内裤穿在她身上比穿在威尔自己身上好看得多，可以说是贴身又舒适。他从没听人讨论过一个女人穿着男士内裤会有多好看。那一刻卡特小姐就站在他的床脚，他目之所及尽是弯曲的蓝白条纹，而她两手各端一杯茶，脸上的表情足以引燃任何人的欲火。之后她悄悄离开，从屋后小道经花园进入树林以免撞见什么人。有一刻他想过这或许可能是某段关系的开始。他捧了杯新茶坐着，品味她留下的余韵，但并未喝上一口。威尔·杰克逊与学校的卡特小姐，听起来不错，但人们会说闲话的，更别提孩子妈也会反对这事儿。没必要搞成这样。他可以有别的选择。可当她爬回床上时，他还是会听任她睡在他的床上。他不得不忍住冲出后门跑到树林里追上她的冲动。那些短信往来后，什么也没发生。一阵尴尬的沉默，一种继续的方式。可她手上还有他的内裤，于是他猜想这或许意味着未来还有戏。他应该同她聊聊。

国家公园的巡山员格雷厄姆·索普组织了一次蝴蝶考察郊游，很多人表示感兴趣，但最终却只有萨莉·弗莱彻来参加。他喃喃低语道，她周日或许可以做些别的更有意思的事情。但她告诉他自己是真心想来参加。两人沿河漫步，穿过采石场，爬上8号水库后的那座山。他教她上哪儿找弄蝶、不同种类的斑豹蛱蝶、灰蝶、麻蛱蝶和眼灰蝶。他们找到六七种，但似乎他还想聊聊另外二十多种蝴蝶，他介绍了它们的生命周期、迁徙方向、捕食习惯、交配方式。他变得十分健谈，萨莉听得入了迷。她不知道这里头有这么多学问。两个小时很快过去了，当晚与布赖恩吃饭时，她发觉自己并不想与他分享这一切。从现在开始这只会是她自己的事。山毛榉林边缘及沿路围墙下的毛地黄长得很高了，蜜蜂在明丽的顶针状花朵上爬进爬出。路边的篱笆桩上，一只鸢等着什么。板球队前往卡德韦尔进行比赛，尽管雨下了一整天，但卡德韦尔队依然有足够的机会取胜。姐妹石阵下的欧石南里长出了欧洲越橘，八月的第二个星期天，村子里一帮人赶来采浆果。果子长得很疏，他们得不断俯身前行，这感觉不太像采摘，更像一次搜查。猎松鸡的时候到了。卡尔肖庄园边鸡圈里的雉鸡闪避四散，几乎没发出什么声音。白昼漫长而平静。在这样强烈的日光下，仅仅是走在山区里都会让人产生负罪感，有些人更加努力工作以逃避这种感受。大家觉得不走那条经过亨特家的路，也有些帮助。女孩的母亲仍住在那儿。少有人见到她，但大家能察觉到她的存在。那条通往谷仓改建房背后的小径长满杂草，少有人迹。朝露尚存的时分，一些摄影爱好者仍会到这儿来，但不久就被发现并赶走了，他们的裤子被打湿，粘上种子穗和带芒刺的种子壳。来的总是一帮男人。没有逮捕他们的理由。一般都是斯图尔特·亨特发现他们。他不喜欢与人发生冲突，但在这事上没得商量，说一不二。杰丝·亨特想知道他哪儿来的这股决心，其他事上他可不这样。她怀疑除了主人应有的责任感以外，他对那女孩母亲可能还有些别样的感觉。这不太可能，他不是那种人。每当把那群人赶走后，他便回到屋里边踱步边喘粗气，有时她必须抱着他，才能让他冷静下来。这令她想起大学时代，每逢划船比赛后他呈现出的那种紧张状态。有时这股怒意会转换为性欲，但更多时候会让他投身工作，用处理电子表格、接听来电、与下属激烈争论来熬过一整天。除亨特家外，山区随处可见各种能唤起大家有关失踪女孩记忆的事物：游客中心的花束，围绕着矿井新建的栅栏，沿路的犬吠。许多人彻底避开了这些，前往水库或采石场边缘，又或更远的地方，到南部石灰岩山谷深处去。卖冰淇淋的流动货车仍然出现，飞舞的蝴蝶仿佛微风中扬起的尘埃。

夏季，聚集的云朵让天空变得低沉，但一到九月天空就澄明起来，白昼是明亮的浆果色，路边田埂的泥土渐渐变硬。菜圃里的主要作物——马铃薯，丰收了，翻翻黑色泥土，肥大的黄色块茎便暴露在阳光之下。这次轮到艾琳负责教堂的秋收感恩节装饰，于是她与温妮花了一星期，在自家餐桌上扎好一捆捆小麦。艾琳刚到村里来时两人便结为好友，但像这样待在一起，还是从七年前特德去世后才开始的。温妮仍更擅长做这些，一部分原因是她年纪比艾琳稍长几岁，而且她是在这儿长大的，而艾琳则与自己的故乡联系更紧密。温妮身上也有一种专注，这是艾琳还在努力学习的。同温妮相处，有时她会觉得自己说得太多。她总有说不完的话。她们将成品搬到了教堂作为中心装饰品，把人们的注意力从杂乱的马口铁罐与学校孩子们带来的小包裹中吸引了过来，人们都说这是近年来见过的最好看的装饰。河水从驮马桥下淌过，在沿岸形成慢速漩涡。护工每天来一次，帮老杰克逊擦洗身体、翻身，并鼓励他下地。现在他可以自行进食了，说话也利索不少，但当光靠自己苍白光滑的双腿发力时，还是需要有两人在旁边扶他站直。护工在时还能帮点忙，其余时间则只有梅茜为他清理便盆，端来食物，帮他换上干净的睡衣。医生告诉她，病人行动能力的改善通常出现在最初几个月，情况允许时，他需要尽快为接受理疗做好准备。看着他控制床板升降的样子，听着电机随之发出的柔和嘎吱声，她不相信他会有斗志。儿子们正在屋后修建一间阳光房，如此一来，他便有个既能打发时间又舒适的去处，不至于在床上日渐消瘦下去。建造需要下点功夫。青少年们穿过杰克逊家屋后那片地，准保是进山毛榉林喝酒去了。威尔·杰克逊听出了布罗德家男孩的声音，石匠家儿子利亚姆·胡珀也在一块儿，还有那些女孩们。迪帕克与其余人一道钻进他们三年前在山毛榉林里建的简易棚屋。明天迪帕克一家就要搬走了。几人带了毯子。利亚姆正在生火。苹果酒所剩无几。谈话时有时无。琳西与索菲肩披毛毯坐在圆木上，詹姆斯能从她俩眼中看出点东西来。她们看起来好像有话要说，却又不想大声说出来，似乎很高兴，又有些犹豫。詹姆斯望着两人，她们却看向迪帕克。利亚姆蹲在一旁，猛吹火堆。女孩们起身告诉迪帕克，她们为他准备了一份离别礼。迪帕克看起来既开心又困惑。是什么？就在那儿，索菲说，跟我们来。三人大步朝林间走去。迪帕克回头瞅瞅詹姆斯，耸了耸肩。利亚姆在火堆边坐直了。兴许是让他变成处男呢，利亚姆说。詹姆斯嘲笑他道，你搞错顺序了吧。利亚姆又开始吹火。管他的，他说，你他妈搞错顺序了。琳西第一个回来，不敢直视任何人的眼睛。她推开火堆旁的利亚姆，让火完全着了起来。她时不时摸摸嘴唇。索菲离开得更久，回来后俩姑娘立刻手牵手走开了。迪帕克穿过树林，在火堆旁蹲下。透过摇曳的火光，他的眼神看起来十分恍惚。另外两人凝视着他。于是他咧嘴笑了。别想从我这儿套话，我什么也不会说的，自己想去吧，他边说边狂笑。詹姆斯与利亚姆扑过来，三人在地上滚作一团。第二天一早，搬家卡车抵达时，灰烬仍在冒烟。

十月份，有人见到失踪女孩的母亲在亨特家外，正大包小包往车上搬东西，事后杰丝·亨特告诉人们，其中有两大袋都是送来的慰问卡片。大伙儿觉得她以后不会在这一带出现了。

她在私家车道上拥抱了杰丝、斯图尔特和赶来送行的简·休斯。与她同行的司机启动引擎，白色小货车便一路颠簸驶去。大门在他们靠近时自动打开，当它缓缓关闭哐当撞上门框时，他们已经消失在人们视线里了。简·休斯离去前同亨特家人多聊了几分钟。路过村里时，她前往杰克逊家拜访。梅茜告诉她，他们家不怎么做祷告。简说过她完全能理解，但她仍然想来拜访。这会儿在厨房里等着水烧开时，她请梅茜称呼自己为"简"而非"牧师"。她没说太多，反倒是让梅茜聊了很多关于农场经营、儿子们的工作，以及房屋扩建计划等事。梅茜给简留下一种印象：某事让她觉得很紧张。稍事停顿，简问起杰克逊的近况来。他不会见你的，梅茜说，他不想见你。简告诉她这无妨，自己非常理解。我觉着吧，他对好多事儿都挺上火的，梅茜说，他总是很愤怒，但这都只能怪他自己。简说她可以体谅这点。那你近来如何呢？她问梅茜。我们勉强过得去吧，梅茜说，我们会想法子的，最近在找人帮忙呢。小伙子们正把公羊带出去与母羊交配。公羊身上画着赭色标记，之后母羊背上也被涂上一道道颜色。干活时，外头传来阵阵喧闹。上午，天光再度变得昏暗，住在马厩改建房二楼公寓里的苏·库珀常在黎明前与双胞胎一块儿醒来，她任由孩子们躺在婴儿软垫上尖声哭叫，此时她一边拿着壶在水龙头下接水，一边用手腕堵住嘴，控制自己不要失声尖叫出来。她晓得自己不应脆弱至此，但有时一早醒来，她只感到彻心彻骨的孤独，父母离得太远，朋友们也离得太远。她在这村中无人可以依靠。夜里，獾在山毛榉林中打了起来。那帮游客离开了主干道旁的旧采石场，他们虽带走了大部分垃圾，但留下两辆出故障的车。这两辆车在一周之内被烧掉了。今年的恶作剧之夜比去年热闹得多，虽比不得前些年。艾琳站在广场上，看着年轻人们互喷剃须泡沫，她问马丁自己是否曾告诉过他，她已去世的丈夫年轻时曾在恶作剧之夜里设法藏起一整群奶牛。那之后大家都以为牲畜们出了什么问题，她自豪地说着。马丁说自己并不确定，但觉得这故事听着耳熟。调回冬令时后，黑夜长过了短暂的白昼。

库珀家的双胞胎在十一月过了第一个生日。这间建在马厩之上的公寓容纳不了超过六位以上的访客。于是，他们在格拉德斯通酒吧的活动室举办了生日派对。这是自警方停止使用活动室作为新闻发布会场地后，这里举办的第一场活动。托尼布置了很多气球和彩带，大家也就忘记了曾经那些场景：成排的椅子、一群警员、失踪女孩的大量照片。双胞胎还不会走路，但非常吵闹，吸引了全场的目光。他俩坐在长桌正前方高高的婴儿椅上，兴高采烈地看着一波波递过来的食物。苏的父母、从曼彻斯特来的表兄弟都在场。为感谢大伙儿的帮助，库珀还特地邀请了一批村民。这是漫长的一年。他们都筋疲力尽。睡得这么少，他觉得简直没法活，但他们熬过来了，儿子们还这么可爱。他甚至感到有些难以置信，如此可爱的小孩竟是他的儿子。即便是他们将饮料洒到地上，或在生日蛋糕被推出后大声哭闹，他都为他们感到自豪，因他们对生活和变化的渴望，也因他们的头脑和性格每分每秒的成长。这些本不是他期盼会在自己身上发生的事。他早已默认这些不会发生了。近五十岁的时候，奥斯汀仅有两段失败而遥远的情感经历，他训练自己接受另一种生活方式：三五好友，泛泛之交，独立生活。他教会自己重视自由旅行的价值，出门去四处转转，觉得中意便留下。但事实上，他从未去旅行过，总是延期，甚至从未拥有过一本护照。明明机会就在那里。独处并不意味着孤独，他设法令自己对此深信不疑。然后苏出现了。他不明白这一切是如何发生的。一周后她说他们该有宝宝了，他以微笑回应时，她告诉他咱们都不年轻了。一个月后她说他们该结婚了，并带他去曼彻斯特见了自己的父母。他只是不断同意着。不断表示赞同，也是一种简单的快乐。那些年里，他们看起来或许永远不会有小孩了，他也仍旧不停表示赞同：是啊，咱们试试这个；好，把这些存款花了吧；对，这值得再试一次。那些难关他们一道挺过来了，养儿苦劳几乎可视为一种奖赏。不久后苏便要复工，英国广播公司表示，她可以先做兼职，而且一部分工作可以在家完成，因此他们觉得似乎还能应付得过来。她迫切想回到工作岗位上，什么工作都行，他晓得。他看着她把汉·利从高椅上抱起准备拍照，同时喊他过去抱卢·桑。夫妻俩紧挨着站在一起，抱着儿子们，拍照时她一家子拥在两人周围。所有人都告诉他们要微笑。

看门人琼斯与他的妹妹同住在菜圃旁那条没铺好的小路尽头，与老塔克家是邻居。琼斯年龄不详，但已在学校工作了三十年。他妹妹年轻些，人们从没见过她。据说她有点问题。村中大部分家长自学生时代起便认得琼斯。他有自己的做事方式，但那对其他教职工来说太过时了。校园中有些锁，只有他拥有唯一的钥匙。他不愿听从那些职位比他高的教职工的指示，依自己的安排工作。他有明确的界线，其中一些众人皆知。锅炉房也是他的休息室，除他外没人进去过。偶尔从门外能瞧见里头有一张扶手椅、一台收音机、一个水壶、一摞垂钓杂志。但门几乎总是关着的。锅炉本体老坏，十二月中旬又出了问题，辛普森夫人去找琼斯。她发现他在学校背后陡坡的树林里，拎着垃圾袋在接骨木和榛树间爬上爬下。他被树木间褪色的警戒带缠住，费了点时间才解开，她在一旁看着。两年过去了，仿佛只是一会儿工夫。他看见她了，便往坡上爬去。准是从路边吹过来的，他说。人们都挺粗心的。她盯着绕成一团的警戒带，点点头。锅炉出毛病了？他问。恐怕是的，她回道。今天一上午都没暖气。他朝工具箱走去，辛普森夫人跟他一起过去。可能进口又堵住了，他说。其他都没问题？是的，是啊，没问题。他取出烟袋卷了根烟。她看起来似乎还有话要说。他向着荒野上方逐渐变厚的云团点点头。这天气，他边说边走。琼斯先生，她在后头叫住他。可以让我带人进锅炉房吗？他停下脚步。锅炉房挺好的，他说，我会解决的。一只戴菊莺在操场尽头高高的冷杉间穿行，迅捷地叼起针叶间觅食的昆虫。一阵大雨正从菜圃后的山丘那儿扫过来。水库呈一派单调的银灰色。教堂里正吟唱颂歌，灯火通明，学校的孩子们吹起竖笛，然后张大嘴歌唱。"请在我身侧，我主基督。"教堂内挤满了人。"我请求您留下。"

理查德·克拉克在圣诞至新年间返家，那时他妹妹已离去。新年前夜有人见他与凯茜·哈里斯一同散步。他们上学时便相识，但多年未联络了。事实上，他们一度曾订婚，直到他去上大学而她没有。他毕业时她已嫁给帕特里克，那男人同他们一块儿长大，是他们最亲近的朋友。如果她和理查德一道上了大学，情况会完全不同。他几乎没再同这两人说过话。帕特里克过世已有五年，那会儿理查德正在国外。一场雾低悬于荒野之上，地面如冰一般冷硬。夜里，雨下了很久，空气寒冷而潮湿，这种天气不适合在山间漫步，但他们已约好了。理查德将围巾拉到嘴上方，走在凯茜身后，打量着下脚的地方。爬上第一道山脊的路线较他记忆中更陡峭些。他已开始冒汗，停下解开了外套。凯茜转过身，等着他。她看起来呼吸平缓。她从未离开过这山村，有着他已失去的山野适应力。雾渐渐散去。他们继续前行。她问他这次回家待多久。他说上午就会搭飞机离开，因他在当地时间的中午有个会议。他问起她家俩儿子的近况。她说他们很好，大的那一个，本，明年要念高中了，内森才开始念中学。最终，他们都挺过来了。他告诉凯茜，没能来参加帕特里克的葬礼真的感到很抱歉。她摇摇头，表示自己没想过他能来。那太远了。她知道这很难。她转移了话题。她告诉他和搜救队一起来这儿是什么感受：冷静地四处走动，希望有点什么发现，又害怕可能会发现的东西。理查德说他觉得自少年时代后，自己就再没上这儿来过了。她笑着回他说，这讲起来都是古老的历史啦。他们往前走去，各怀心事。失踪女孩的名字叫丽贝卡，也叫贝姬或贝克斯。在近来流传出的一段录像中，她母亲喊的就是"贝克斯"。录像中，女孩正笑着，但很难听清在说什么。切实听见她的声音叫人觉得陌生。有人说那录像里的女孩看起来不大像她。她的头发比照片中看起来更长，在后脑勺编成一条粗辫子，当她边唱歌边转向摄像机并用手指着拍摄者时，辫子也跟着一块儿摇晃。警方仍将此案作为失踪案处理。

3

午夜，新年到来时，村里四处燃起烟花。礼堂舞会挤满了人，透过门口光线可见里边热气蒸腾。第二天上午，街上遍地是烟花残骸，广场边的花盆里塞满小花炮。雨下了大半天，地势较高的地区还飘了雪。积雪之下，新生的帚石南刚刚冒出头来。斑尾林鸽飞进那些有食物可吃的花园中，常常被人赶走。杰克逊家雇人带超声波设备来给母羊做检查，戈登·杰克逊接待了她。他们必须紧密合作，要花大半个上午的时间来检查。双胞胎羊崽的比例十分可观，比起大多数年份，今年没怀上的也少。一上午就这么过去了，戈登感觉不错。那女人的名字叫德博拉，她知道该如何应对这些羊。她的臂膀强壮，能将羊牢牢捉住。他问她周末要干什么。她回答说要去看望家人。"家人"一词指义含糊，但他没太在意。当他载着德博拉回到她的货车边时，她冲他笑了笑，或许有些人会视这个微笑为拒绝。

有段日子，她在他心中久久不去。堂区俗务委员会将会议场地转移至格拉德斯通酒吧的活动室，参会率立刻提高了，事后布赖恩告诉萨莉各方对这件事都反应不佳。马丁与露丝·福勒分开了，除马丁外，没人感到意外。当时他正准备去就业中心面试，露丝在门口拦住他，说自己要走了。他感觉喘不上气，却并未表露出来。天啊，露丝，你就不能挑个别的时候吗？她举起手来，仿佛示意抱歉，她告诉他永远没有合适的时机，他们总是没时间聊聊。他僵在门边，搓了搓脸，有话想说但思绪混乱。如果现在开口便赶不上面试了。他同她讲自己找工作的事有了些不错的苗头，生活正在好转。但他打住了。因为一旦露丝下定决心，说什么也无济于事。她伸手去摸他的脸，而他拨开她的手。他有话郁结于心，却不知从何说起。就要迟到了。他希望事情能有不同的结果，但什么也改变不了。做你想做的吧，他说。她站在门边望着他离去。他们在"青年农民"舞会上相遇，一年后，也就是二十二岁时便结了婚。他俩都不是"青年农民"，那不过就是个让大家见见面的地方。他给她买了喝的，讲话时有些生硬，她知道那是他在掩饰害羞。他不会跳舞，但仪态中有种别样的优雅，尤其是手势，令她深深着迷。两人第二回见面时，他带她去了自己从父亲那儿继承的肉铺。参观一圈后，他在操作台后吻了她，露丝上半身向后倾，抵着砧板。于她而言这即为定情一刻。木质砧板摸着很光滑。婚后，她搬进他家，又过了几年，她怀着布鲁斯时，他的父母搬到城中一处住宅楼去了。很长一段时间里，他们都过得十分快乐，或者说，十分舒适，而当这一切有变时，露丝也很难解释清楚原因。

圣灰星期三 [1] 那日礼拜时，简·休斯用拇指沾了灰，抹在会众的额头上，这仪式已经多年没有举行过了。只有那些常来的村民在场，仪式很短，但现场安静而亲密，使得简抹灰的动作与此刻一同留在了人们的记忆中。当众人走出教堂，步入冰冷的阳光时，他们都感觉到了自我的存在直抵额头而来。一对乌鸫在教堂墓地里求偶，摇晃尾巴，抖擞屁股，打量着对方明亮的双眼。威尔逊先生在一个无霜日前往菜圃，在地里种了新的大黄子苗。自去年秋天后这地里再没这么热闹过。克莱夫正把蚕豆种进盆里。米丽娅姆·皮尔逊耙平苗床，种下一行行早熟胡萝卜。琼斯还在锄地。下午有那么一小会儿，因在徐徐西沉的毒日头下干农活，人们热得脱了外套，摘下帽子，挂在插入土中的铁锹上，伸展腰背。但寒气很快便卷土重来，阳光隐遁，土地又变得冷硬起来。细而清冷的新月遥挂空中。杰夫·西蒙斯在工作室里揉陶轮上要用的陶土球，用铁丝切好，挨个儿

---

[1] Ash Wednesday，基督教大斋节的第一天，通常在二至三月之间。当日教会会将棕榈树叶烧成灰涂在会众的额头上，以示忏悔。

称重。他的工作室就在杰克逊家后头的乡间小道之上，是由饲料库改建的，十年前他用继承的遗产买了下来。按建筑许可证规定，这屋子仅可作工作坊，但众所周知，杰夫夜里就睡在屋内的沙发上。他用前厅区域开店，但门可罗雀。他坐在陶轮边，将手泡在一盆水中。惠比特犬蜷缩在油汀取暖器旁的地毯上。夜里，有人看见青少年们在大坝附近边散步边喝酒。校内起了流言蜚语，说要么是詹姆斯·布罗德，要么是利亚姆，曾和贝姬·肖睡过，或干脆两人都睡过。传闻听着十分恶毒，更像捕风捉影。索菲和琳西想弄明白传闻打哪儿来，詹姆斯告诉她们他他妈的不想去思考这事。索菲想抱抱他，但他挣脱了。利亚姆往水里扔石子。在山毛榉林里，在河里，在黑牛岩的坑洞里，人们四处寻找那女孩。大伙儿在废弃的采石场寻找她，砸开集装箱与破烂的货运车厢寻找她，人们沿着路往前走时，车门就那么一直开着。他们希望找到她。他们希望知道她是安全的。他们觉得自己也牵涉其间，虽然他们并不怎么认识她。

水越过大坝的声响在村中听来类似静电干扰产生的声音，在风中有些飘忽不稳，好像音量忽地拉高拉低。汤普森家的工人带着第一群牛进入挤奶间，奶牛各就各位，埋首于饲料槽中，人们排成一线挤奶，完事后清理乳头。河流看守人在修剪河边的一株柳树，剪下枝条时，他发现有锯屑顺流而下。那些锯屑打着旋儿汇入一股逆流漩涡中，又随水流落下浅滩。路上有些脚印。他开始修剪其余枝条。活儿总那么多。警察来学校找利亚姆、詹姆斯和琳西，盘问他们与那失踪女孩之间的关系。几人给出了一些新的信息，是有关那女孩失踪的前一个夏天他们全家在亨特家小住期间的事。警方约谈时很是谨慎，家长全程在场，但还是给三个孩子带来了麻烦。警方没采取进一步行动。三人都承认曾与那女孩共度一夏，但对她在圣诞期间也身处村中这事并不知情。他们提供的信息没什么用处。警察感谢他们抽空前来，也为可能给他们带来的困扰而致歉。时间流逝，夜晚降临。树枝上的新芽越发鲜亮。旧采石场里有些废弃的床垫，有时会被晚上去那里的情侣当成服务区。露丝·福勒搬去了黑尔菲尔德。她与马丁此前都不曾独自生活过。比起马丁来，她更快适应了这种变化。有小道消息称她准备开家自己的店，售卖有机食品，黑尔菲尔德的居民喜欢这类食物。有人注意到马丁常常不着家，不是在格拉德斯通酒吧，就是沿村里那条从弗莱彻家果园到驮马桥的路晃荡，直到晚上大部分人家都亮起灯时他才回家。上午总有人瞧见他开着车，在肉铺外漫无目的地转悠。两人分开时，女儿埃米正在外念大学。露丝主动提出由自己来同她谈这事，一开始马丁很是感激，但当埃米回家，并将自己的东西打包带往露丝的新家后，他才明白发生了什么。他晓得女儿总得做抉择，可依然觉得受了冷落。他们的大儿子布鲁斯人在曼彻斯特，这是人们所知的有关他的最新消息。马丁觉得，儿子可以依循自己的想法。马丁并不想知道答案。

　　学期末最后一天，卡特小姐坐在阅读角的低凳子上，全班鸦雀无声，都抬头望着她。就连瑞安·特纳也一言不发，这还是自卡特小姐认识他后第一回。她正在朗读《韩赛尔与格蕾特》[1]，当念到书中角色发现用以标记位置的面包屑被偷食，在森林中迷了路时，卡特小姐听出孩子们的注意力更集中了。她压低音量，以一种近乎耳语的方式讲故事。孩子们似乎更往前倾，更靠拢，也更安静了些。现在，她能从他们的脸上看见曾经的自己，同样年纪时她也曾目不转睛地盯着布拉德肖夫人，梦想有朝一日自己也能像这位双腿光滑的女士一样，坐在一张软椅的边缘大声朗诵。她沉浸在对往日的追忆中，直到瑞安·特纳因为抠下一块膝盖上的血痂而大哭起来。板球场里草长得很高，弄蝶幼虫用树叶搭起小小的帐篷来。白昼渐长，树篱下和路边的黄花九轮草盛放。为帮助新建的幼儿园，村中举办了春季舞会，简·休斯筹划这事有段日子了。她一直希望能筹钱购买些户外游戏设施，以便天气晴好时使用。复活节后那周，在去主持周日礼拜的路上，她的车出了点故障，斯图尔特·亨特

---

[1] *Hansel and Gretel*，《格林童话》中的一则故事。讲述了一对兄妹被食人女巫绑架至森林深处的糖果屋后，经过一番斗智斗勇终于脱逃的故事。

便载了她一程。中午前她有三场礼拜仪式，每场间隔五或十英里车程，都不过十余人参与。简认同斯图尔特未挑明的观点，即整个机构运转低效。可是有两三个人或更多是因为我才来的呀，她说，两三个或更多吧。你不会告诉别人我用的是同一份布道吧？我嘴可牢了，牧师，他答道。他载她至镇上堂区牧师的住处，说自己就不进去了。你家一切还好吗？她问。渐渐恢复平静了，他说，我们还没把那间谷仓改建房重新租出去，感觉不太对劲，或许你该来驱个邪什么的。他说这话时笑了，仿佛希望她当他在开玩笑。下车时简说她做祷告时也会记挂着他和他的家人。他无法对此一笑了之。夜里有雨，是那种下一会儿就会让人觉得舒畅的类型，带走空气中的灰尘，留下一股夸张的初夏气息。山毛榉林中，狐狸幼崽离开了兽穴。

母亲唤威尔·杰克逊过来，他协助理疗师将老杰克逊搬至新建的阳光房，一次只能勉强挪一步。即使有两人在旁搀扶，这次移动还是令老杰克逊筋疲力尽，他一坐上那把特制的椅子，不等电视机送来便睡了过去。椅子后是一桌子玩具和拼图，帮助他锻炼恢复精细动作的能力，他应该照着做的康复动作被打印出来贴在墙上，纸页边角在阳光下微微卷起。理疗师曾表示，人与人之间康复进程的差异相当大，重要的是要尽可能鼓励他多做运动。理疗师离去后，梅茜问威尔是否有空来杯茶。他说只要她不打算聊克莱尔，那当然可以。她称自己不是要管闲事，只是希望他能过得开心。我现在好着呢，他告诉她，事情都解决了，一开始也不是我在闹，不过现在都搞定了。他不耐烦地看着她。我发现些奇怪的事，她说，就这样。妈，他接过话，我现在把水烧上，咱别谈这个了。行，她回道。他们站在狭小、杂乱的厨房两端，听着老杰克逊的呼吸声渐渐被水沸声淹没，那是种湿漉漉的声响。下雨后河水涨高。人行道边生长着密密的峨参，树下阴影愈深。家畜被赶到山区更高处。磨坊池边的茶室应季开张，但因人行桥仍未重建，营地那边的客人无法过来，生意较往年冷清些。水库蓄满了水。詹姆斯·布罗德终于向父母坦白，他曾经常与贝姬·肖在一起。据他说，自己是在上个夏天认识贝姬的，某天下午她与父母一起来到茶室，当时他正同迪帕克和琳西在附近的桥上闲逛，她走过来和他们说了话。那周晚些时候她看见他们游泳便问自己能否加入。你们四个一起在河里游泳？他妈妈问，而你什么都没告诉警察？我们很害怕，詹姆斯说，而且这似乎也不重要，我们不想他们再多问了。所以你们都决定什么也不说，他父亲道。詹姆斯点头。那段时间大家好像都特别关注这事，他说，到处都是风言风语。当然会有人议论啊，他父亲说。为什么不把事情都告诉我们？你在想什么呢？父亲提高音量，詹姆斯往后退了退。他妈妈小心翼翼地看着他。还有别的吗？她问，詹姆斯？圣诞节，他说，我圣诞节也见着她了，我们见了几次面。你自己去的？他点点头。就你们俩？他再次点头，他的父母互相对视。詹姆斯，你们之间有发生什么事儿吗？拜托，妈，那时我们才十三岁啊，能发生什么？詹姆斯，他母亲说，这很重要，失踪那天你见到她了吗？他摇摇头。他摇摇头，接着什么也不肯说了。詹姆斯的父亲用手捂着脸，哦，耶稣基督啊，请给我力量，他说。詹姆斯想问自己是不是惹麻烦了，但话到嘴边变为了支离破碎的低语。他坐在母亲身旁，才十五岁，他的肩膀就和成人一般宽了。他整个身子都在颤抖。詹姆斯的父亲离开房间，他听见詹姆斯问他母亲，是否整件事真的都是自己的错。

　　理查德·克拉克的母亲重新装修了楼上的房间。这是丈夫过世后她立刻想到要做的几件事之一，但几乎过了快十年时间才着手去做。她之前就想过要这么干，但他总说这是瞎费钱。装修完，即便是在杰克逊家的小伙子们帮着把家具都摆上后，屋子看起来还是比原来更宽敞些。干完活儿后，她偷偷给他们塞了些喝小酒的钱表示感谢，之后便坐在床尾，环视变动后的房间。窗户大开以便油漆味散去，她能听见人们步行前往广场的声音、微弱如耳语的大坝水声，还有汤普森家牛群因某事而躁动不安的声响。屋子焕然一新。她从来没有感觉如此自在过。窗帘因微风吹动而里外飘扬。河流水位颇高，水流因降雨而变得汹涌。午后，新蝇成群孵化。伊恩·多塞特站在驮马桥边，看着有他小臂那么粗的鳟鱼跃出水面，仿佛伸手可得。还有两天才能开捕。想象着将钓线挥往水面的动作，他的身体不禁晃动起来。电视上播放着马来西亚森林火灾的画面，整个山坡光秃秃的，表层土壤被冲刷汇入河流。一大早，住在汤普森家牛棚中的雌燕下了蛋，雄燕来来回回为孵蛋的伴侣捎来食物。匆忙又喧闹的交配季过后，屋檐下透出一丝宁静。杰克逊家的小伙子们与马丁、托尼和几个大孩子一道前往驮马桥，将水井装饰板拉出河面。这些装饰板在浸水两周后越发沉重，他们抬起这玩意儿放进拖车时，有人闷哼一声，冰冷的河水顺着人们的胳膊流下。这群人搭乘拖车上了山顶，将装饰板抬入村中礼堂。完事儿后他们不得不用链条把拖车锁上。废金属失窃的情况在这一带有一阵儿了，现在那伙人连不是废金属的东西也偷。他们撬下门上的合页，还偷走了路面下水道的格栅。事情逐渐有些失控。乌鸦在琼斯花园的树篱间来回穿行，猛地叼起一些蚯蚓与甲虫飞走。琼斯的妹妹一上午都坐在窗边观察它们。她正等着琼斯回家，他回来得有些晚了。他出门的时间总是太久，她不喜欢这样。她痛恨别人称他为自己的"看护人"。她有能力照顾自己，但确实需要陪伴。日子有时异常漫长，她有些打发时间的法子，但并不总是够用。

七月，高温笼罩着荒野。帚石南丛中，昆虫低声嗡鸣。萨莉·弗莱彻与国家公园巡山员格雷厄姆一同为官方做蝴蝶种类统计。她已快速学会了鉴别种类，格雷厄姆可以相信她的眼力。他们的合作像模像样，布赖恩曾问过两人之间是否有点什么。萨莉觉得这想法很好笑。夏日艳阳下，水库波光粼粼。堂区俗务委员会会议全程几乎都在讨论有关公共厕所的议题，待大家终于商议起其他事项时，托尼已经想打烊了。就在众人纷纷离开座位时，弗兰克·帕克起身表示他想讨论路肩养护问题。布赖恩让朱迪丝查一查该议题之前是否有人提过。朱迪丝查询后确认曾有人提过。我认为在这种情况下，考虑到时间问题，请你在之后的会议上递交书面报告，布赖恩说。一种被冒犯同时又觉得感激的复杂心情快速掠过弗兰克·帕克心头，这感受他此前也有过。山毛榉林中，狐狸幼崽正独自觅食，它们与父母分开的时间更长了。夜里，叫声来来去去，动物们在抢地盘。汤普森家的深塘边上，一圈垂柳长出叶子，如屏障般守护着池塘，仿佛此地曾发生过不体面的事，不能让人看见。学校举办了"家长之夜"活动，威尔·杰克逊前去参加以了解汤姆的在校情况。卡特小姐把汤姆的练习册递给他看，并说他看起来像个高兴的小男孩。她说九月份自己便要去新学校工作了。他说太遗憾了，汤姆会想念她的。但汤姆九月就不在我班上了呀，她指出这点。他看起来很尴尬。我的意思是，大多数人，这个地方的，他说，大家会想你的。她直勾勾地盯了他一会儿。这个地方的大多数人？他点点头。她眼里浮现出某种认清现实的神色来。哦，天啊，威尔，她叹道，你这个白痴。他站在门边，手里拿着汤姆的成绩单，与卡特小姐对望。后来他想，她的意思是不是他该问点什么。那周晚些时候开了送别会，辛普森夫人为卡特小姐献上花束，家长们起身，掌声雷动，可她不知该说什么好。一只苍鹭站在河岸边观察着水面，它的身体虽倾斜却仍能保持平衡。夜幕降临。

克莱尔常常待在杰克逊家，威尔·杰克逊对其中原因感到不适。她住在母亲家已有三年，一周时间里仅有半周同汤姆在一起，与威尔见面时几乎无话可说，如今态度似乎终于和缓了。她会在威尔外出干活儿时带着汤姆来杰克逊家，与梅茜待一会儿，有时接受邀请留下喝杯茶。在克莱尔的陪伴下，梅茜也变得开朗起来，仿佛她们是初次见面，她正试图让克莱尔留个好印象。父母待在一起也让汤姆感到很开心，他们在谈论学校发生的事时，他总瞅瞅这位又看看那位，确保俩人都在场才安下心来。有回喝完茶，克莱尔问梅茜今晚是否介意帮忙带一会儿汤姆，她和威尔要去城中小酌一杯。这计划此前威尔并不知情。梅茜说，可以呀。汤姆一跃而起，并问自己能不能给爷爷读睡前故事。威尔能感觉到周遭的气氛变了。前去取车时，他问克莱尔这是怎么回事。她告诉他，他们只是去喝杯小酒。他可不信和克莱尔有关的事会那么简单。到酒吧后不需要多问，他就替克莱尔买好了酒。两人面对面坐着，聊他的父亲、兄弟和农场，她谈起自己的工作。他观察着她，等待某事发生。她看起来有些心烦意乱，坐立不安，仿佛心怀秘密又觉得藏着掖着比说出来好。他怀疑她有了新男友。她问今年他要参演儿童音乐剧这事儿是不是真的。他说确实有人邀请了自己。哦，你不能真拒绝，她说。她开始喝第二轮。考虑到要开车，他只喝了一半。他以为两人要无话可说了，但并没有。他已经忘记他们不吵架、不疏远对方时，一起聊天有多自在。他们是老相识——从幼儿园到学校，一同在河中嬉戏，在农场疯跑，在长长的夏夜里一道去采石场中游泳——所以他们当然聊得来了。就像他会与兄弟们一起在农场里工作一样，他与克莱尔也顺理成章地在一起了，但问题是在两人太年轻时有了孩子。十九岁，一个够格申请小巷后政府廉租房却远远不足以担起父母职责的年纪。这让他们得变得成熟了，但完全是计划外的。起初，夫妻俩还有双方母亲及村民们帮衬着，但不久后他们便渐渐失去了这些帮助。来自农场、家庭的日常琐事，无处可逃，一刻不得闲。她受够了他长时间地干农活。一段日子后，他们似乎总在无休无止地争吵。不久，她离开了。他教会自己离了她该如何生活，虽然如今坐在她身旁感觉很不错，但对现在的结果他并不后悔。

他提议再喝一轮时，她表示他们该上车了。回程一路无言，快到山谷前段时，光线变暗。绕过旧采石场出口，她喊他停下，不等他拉起手刹便吻了他。他小心地推开她，问她这是在做什么。我们今晚相处得不错，不是吗？她问。而且我知道你也想要。但我以为咱们之间都结束了，他说。她的手在他的大腿上游移。那就再发生点事儿呗，她说。他闭上眼，挠挠自己的脸颊。所以你觉得可以不请自来，勾勾手指，然后一切就顺理成章了？吹个口哨我就过来围着你转？她坐回位子上，望着他。对，她说，差不多吧。她下车走向采石场，甚至不回头看一眼。他自言自语地咕哝几句，摇摇头，然后快步追上跟着她进了采石场。

　　九月，一场柔和似雾的雨轻悬于谷底的树木之上。驮马桥下河水波光粼粼，翻涌奔向大坝。有人看见失踪的女孩在水库堤坝附近转悠，从一块岩石跳向另一块，看起来仿佛对世界毫不在意。这些都来自艾琳的描述。大伙儿在村中礼堂召开会议，讨论关于采石公司在姐妹石阵附近新设一处采石场的计划，村民们大体持反对意见。货运铁路线弯弯曲曲探入水泥厂中，沿路的树上结满了沙果和野苹果。在一个没有火车经过的周日上午，温妮小心翼翼在这里采了四袋果子带回家，熬成一锅金澄澄、加了迷迭香调味的果酱。救护车来琼斯家接走了他妹妹，引发一场骚动。这种事之前也发生过，大家都觉得不宜过问，他也没有主动提起的意思。那周他还在学校工作，并未受影响，他看起来是不论她去了哪儿他都不打算去探望的样子。夜里，他带着钓具来到磨坊池边，划蝽与水黾划过平静的水面，他心思澄明。随着鱼儿冒出水面，他感到焦虑逐渐消散。人们一无所知。他看着河对岸的青少年们沿小路走向大坝。他们带着几瓶琳西从城中买来的白苹果酒，坐在茶室外的长椅上喝了起来。索菲问詹姆斯他的父母是不是真的要分开。詹姆斯说他怎么知道，又不关他的事，反正，从那以后他们就不怎么和他聊了。他没有再说下去，点了根烟，试图在野餐长椅边做平板支撑。利亚姆问从什么事以后。詹姆斯没回答。利亚姆又问道，他他妈的是哭了还是怎么了。索菲让他别说了。琳西让利亚姆跟她走，他俩回头看时，索菲挨詹姆斯坐着，她搂着他，他的脑袋倚在她的胸前。原来，父亲领着他去见了警察，让他说了过去与贝姬·肖在一起时的事。和他们谈话的警探态度严厉，并说现在已太迟了，这些信息没什么用了。他请求索菲别把这事告诉任何人。鸽子们在树上互啄。黄昏时分，蝙蝠在水面上低低盘旋，它们出洞觅食为过冬蓄膘。野雉鸡被清水和饲料槽吸引，进入卡尔肖庄园一边的鸡圈中。两周后琼斯的妹妹回家，他收起了钓具。

十月，风很大，被吹倒的树木在清晨阻断了道路。林间传来两声枪响。又有些人声称看到失踪女孩的父亲，其中一些后经证实是谎报。据说，如今他不再穿炭灰色夹克，再说，这儿也不缺心事重重、去山里转悠的男人，但多次这样的目击总给人一种有个男人在此徘徊的印象。传说他与女孩母亲已离婚，而正是在那段时间里，人们看到他的次数剧增，在水库岸边，在采石场边缘，在驮马桥下的河边。目击者总是在一段距离外发现他正要走开。菜圃里，种在玻璃片围成的方形土地里的南瓜渐渐变得浑圆，人们把它们从潮湿的泥土中挖出来，秋日微光下，可见南瓜表面布满纹路。简·休斯从亨特家步行回家，在磨坊池边偶遇琼斯。他耐心地站着，双手背在身后，弯着腰，脖子前倾。她并不想打扰他，但经过时发现他的姿势稍有缓和，她觉得琼斯也感知到了自己的存在。她熟知这类信号。她走近他身边，凝视了一会儿水面。琼斯先生，她说。牧师，他应道。你最近还好吗？她问。他点点头。那你妹妹呢？他并未回答，但指了指水面光亮处一些她几乎看不到的细微变化。现在它们全都被吓跑啦，他说。真的吗？我站在树荫里，他解释道，所以不会吓着它们，可你是悄悄逼近的，所以。她带着歉意退后一步，看着他。你今天是在钓鱼吗？没有，他说，但如果我在钓的话。那我下次会记得的，抱歉。头顶的树上传来斑尾林鸽扑腾翅膀的声响，流水淙淙，漫过石子。琼斯依然背着手。她又回家了，他说。我猜也是。这儿鳟鱼可多了，他告诉她，如果你不惊扰到它们的话。我们不怎么能瞧见她，简一边说一边朝水面探身，仿佛正在细看鳟鱼，实则是想给他一个能说话又不被盯着的机会。她不出门，他说。简等了一会儿，但他没再说什么了。这对你来说一定很不好过，她说。倒也不会，她不烦人。有人帮你吗？简感觉一旁的他僵住了，背在身后的手回到身前，理了理夹克，还有帽子。他转过身背对水面。要变天了，他边说边朝山里点点头。看起来是要下雨了，她也这么认为。再见，他说着，点了烟沿人行道往驮马桥走去。汤普森家那片收割后的麦田里，鸢徘徊着寻觅蠕虫。

河畔早早起了一阵雾，到上午也没有散，街道给人一种昏昏欲睡的感觉。山毛榉林尽头的河岸上，獾穴一片寂静。洞穴与接骨木树下潮湿的地面间有蚯蚓出没的踪迹，但这样的进食之旅总是短暂的。洞穴周围散落着枯叶与干草。卡尔肖庄园、堂区俗务委员会与国家公园就人行桥一事达成协议，同意共同承担费用。杰克逊家揽下这活儿，三天内便干完了。篝火之夜[1]下了雨，人们待在家中，虽村民事先盖住了篝火堆以免被

[1] Bonfire Night，也称盖伊·福克斯之夜，时间为每年的11月5日。英国人通常会在这天夜里点燃篝火，燃放烟花，焚烧"火药阴谋事件"的策划者盖伊·福克斯的假人。

打湿，但仍用了很长时间才点燃火堆。烟柱升起，火星四溅，站在伞下的一小群人发出讽刺的欢呼声。十一月晚些时候，威尔·杰克逊骑四轮摩托载着汤姆去看那些还未带到山下草场的母羊们。抵达后威尔告诉汤姆，不久后他们会与克莱尔重新在一起生活。汤姆用膝盖夹着羊蹄，正非常认真地帮忙做检查。妈妈告诉我了，他最终应道。你觉得这样可以吗？这又由不得我。是，但我们希望你也觉得这样挺好。威尔在一只母羊身上发现了烫伤的痕迹，喊汤姆递喷雾来。你不觉得比起一直在两家跑来跑去，这样方便多了吗？我们能聊点别的吗，爸爸？威尔看着汤姆，点点头。有一阵儿，父子俩什么也没说。检查完羊群后，他们坐在拖车边上，看着山下。

一位名叫苏珊娜·赖特的女人带着孩子们搬进了巷子里的三床小屋。有人疑惑在无人认识她的情况下，她是如何分配到这屋子的。等待名单上有人排了更久的队。很快她便做了自我介绍，但对自己打哪儿来说得很含糊。她说话带南方口音，儿子十五岁，女儿十岁，名字分别是罗恩与阿什莉。来这儿的第一天，两个孩子在村里无所事事地闲逛，表情严肃，像是见了想打招呼的村民便觉得受到了威胁的城里孩子有的那种表情。村民们有许多疑问，她为何在一年中的这个时候搬进来，孩子的父亲又在哪儿，但没人当着她的面议论这些。听说她在邮局抱怨此地潮湿，路过的戈登·杰克逊自愿为她效劳。克莱尔搬回了巷子另一头的公寓，威尔在她第一次离开自己后设法保住了这套房子。他们并未举办像样的仪式庆祝归来。她的大半物品一直就留在壁橱里，自从那晚他们在采石场下车后，每次留宿她都落下更多私人物品。汤姆不确定自己是否喜欢这个新安排。听到他们两人因窗帘而发生争执，汤姆一点也不意外，在他的印象里，老爸此前对窗帘可没有任何意见。他在床下放了个包，里头有衣服、洗漱用具和教科书，以备不时之需。圣诞节前一周，大雪下了一整夜，上午人们纷纷出来清扫自家门前的道路，整座村庄满是金属刮擦石面和汽车引擎发动的声音。杰克逊家的小伙子们在较为陡峭的路面上铺了沙砾，人们开车驶过大部分较平缓的路面时也得慢行，他们的轮胎与路面被压实的雪互相摩擦，吱吱作响。夜晚，唱诗班为帮助当地的救济院而挨家挨户拜访，他们幽幽的歌声渐渐消散在冰冷凝滞的空气中。

理查德·克拉克恰好在圣诞节后回到家中，难得这次他抵达时妹妹们也在。坐下与大家一道用餐时，他感觉自己被逼入了死角。妹夫与孩子们的出现令桌上热闹非凡，他没太多要说的。待他们待到很晚才离开后，妹妹们在门阶上同他聊起母亲的健康状况，以及兄妹几个需要分担的责任。她们说，他不能再这样经常出国了。理查德原本是三个孩子里最大的，但他从没让大家感觉到他是长子。他说会尽己所能，但母亲现在看起来过得特别好啊。他的工作常常充满变数，他说。你那工作就是个该死的谜，雷切尔说。你知道我做的是什么吗，他回道。他又解释起自己从事的咨询事务来，但她们毫无兴趣，笑着转头往车那儿去了。街上十分拥挤。儿童音乐剧在村中礼堂上演，再次上座率良好。今年排演的是《阿拉丁》。托尼饰演寡妇屯溪[1]，演得棒极了。他念台词时声如洪钟，故作严肃，有时看起来也不完全是故意的，他穿着沉重戏服仍仪态优雅。威尔·杰克逊之前拒绝参演，这会儿正在幕后忙活。当观众们走出礼堂一头扎进黑夜时，雪又下大了。第二天马丁途经黑尔菲尔德时，去瞧了瞧露丝的新店。见着他，露丝很是意外。他正要到城里开始新工作，本不经过这里。她问起他的近况，他说一切都好。柳条筐中装着许多新鲜产品，冷柜上挂着一串串香肠，店内一股浓浓的咖啡香气。这里卖许多不同种类的橄榄。马丁很难相信这样的价格真会有人买，但当他问露丝生意如何时，她说他会大吃一惊的。人们减少了在车辆和国外度假方面的开支，她

---

[1] Widow Twankey，剧中主人公阿拉丁的母亲，这一带有喜剧色彩的角色通常由男性扮演。在《一千零一夜》中，阿拉丁是一个中国小伙，父亲是一位早亡的裁缝。被搬上英国剧院的舞台后，他原本没有名字的母亲被取名"Twankey"，与英国人当时喜爱饮用来自安徽屯溪的茶有关，其名字即屯溪的音译。

告诉他，把剩下的钱花在了店里的这些东西上，大家想对自己好点，吃穿用度都要好东西。虽心疑此话意有所指，但他没说什么。他们曾有分歧，现在一切都过去了。他只是很高兴知道一切都好。他开车速度过快，以至在进城前的最后一个转弯处几乎失控。他在即将迟到前打上考勤，占了两个车位来停车。如果真想上一堂该死的经济学课，他早就去请教了。

4

午夜，新年到来时，亨特家放了烟花，那声响突兀地传到村中礼堂，一时间大家都好奇是什么发出的声音。安德鲁焦躁不安，艾琳从厨房被叫出来带他回家。下一回堂区俗务委员会召开会议时，众人要求亨特家别再放烟花了。学期伊始，罗恩·赖特与利亚姆、詹姆斯、琳西和索菲一起搭巴士前往城里的高中。他们在村子里见过他，但没说过话。几人互相点点头打招呼。他告诉大家自己的名字。他们问他从哪儿搬来，他说是伦敦南部。利亚姆问，他妈妈是否就是那个要开瑜伽班的嬉皮士，其他人都叫他闭嘴。我不是在搞笑，只是问个问题而已，利亚姆说。我妈经常练瑜伽，她还知道尤里·加加林[1]，她什么都知道。这话一点逻辑也没有，没人晓得该怎么接。你们明白

---

[1] Yuri Gagarin（1934—1968），苏联宇航员，人类历史上第一个进入太空的人。

的，他将信将疑地解释道。能把勺子弄弯的人！你妈妈是个能把东西弄弯的人[1]，琳西说着，詹姆斯与她击掌。巴士转弯拐上主干道，她父母开的农产品商店也在这附近，一路上他们都在问关于罗恩之前念的学校的事。凯茜·哈里斯开车超过巴士，驶向另一个方向。到家时她敲了敲威尔逊先生家的门，问是否需要带纳尔逊外出散步。威尔逊先生说那可帮他大忙了，并问她要不要先来杯茶。这是他们之间的惯例，为了让代遛狗看起来像临时起意，事实上一年里大部分时候都是凯茜帮忙带纳尔逊散步。威尔逊先生的髋部有些问题，不便翻越山丘或走到商店去，更不用说遛狗了。而纳尔逊成天就盼望着能有时间在外撒欢。能来杯茶就太好啦，她说着，准备好迎接重重扑向自己的纳尔逊。威尔逊先生关上门，缓缓朝放水壶的地方走去。有人将千年石磨盘推下底座，肖恩·胡珀签了合同负责修复。驮马桥旁，苍鹭在河边淤泥中踱步，转动着脑袋，怪异地高高抬起腿，而后它停下，观察着水面。

二月没下雪，但森林地面冷硬。露丝收到一张情人节卡片，她知道这是马丁送来的。最好的回答便是沉默，她如此决定。维修队检查了7号水库大坝的上游面，沿着坝顶边缘寻找遭侵

---

[1] 原文为"bender"，这个词还有饮酒作乐之意。

蚀处。路旁结冰的浅水坑里传来冰面开裂的噼啪声。苏珊娜·赖特在村中礼堂开设了第一堂瑜伽课，只有三人到场，因为房里太冷不适合舒展拉伸，她便用这一课时来厘清瑜伽的定义。她说自己会同管理员谈谈暖气问题，之后又问管理员是谁。郡里派人来清理主干道旁的旧采石场。许多居民都习惯往那两辆烧毁的车里倾倒垃圾，来了三辆卡车才运完。这些东西从哪儿来的？站在采石场的崖壁边观望时，马丁问托尼。更大的问题是这些玩意儿要到哪儿去吧，托尼说。他们只会把这些往别的洞里填，或许和丢这儿没两样，等采石场装满之后一起埋掉，种上几棵该死的树，完事儿。海鸥与乌鸦在头顶上盘旋。琼斯和他俩在一起，但没什么要说的。马丁转头工作去了。他在新超市的生肉区找着一份工作。他没告诉别人，但大伙儿很快就知道了。毕竟，人们现在都在那里购物。经历布鲁斯那事、肉铺关门，以及与露丝分手，这像是终极羞辱。每天工作时间不长，虽然薪水不高，但到手的票子比累得半死开店那会儿要多。他们给了他一条条纹围裙，以及一枚写着"肉贩大师"的徽章，但这儿毕竟不是肉铺。送来的带骨大块肉已经切好了，而他只是站那儿把肉递出去。他甚至不必操着自己的好刀。刀锁在店里，那些银行来的蛮牛犊子不肯让他取回去。如今这份新工作他已干了三个月，主管说，虽然没有收到投诉，但希望他可以考虑待客更热情些。马丁说自己一定会好好考虑的，然后就出门去卸货区抽烟了，还踢了堆在那儿的包装箱。下午四点半左右太阳落山，这时天色已经很暗，高耸的荒野和聚起的云团遮蔽了晦暗的光线。

菜圃里悬铃木的枝条被狂风刮断，掉在琼斯隔壁塔克家的屋顶上。这儿有七年没住人了。围绕着房子有些纠纷，得先解决了才能卖，但似乎没人知道纠纷的具体内容，或有谁牵涉其中。琼斯爬上梯子，把树枝清理下来。他检查了屋顶的石板瓦。妹妹在屋子前注视着他，这些事让她觉得很烦躁。她会时常追问，直到问题解决。他告诉妹妹这些石板瓦没问题，并移走了梯子。她进屋去。斑尾林鸽在河边的树上筑巢。那些细枝丫搭起的鸟巢框架，看起来并不能承受一只胖鸟的重量，但人们猜鸟儿自有办法。有人见库珀为杂志工作到很晚，又一次面临截止日期迫近的窘境。截稿前几小时压力巨大，但他非常享受。这让他想起在《泰晤士报》工作的时光，那是好多年前的事了，当时他还没来这儿给国家公园做新闻。彼时他有同样的感觉，时间紧迫但要求精确，只有一次全盘检查的机会。当然也有不同之处。现在设截止日期，一来，只是出于他自身的骄傲；二来，办公室里除他外没别人，这意味着一期杂志终于付印后，也没人能一起喝点小酒。事实上，整间办公室一派寂静。他能听见男孩们砸在楼上的脚步声，"咚咚咚"这儿来那儿去，还有苏沉闷的声音，她试图给孩子们穿睡衣。她听起来累坏了，奥斯汀有点想上楼接手替下她，但他知道这帮不上忙，苏也不会为此感谢他。她近来没心情向他道谢。他似乎把事情搞砸了，做得太多，或做得太少。她跟不上一些项目的进度，有人让她请个无薪假，一些同事对她在家办公这一安排有意见。某种程度上，她似乎将造成目前局面的责任归咎于他。他理解，带小孩压力太大，这会过去的。他打印好清样，拿起一支红笔。户外，风轻快地穿过林间。一对鸳在 5 号水库高处的针叶林间重建往年的巢穴。它们编入新的树枝，并将刚采的欧洲蕨和草叶一起排列在浅浅的碗状巢穴中。

四月，有人见着第一批归来的燕子，徒步者重返山区。苍鹭在采石场上方，在树林高处的鹭巢中不停扑腾着翅膀。夜幕降临。今年菜圃一开始供水，克莱夫就第一个接上自己的水管，银色水流淌过地面，渗入缝隙。采石场再度进行爆破作业，警报初次响起时，人们都没理睬那渐强的长调尖锐声响。几分钟后第二次警报响起，衣服还晾在绳上的村民赶紧收衣回屋。第三声警报响后，采石场附近树上的鸟猛地惊起四散。深处重击声通过地面轰隆传来前，空气凝滞了一会儿。第一次解除警报声传来时，鸟儿镇静地回到树上。采石场的工人们在第二次解除警报声响起时回来了。之后几小时村里都关着窗，直至粉尘消散。河流看守人从大坝边的人行桥上往河里抛下装着水质采样瓶的笼子。他总在同月同日同一时刻的同一地点做这事。与此同时，附近有两个看起来在寻找垂钓点的男人，看守人想搭话。他与艾琳擦身而过，后者带着满满两大包鲜花，正往教堂去。她到达时听见歌声从教堂法衣室传来，去取花瓶时歌声也没有中断。她并不是个喜欢评判好坏的人，但真觉得这歌声不赖。因为从来没有听过牧师在早祷礼拜中如此歌唱，艾琳过了一会儿才意识到这是牧师的歌声。她不太懂旋律，也不太能听出歌词来，但歌声很是吸引人。高处日光明亮，尘埃飘在空气中，有打磨木头的气味，艾琳站在那儿，抱着满怀鲜花，不愿离开。微弱的警报声自采石场传来，歌声停止了。这个月晚些时候，村里为援助特赦组织举行了春季舞会，有些村民认为不应让政治掺和其中，这引发了争议，但简·休斯促成了此事。他们达成一致，不在现场摆放宣传物料，因为这会影响活动的气氛。克莱夫告诉参与会议的众人，一些村民确实觉得那种说话的腔调让他们没了烤猪肉的兴致。他的发言被认真记录了下来。警方在格拉德斯通酒吧举办有关预防犯罪的宣讲会，所有人都出席了，某人开着杰克逊家留在村前路上的牲畜拖车离开。大伙儿说起这事时一些人觉得很好笑，但不久后又表示谴责。

杰夫·西蒙斯在工作室里将新一批陶器拉制成坯。工作室后方摆着昨天的作品，正慢慢晾干，窑内才开始升温。他把一个陶土球压在湿润的陶轮上，定好中心。惠比特犬在阳光下酣睡。他抚摸着旋转的黏土，拉高，伸手进去捏出一个器皿的样子来。陶壁在他手中逐渐变薄。他沿着表面线条将泥料拉成陶坯，水流出陶轮外。多年来，这些步骤对他来说已熟稔于心，外行看不出门道来。经他的触碰所施加的压力精确而充分，脱胎于黏土的陶壶逐渐成形。他放慢陶轮，开始塑容器的边。他想让器皿呈葫芦状，开口外翻。顾客们有时会问这些是花瓶还是带柄壶，又或是水杯，可他只说这些是器皿。人们指责他令人费解。窝在地毯上的惠比特犬后腿乱蹬，梦想着前往广阔的牧场撒欢。主干道旁的采石场里，红灰蝶又在交配。谷仓高处有燕巢，母燕的蓬松羽毛下窝着带红色斑点泛着白色光泽的蛋。河边林地开满蓝铃花。村民们从亨特家泥泞的地里挖来水井装饰节要用的黏土，运送到村中礼堂。男人们在锡槽里搅匀黏土，上下踩踏，同时艾琳不断往里掺水，直至她宣布黏稠度正好。这事结束后戈登·杰克逊回到亨特家，问杰丝是否想去开车兜风。这事之前提起过。人们议论过高地的风力发电机，说那里可以俯瞰9号水库，她想看看这地方的全貌。她说她有些挂心之事。他觉得或许还能做点别的。斯图尔特·亨特不在家。她正在烘焙，收拾时她请他稍等一会儿。准备好后她便坐上他那辆路虎，两人驾车经过游客中心，沿着那条小道开上山脊。戈登有门钥匙。路上车辙很深，有几次她从座椅上弹起，每当戈登发出轻快、令人尴尬的笑声，她就伸手抓住他的胳膊。视线交汇，接着是一阵小心翼翼的沉默。他寻欢时自有套路，但不一定每回都按顺序来。两人交往有段日子了。到山顶后，他们站在车旁，他让她觉得第一次那个吻是她主动想要的。他摩挲着指甲。她滔滔不绝，对两人正做的事一点也不觉得羞愧。她想要有人看着自己，而他有时间。之后他想，这段关系中是否有真情，哪怕一次也好。可从她扣上衬衣的样子来看，他晓得什么也不会有。他才刚缓过一口气来，她已经想走了。她朝他微笑，这让他想要坐下来。他在想，那些人究竟需要多少水泥去建风力发电机的地基，他们又会不会为运输水泥而新修一条路。

索菲·亨特与琳西·史密斯参加了城里的派对，回程时一团糟。她们没钱打车，于是决定步行。本来只有四英里的路，但她们在黑暗的树林间拐错了弯。起初两人还觉得挺好玩，之后便因陷入麻烦而感到害怕了。如果我回家迟了，我爸会是什么反应，你明白的，索菲说，他可能已经叫警察了。不只是你爸好吗，琳西说，他们所有人都这样。琳西提着鞋，脚趾间的泥土越积越多。她们看见汽车灯光，便朝路边走去。虽然我不在意，但不管怎么说，这派对糟透了，索菲说。她试着笑笑，却听见琳西在哭。她转身去牵琳西的手。在黑暗中，她几乎看不见琳西的脸。没多远的路了，你振作点啊。索菲，见鬼去吧，索菲。他们看见咱们会很开心的，肯定就忘记骂人了，振作点。我只是希望。琳西，别提那事。我只是希望我们知道当时她出了什么事。琳西，天啊，又提，别说了。她们走出林子，踏上水泥厂边的道路，沉默地沿山路走向村里。第四辆经过她们身边的车是迈克·杰克逊的，他载了两人一程。她们都在家被关了两周禁闭，并在不久后得到了属于自己的手机，是由索菲的父母出钱买的，仅限紧急情况下使用。奥利维娅也想立刻要一台，但他们说她还太小。那两周里，杰丝·亨特让索菲帮着艾琳打扫谷仓改建房，艾琳让她一刻不得闲。艾琳对工作极为认真，做事迅速，但不应付了事。人们雇她，就因为她干活大伙儿放心。在家也一样，特德总说她把家里收拾得很像样。认识特德的人都明白，这是极高的评价。他的衣服、鞋子上总沾满灰尘，但从不自己清理。还有洗澡，每次他在采石场里待一周回家后，洗完澡浴缸就像用来搅过水泥似的。过去就是这样。他主外，她主内。只有这样才合理。艾琳的职责也包括照顾安德鲁。如果那孩子在半夜醒来，只有她去照顾才是合理的。特德比她大了将近十岁，年纪太大，对付不了这类吵闹的小孩。艾琳生下安德鲁时年近四十，有时她也搞不清楚精力从哪里来。赶上那孩子病发时，特德可以撒手不管，就坐在椅子上，毕竟他在外忙了一天。这事无须商量。他喜欢安静、整洁的屋子。没什么好多问的。但如今他不在身边了，她有更多时间接下村子里的其他清扫工作，这是她得心应手的工作。她干完活，穿过杰克逊家与广场后的高地，抄小路步行回家。安德鲁回来之前，她还有一点时间。人行小道经暴晒后变得干硬，在疯长的野草间又分出一条路来。她能感觉到阳光照在胳膊上。她抬头望着荒野。灰石徒步道改道多年后，荒野高处遍布的泥炭地上仍有深深的车辙。一些徒步者坚持走原来那条路，他们为闪避较深的泥沼而沿边缘前进，使得道路逐渐被拓宽。不然还能怎么办呢。蝴蝶都不见了。田鹬飞往更冷的北方育雏。

威尔与克莱尔的婚礼在七月举行。教堂里坐满了看着他们长大的村民们。老杰克逊穿着新衣坐在轮椅上，被人推进来，威尔购置衣服时考虑了他身材尺码的变化。格拉德斯通酒吧内有食物供应，人们在村中礼堂起舞。有人看见戈登·杰克逊与苏珊娜·赖特共舞，但似乎没什么下文。苏珊娜与她的孩子们逐渐熟悉了这个地方。她自发在村中礼堂的幼儿园帮忙，并继续教瑜伽课。她在菜圃分得一块地，还报名出演儿童音乐剧，也很快和人们聊在一块儿，连艾琳都说她极有可能定居下来。那个叫罗恩的男孩并未受搬家一事影响，为初中毕业考试做了充分的准备，并与琳西·史密斯谈起了恋爱。有人目睹两人一同在河边漫步，或穿过山毛榉林，但更多时候他们只是在板球场那儿的巴士站接吻，直至两人的脸都变红。人们在格拉德斯通酒吧拿这事儿说笑，连苏珊娜都想知道他们何时才能找个私密点的地方。为安全起见，很久之前她便在儿子的钱包里放了避孕套，偶然得知那东西目前还在原处。阿什莉在学校交了朋友，但回到村里，只有奥利维娅·亨特与她同龄。她常常待在电脑前。马丁坐在菜圃里自家菜地尽头的长椅上。现在菜地归露丝了，她不反对马丁上这儿转转。她一人打理的菜地比从前两人时要好。他并不介意承认这点。这说明了一些事情，一些两人之间的问题，又或许她获得了外界帮助，来自某些他不认识的人。那有可能，或许一直以来都是如此。他们或许现在就盯着他呢——威尔逊先生朝他的芦笋苗床弯下腰来，克莱夫耙着堆肥——还为他的无知感到悲哀。当然了，这么想也无济于事。有人给过他建议。他得一步步来，转变想法。他抬头挺胸，咽下那些难受的情绪，然后向外望去，去理解接收到的感官信息。他列举着能看到的植物，鹅莓、草莓和醋栗，甜玉米、西葫芦和豆子，旱金莲和万寿菊、须苞石竹、香豌豆，菠菜、莴苣、羽衣甘蓝，荨麻、峨参、蓟、旋花，真他妈多的旋花。不论这地归谁，这家伙大概不是个好园丁，留下这么多杂草没除。他拧开集雨桶底部的水龙头，动身下山。他试着去操心点别的事情，但主要是想喝点东西。有人瞅见姐妹石阵那儿支起帐篷来，据说有个环保组织为抗议新开的采石场而在此扎营。夜里，莱斯·汤普森走过他那片地，牧草还有阳光的余温，长势良好，明日就能割草。山毛榉林里的狐狸带着幼崽离开巢穴，教它们觅食。有人在荒野的深谷中发现了一件白色连帽上衣，沾着深棕色污渍，接缝处已磨损。失踪女孩的母亲确认，牌子和样式均与女儿的衣服相吻合。法医鉴定历时数周，尚无定论。警方在发现地周围进行了大范围搜查，但没有更多发现。

索菲·亨特与詹姆斯·布罗德据说正在搞对象。"搞对象"是斯图尔特·亨特用的词，没有讽刺之意。所有人很早之前就觉得他们会在一起，但直到几周前大伙儿才发觉有些不对劲。一日午后，两人进了索菲家的放映室，那会儿她父母都不在家。她告诉他别误会，但有时这感觉像是在亲吻自己的兄弟。詹姆斯告诉她，你没有兄弟。她说这不是重点。他没生气。他几乎觉得如释重负。他说自己同索菲接吻时，感觉不像亲吻自己的妹妹，反而更像在亲吻她的妈妈。她问他什么时候亲过她妈。詹姆斯回答，经常。她可是一位开放的女士啊，他说。然后她说他很恶心。彼此彼此，他说。他们仍握着对方的手，即使明白对话将驶向何方，两人也不着急打住。他又轻柔地吻了她一回，然后摇摇头。幼儿园那会儿我们还一块儿不穿衣服瞎跑呢，他说，现在看你脱光了感觉不大对。人总会失望的，她告诉他。

英式橄榄球队长和学生领袖？大伙儿都觉得咱们是梦之队啊，这就是了？他问。我觉得算吧，她说，这挺好的，不是吗？他点点头。听着，她说，几小时内我爸妈都不会回来。她盯着他，解开自己的上衣。好吧，这有点晕，他说。他把阵地转移至沙发。但如果你想这样也成。她伸手够着他牛仔裤上的纽扣，他们很快又亲上了，然后脱下关键部位的衣物开始做爱。他来势迅速，伴着一声高喊与一声叹息。事后有一阵儿她保持着跨坐在他身上的姿势，轻抚着他一侧脸庞说他们永远都是朋友。穿好衣服后她告诉他，其实琳西特别喜欢他，什么时候他该考虑考虑，仿佛这话没什么大不了的，仿佛她只是刚刚想起这事。他摇摇头，说她真是个烂人。她质问他这有什么问题。她甚至跟我们不在一个幼儿园，她说，这会不一样的。他扣好牛仔裤，伸手拿遥控器。你可以选，他说。板球队前往卡德韦尔进行一年一度的比赛，却发现卡德韦尔仅召集了八名球员。大家讨论是否该继续比赛，最后赛况异常激烈，两队战平。马丁消失了一周，回来时走路一瘸一拐，手背上有烟头烫伤的痕迹。托尼问起时，他只说，伍德的记性比想象中还要好。

威尔逊先生是凯茜·哈里斯的邻居，住在那排位于板球场边小路尽头的工人村舍里。他年轻时搬来这里，在村里山上的新水库工作。威尔逊先生与琼相识于制图室，一年内便成婚，一起搬入这间村舍。凯茜敲门问是否需要带纳尔逊出去散步，和往常一样，他请她进屋喝杯茶。纳尔逊在起居室里绕圈跑，她弯下身，用指关节蹭蹭小狗耳朵四周。纳尔逊仰起脑袋，有一阵子待着没动。威尔逊先生带着茶过来。他上了年纪，而且髋部还有问题，因而行动迟缓，不过凯茜记忆中的他便总是一副慢悠悠、严谨认真的样子。她无法想象他追赶过巴士，也不认为他在村里板球队打过球，虽然，众所周知他当过裁判。他曾在供水公司担任工程师，职业生涯大部分时间都在为水库及污水处理厂工作，直至五年前退休。他为项目中取得的技术成就感到骄傲，对工作细节知之甚详。大伙儿都晓得他是怎么看待瓶装水的。威尔逊先生个子很高，每逢发言时似乎总得小心安放修长的四肢。她从未见过他不打领带或穿无领上衣的样子，尽管近来比起从前穿的外套，他更偏爱毛衣开衫。我多做了点那种椰枣片，他边说边坐下，交叉双腿时抚平裤子上的褶皱。花园里，一对乌鸫正在山楂树上进餐，雏鸟早已离巢。天气不太好，白昼渐短。这回，轮到梅茜·杰克逊拼装教堂里秋收感恩节的装饰，她决定用一堆没洗过的羊毛和常见的花朵、西葫芦、玉米摆在一起，这招来一些议论，但人们没直说。汤普森家农场路边大部分的黑刺李树篱都没人修剪。九月底果实累累，在凛冽的风中，黑色的果子上像撒了蓝色的粉末。这是个热门去处，多数果子都被人早早摘下冷藏至变甜。它们被倒入窄口大酒瓶里时像滚珠轴承般撞在一起，然后加入糖与杜松子酒。弗兰克·帕克向堂区俗务委员会递交了有关路肩养护的报告。他花了一年多时间准备这份报告。委员会感谢他所做的一切，且他的结论——即应注意定期进行全村的路肩养护——得到了应有的注意。詹姆斯·布罗德的父母最终分开了，他父亲搬到了城里去住。一年一度，燕子飞去。第一次工人教育协会组织的活动上，记账老师带着一包防护服及演示用的蜂巢出现，引起不少困惑。

　　一些人对苏·库珀带孩子的方式感到担忧。一日上午，有人见她到了该收拾玩具时才把孩子带来位于村中礼堂的幼儿园。她得把两边的门都打开，才能让双座的幼儿推车通过。她倒拖着车子上了台阶，直到把推车推进角落并转过身面向房里时，她愣了一会儿，才明白自己来得太迟了。利向玩具架直冲过去，想要拉出几辆车来。苏不得不追着他，跟在后头解释。别的家长大多都走了。苏珊娜·赖特过来告诉苏，虽然玩具都收好了，但让男孩们再拿出几辆车来玩也没关系。即使苏想阻止，但利还是把苏珊娜的话视作某种信号，为自己和桑拽出两辆玩具车来。我给你冲杯咖啡吧，苏珊娜说着，一手搭上苏的肩膀。苏犹豫着，稍稍挪了挪。我喝茶吧，她说。苏珊娜点点头，苏便跟着她去了厨房，站在小窗口旁，眼睛还顾着儿子们。他俩开车向对方疾速冲去，正面相撞，惨叫连连。苏珊娜告诉苏她还准备了点吐司。我猜你是老早之前吃的早饭吧，她笑着说。苏没接话，她便接着讲起一个漫长的故事，当罗恩还是学步儿童时，某日上午她四次试图离家，却连着因脏尿布、洒了的食物、坏掉的推车车轮而没走成。最后我总算走到巴士站，结果有个人说我裙子穿反了，我都哭出来啦，她一边大笑着说，一边给吐司抹上黄油，越过料理台递过来。苏勉强地笑了。那会儿你肯定不好过，她说，都得靠你自己。哦，亲爱的，不是这样，当时我不是一个人，苏珊娜说，不过，等到我自己一个人的时候就简单多了。男孩们开着车撞向墙壁。带孩子总是很难的，苏珊娜轻柔地说，双胞胎肯定更难，大伙儿都懂，你知道的，没人想指责你，每个人都知道你现在做得好极了，明白吗？她越过料理台，伸手搭在苏的胳膊上，苏再一次稍稍偏过身去。她双眼干瘪，嘴唇紧闭，站姿僵硬。拜托，她说。

篝火之夜，艾琳和温妮组织了妇女协会的一帮人为大家提供食物。有烤土豆、辣椒，还有一些小孩用烧烤长签串起的棉花糖。这是个干燥的夜晚，火苗一度蹿得几乎与七叶树一般高。琳西与索菲远离人群，一起喝着葡萄酒，嘲笑那些烟花。索菲问琳西和罗恩之间究竟是哪里出了问题，琳西表示这很难解释。自己不确定是谁结束了这段关系，她说，两人总吵架，之后就不见面了。但你喜欢他，索菲说。琳西说对啊，自己是非常喜欢他，就是他有点……她说话的声音越来越弱，最后听不见了。透过火光，琳西期待地看着索菲。你知道的，她说，关心过了头，他总替我做事，就，总这样，一开始还挺好的，和我在家里的情形不一样，但好像他觉得应该把我保护起来，什么也别接触，他总问我在做什么，总是一副他妈的"关心"我的样子，你明白吗？她对索菲皱了皱眉，摆出一副忧心忡忡的表情来。索菲笑了。一个人要总这样，会搞得额头上都是抬头纹，琳西说。索菲问她是不是就因为脑门上的抬头纹才甩了他。琳西说自己可没甩他，她试着同他聊聊，但他没明白这点。他们像这样吵了许多次，他不会反驳。但无论如何，现在完了，结束了。索菲问，他能接受吗？琳西说她觉得能吧，不太确定。索菲又问，他是否需要安慰。琳西看起来很震惊。别那么干，她说，拜托。可是他挺可爱的嘛，索菲说着喝光了葡萄酒，他脑门看起来挺可爱的。两人朝公路走去时，有人听见她们尖声大叫。篝火一点点熄灭，人群渐渐散去。云团高远，黑夜凛冽，清晨余烬仍在冒烟。十一日，人们给飞行员纪念堂献上罂粟花圈并致辞。如今村里只有少数人还记得重型轰炸机轰隆隆撞向荒野的情形，轰鸣声响彻山谷，随之而来的是可怕的爆炸，后来泥炭地烧了起来，气味多日不散。飞机翼肋在帚石南丛中泛着银白光芒，被风雨剥蚀得干干净净。

简·休斯开始定期上门拜访老杰克逊，主要和梅茜聊聊农活和他们家的事，然后便在门边探探头，同老杰克逊打招呼。她从没费过这么大力向一家传教，梅茜告诉艾琳。我觉着她只是喜欢来说几句话。老杰克逊甚至问起她来了，虽然她在场时，他不怎么说话。她可别因此而觉得我们会开始看《赞歌》[1]。梅茜没告诉艾琳，上一回简来时，她似乎看见这人的手贴着老杰克逊的额头，念叨着类似祷文的东西。老杰克逊很认同似的合上了眼。那时她怀疑这男人脑子里在想些自己不知道的事。除抱子甘蓝抽出了第一批嫩芽外，菜圃里没长出太多东西来。山毛榉林中的獾穴一片寂静。獾在里头睡得很沉，一动不动等待冬天过去。云雨低垂，雨水搅得湿漉漉的地面泥泞不已，连着几日天色晦暗。驮马桥下河水翻滚向前，涌上大坝。水库水位很高，水流由泄洪道边缘倾泻而下，像瀑布般沿阶梯注入坝基的放水涵洞。有一整年不见失踪女孩的父亲了。报纸上有报道提及他已同女孩的母亲复合。这也不是说大伙儿想念过去那个阴沉徘徊的他。月底落了雪，杰克逊家的小伙子们上山寻找母羊。他们的四轮摩托后座上放了几袋饲料，几人将羊群赶到低地。目前尚未发现死羊，但这种天气如果持续下去就极有可能了。学期最后一日，校内唱起了颂歌，礼堂中挂着装饰，屏幕

---

[1] *Songs of Praise*，英国广播公司出品的一档宗教类节目。

上打着歌词，室外天色渐晚，恶劣天气再度来袭。家长们坐在小椅子边上一同唱起来。"夜里牧羊人看守群羊，"他们边唱边远眺荒野，"所有人坐在地上。"

失踪女孩的名字叫丽贝卡，也叫贝姬、贝克斯。她现在应该十七岁了。警方发布了一张由电脑合成的她如今可能的样貌图像。这个"模拟贝姬"看起来像是未经任何变故。仿佛照片中人的只是被关在无菌室里，如今才放出来，眨眨眼没站稳，对世界的感知与当年那个进入无菌室的十三岁女孩无异。警方表示，图像发布后获得了许多关注，他们希望这能引导人们再想想女孩失踪时自己在做什么。有人梦见她再次出现在电视画面中，凝视着镜头，她身处伦敦街道，正搭车前往一栋房子，她说不上来自己都去了哪儿。有人梦见她在洞穴里爬行，黑暗中她的衣服上满是污泥与柏油。有人梦见她被关在地下室或偏远的谷仓中，一直被塞着嘴或蒙着眼。人们不断梦见她，没法停下。人们四下寻找她，在菜圃的每一间小棚与温室里寻找，若屋主外出便直接踢开门。他们掀开一卷卷旧地毯与塑料地垫，举着手电筒照亮单人沙发背后，照亮泥炭堆与成卷的水管，但仍一无所获。人们不知还能再做些什么。位于高地的菜圃寒冷荒芜，任自山谷席卷而来的狂风肆虐。克莱夫正在他的温室里种土豆，没太认真听苏珊娜·赖特唠叨，后者拿着一本种子目录倚在门边。她正告诉他自己准备预订的稀有传统品种，听上去量很大。她提高音量，仿佛在提问，但他并不认为她在征求自己的意见。除非有人求问，否则他不会主动给出建议。虽然他明确知道，目前没人成功在这里种过洋蓟。透过冰封的温室窗户，他能看到山毛榉被风吹弯了树顶。琼斯弯着腰，用铲子再度将自己那整块地刨了一遍。这人钟爱那些难以捉摸的荒地。琼斯留心照看着老塔克家，他斩断屋后窗户上的常青藤，爬上梯子清理屋顶檐槽。这屋子若毁了，对任何人都没好处。他的妹妹想知道塔克家的人上哪儿去了，之后又有谁会搬进来。他回答说自己也不是什么都知道，并请她别总问那么多该死的问题。她的泪水涌上来。他道了歉。他们之间总是这样。这就是他们相处的方式。

5

午夜，新年到来时，酒吧电视里出现了燃放烟花的画面，街上有人跳舞。这一夜暖和而干燥。村中礼堂里人都走光了，钟声敲响时有欢呼声传来，这是几年来头一回。元旦那天理查德·克拉克回了家。母亲开门时，他见她卧室中的家具全被搬到了起居室里。杰克逊家的小伙子帮我挪过来的，她说。仿佛这就是原因。吓了我一跳，后来他如此告诉凯茜，那会儿两人正带着威尔逊先生的狗沿河散步。他不知母亲的行动能力目前退化到什么程度了。妹妹什么也没同他说。理查德怀疑她们根本不知道母亲每天要花多长时间从椅子上站起来到厨房烧水。他想知道她是如何设法前往商店的。有人帮她吧，大概，比如邻居们，艾琳，凯茜不想承认她并不了解实情。她扶着墙通过石篱笆的空隙，弯腰给纳尔逊解开绳子，看着理查德挤过石篱笆。从凯茜盯着自己的样子来看，理查德觉得她似乎是对自己

有意，但可能什么也没有。那都是很久之前的事了。他们都已
有了新生活。他明白这点。他们如今和从前完全不同了。他犹
记得自己曾多么躁动不安，那时两人都是十七岁，想象着他们
彼此相爱。他迫不及待想做所有事，他们终日谈论的似乎就是
离开村庄，去上大学，环游世界。他从没不喜欢这地方或是这
里的人，只是想要离开这儿，这看起来是自然而然的。即便当
他们脱掉对方的衣服，感受身下帚石南造成的擦痒并摸索男女
情事时，也很自然地想要讨论这一话题。他想知道凯茜现在说
起这些事时是否也这么觉得，又或者她那时只是随他喋喋不休。
帕特里克从没提过要离开。理查德尤其记得这点。帕特里克就
从没聊起过未来。没必要。他离开学校后便一直在父亲的贮木
场工作，随着肩膀变得宽阔，手掌变得粗糙，他的钱包也鼓了
起来。所有人都晓得，一旦父亲退休他便会继承贮木场。理查
德后来意识到，一些人会觉得这种必然性很有吸引力。此刻他
注视着走在前头的凯茜，她阔步穿梭于林间，毫不费力。他想
知道她是否正在思考这些事。似乎不大可能。她回头看他，一
度缓下步子让他跟上。

　　马丁告诉托尼自己不会给露丝送情人节卡片。他晓得两人
之间的关系已经结束了，他说，虽然他不是特别明白究竟哪儿出
了问题。去年的卡片她没说什么。马丁知道若自己想办法补救

两人之间的关系，她只会为他感到难过。他绝对不会送她卡片的。十四日那天他买了张卡片寄到了她家，信封背面写着他希望露丝不介意卡片送迟了。采石场又一度繁忙起来。他们开挖新的采掘面，频繁进行爆破。沿路的树叶全覆着厚厚一层灰，几周内都无人在外晾洗衣物。大伙儿盼着一场雨能使空气变得清新些。若安德鲁在家，警报响起时艾琳必须保证同他待在一起。这动静就像鸟儿飞散或羊群突然跑向牧场远侧那样让他焦躁不安。他还是个孩子时，只会捂住双耳惊呼。如今更多是摇晃脑袋，对自己痛苦地尖叫，但只要她站在他身边似乎就已足够。她想知道，儿子脑中是否把这动静与对父亲的记忆储存在同一处。她不太清楚安德鲁还记得爸爸的哪些事情，要搞明白儿子知道什么、不知道什么，可没那么简单。人们向她解释这类孩子的理解能力，但他们往往是错误的。采石场的警报响起时，她想牵着他，但他不愿意被牵着。她只能靠近他站着。这些年，他已强壮到足以挣脱她。有些日子警报会响五六次。黄昏时分，人们看见今年第一批蝙蝠从教堂屋檐下飞走，它们因漫长的冬眠而感到饥饿，正通过听觉定向搜寻食物。

　　荒野上，从庄园来的猎场看守人一格一格地烧着帚石南。这活儿烫手，得小心行事。他们等了一天，当帚石南变得干燥而泥炭地依然潮湿且有低风吹往下坡时，才划出方形区域，走在燃烧线之后，用扁平的橡胶铲扑赶火焰，直至烧到他们已修整好的地。烟味弥漫至村里。库珀打开马厩改建房二楼公寓的窗户，由着烟味飘散进来。屋子里没人。苏带着双胞胎去了父母位于曼彻斯特的家。他们先前聊了许多，真走到这一步时，她说得像是双方共同做出的决定。这里头有些现实原因。分居是暂时的。她累坏了，需要休息。她的父母会享受含饴弄孙的乐趣。在结束职业生涯前，她必须全身心投入英国广播公司的项目，暂时分居可以方便她母亲在她工作时照看男孩们。奥斯汀忙于编辑村中杂志，她明白，他无法否认这点。岳父岳母家也没地方让他同住。空间大点对两人都有好处。这只是暂时的。他想要相信她，但他并不蠢。他站在空荡荡的公寓里。她带走了孩子的衣服、尿布、玩具。对他来说要完全理解这一现状很难。公寓这么看显得异常宽敞。这事不一定要扯上孩子，她曾这样说。她不是要离开他，她也想尽快见到他，她只是需要休息，需要有人照顾自己一段时间。他们可以通过分居想想办法。他第一任妻子也说过相同的话，可她再也没有回头。他不会让这些重演一遍。他明白这事十万火急。只睡了一会儿，上午九点钟之前他便站在了城中房地产经纪人的办公室外，等着他们开门。

下了一周雨后，迎来一段平静温暖的日子。菜圃里的植物疯长。荨麻与峨参大片大片冒出来，树篱间的旋花呈喇叭状绽放，委员会的成员们注意到了这些。克莱夫在自己的温室里将西葫芦及四季豆栽入盆中，他看见苏珊娜·赖特带了把园艺大剪刀往她的地里走去。阿什莉拿着棍子跑来跑去，用镰刀割下荨麻顶部，她干起活儿来比母亲快得多。苏珊娜时不时停下抻抻背，往后拢拢脸上的碎发并扎好。像那样做拉伸时，她的背特别直。某次拉背时，她瞥见克莱夫，便热情地朝他挥挥手。他点了点头。温室因午后长时间的阳光照射而变得闷热，他细心地给盆栽植物喷了水。不久后她过来打招呼，说起自己有好多除草的活儿要做。她似乎想获得一些同情。我上回来这儿时还没什么好操心的，她说，结果看看现在，简直像片丛林。她大笑，明显夹杂着惊讶。克莱夫点点头。野草长得就那么快，他说，花不了多长时间。她上回来菜圃都是两周前的事了，不然她还指望看到什么。那一整个下午她都在粉刷长椅。就这样。库珀经常流连于格拉德斯通酒吧，苏和双胞胎仍住在曼彻斯特。他一直尽力对事态轻描淡写，称她在困境中想要与母亲在一起是可以理解的，毫无疑问不久后他们就会回来，但大家都认为他其实很难过。最终，某晚在酒吧里，库珀对托尼承认他觉得这事很棘手。他说自己的胃中翻搅不停，他害怕事情会一直这样僵着。马丁问他有没有试过吃伦尼胃酸咀嚼片。托尼让马丁别说了。我都不知道那是什么，库珀说，一种肾上腺素？我没法放松，没法想别的事。你试过练练瑜伽吗？马丁说。托尼瞪了他一眼，表示终极警告。那是挺好的，库珀说，谢谢你，但说真的，这对我来说是头一回，我对第一个老婆从没有过这种感觉，当她说要走的时候，我不记得自己有过现在这种感觉，我知道我得给她时间，行吧，大伙儿都那么说，给她点时间，但如果这点时间还不够呢？如果她没回来呢？如果她已经遇上其他人了呢？马丁给托尼使了个眼色，让他倒杯威士忌递给库珀。干了这玩意儿，伙计，他说。你觉得这有帮助？库珀问，你真这么觉得？未必，马丁说，但这能让你闭一会儿嘴。他们笑了几声，库珀干了那杯威士忌，静静地坐了一会儿，揉着自己翻搅的胃部。夜里来了一阵急雨，横扫山谷，这总预示着之后会有灿烂晴天。货运火车缓缓沿着弯道穿行于垂枝桦树间，过桥时传来车厢空荡荡的哐当声。

　　人们在被水淹没的采石场寻找那女孩。他们检查栅栏是否损坏或是否有攀爬痕迹。潜水员们系好信号绳，滑入漆黑的水面。人们在河岸的洞穴中寻她，在那些狭窄的区域里，只能找到些瓶瓶罐罐和纸絮。河流看守人在高处的河岸边清理路面下的排水沟。有人费力打包了垃圾扔在这儿。此处照旧有一丛丛杂乱的黑莓灌木待修剪。雨下得很大，工厂里湿漉漉的，但人们很乐意听见雨水流经路面下管道的声音。等夏季来临，河流水位就正常了。河流看守人并不是喜欢在工作时吹口哨的那类人，但现在他心情很好。夜里，苏珊娜收拾了礼堂，做好上瑜伽课的准备。这段日子，课程比人们当初想象得要更受欢迎。她一直宣称课程对所有人开放，可不论何时，但凡一名男士现身，他总会发现自己是在场唯一一名男士，不久便决定退出。大部分女人都会常来，几个月后，她们因自己掌握的姿势太少而感到失望。苏珊娜试图告诉她们瑜伽课并不关乎目标。课程没有奖章或证书，她说，一切都是为了找到你们自身伸展的点。她穿梭于众人之间，帮她们稍稍调整手臂、肩膀、腿部姿势，当她像这样讲话时，声音总会变得轻柔起来。她触碰别人时轻盈有力。苏珊娜帮谁调整姿势谁就会短暂地成为焦点，有些女人怀疑其他学员因此故意摆出错误的姿势。河边林地里，林生过路黄沿河岸开了一路，泛着光泽的绿叶沐浴在树荫里，小小黄花似点点光亮一般。一对苍鹭正给高处鹭巢里张大嘴的雏鸟喂食。库珀经常去曼彻斯特，陪伴暂住在父母家的苏，异地往返两个月后，他说服苏带着孩子们回了家。从苏日后谈及此事的样子来看，她只是被库珀的坚持打动，而非他多么有说服力。有时可靠是很吸引人的品质，她告诉凯茜，还有，说实话我快被我妈气死了。他们几乎立刻为公寓找到了买家，但在找间买得起的房子时遇到了麻烦。最终，他们买下了巷子里的一栋房子，那原是政府廉租房，和他们从前的马厩毫无共通之处，但确实多了一间卧室，还有一座带秋千与晾衣绳的花园和一扇通往树林的门。夫妻俩从苏的父母那里借了点钱补缺，库珀将杂志办公室搬至教堂的侧间。河边垂柳鲜亮的新叶闪烁着光芒。

　　詹姆斯·布罗德终于把贝姬·肖的事告诉了罗恩。他们搭索菲的车上9号水库去，在车内吸着大麻。詹姆斯开车，后座上，索菲的脸庞已变得苍白并泛起微光，她看似半睡半醒，在詹姆斯说话时不断搭腔。车里弥漫着灰白的烟圈。琳西靠着她睡着了，但不时醒来，说起上大学的事。罗恩没问起贝姬，可詹姆斯决定是时候说了。他们几个都是在贝姬失踪前的那个夏天遇见她的，他说。她一家在村里待了两个礼拜，他们便开始一起闲逛。没做什么，就小孩玩儿的那些，搭小棚子啦，在河里一起游泳啦，到洞穴里去啦。她总想多做点什么，更进一步。她年纪并不比他们大，但看起来成熟许多。她那么好看，索菲说着，又点燃了烟斗，她不好看吗，詹姆斯？詹姆斯从车内后视镜里瞟了索菲一眼。她双目紧闭，微笑着。他看着罗恩，点点头。他们都喜欢贝姬，他说，即使当时没人承认这点。她这人很有意思，他说，她怂恿我们一起爬采石场周围的栅栏，她也是第一个从荡绳[1]上跳下的人，她是核心。而且她很聪明，后座的索菲补充道。琳西再次坐直了。我们都应该去同一所大学，

---

[1] rope-swing，类似秋千的游戏装置，一般设在水边，一头拴在高处，另一头会打成绳结或系根棍子。夏季人们常以此娱乐，拽着绳子荡到水面再一跃而下。

她说，不是吗？我们可以住在同一栋宿舍里，做什么事都一起。詹姆斯递给她烟斗，几人听着她点火吸大麻的声音，吐出烟圈前她长长地停顿了一会儿。詹姆斯与索菲都忆起贝姬拽着荡绳跃入水中的画面，他们没有人真正了解这女孩，当她从空中坠下时，阳光打在她修长而苍白的腿上，那画面唤醒了所有人身上一些从未有过的情绪。她回伦敦后，我是唯一和她保持联系的，詹姆斯说，发发邮件，寄张明信片，也没什么了，我没手机，那会儿也没有脸书，但我们一直有联络，我们——妈的，我们互相喜欢，明白吗？我们喜欢对方。他转身从琳西手上接过烟斗，琳西又睡着了。他由仪表盘上的袋子中取出大麻，填满烟斗。是贝姬说服了父母再来这里过新年假期，索菲这么认为。他深深吸了一口，吐烟圈时咳嗽了起来。所以这就是那事的开端。罗恩接过烟斗。她来了以后同我们大家都见了面，一起打发时间，就是当时很冷，这儿没什么地方好去，当然，见到她是很好，我们之间有点联系或别的什么，那个夏天之后，她也长大很多。他是在说她发育成熟了，索菲困倦地说，别害臊，詹姆斯，你是说她有胸了，对吧？我和琳西那会儿都很嫉妒，不是吗，琳恩[1]？琳西睁眼看着索菲。爱丁堡，她说，我们都去爱丁堡，我学英文，你们几个随便，那儿很便宜。索菲

---

[1]　Lyns，琳西的昵称。

轻抚她的手臂并说，是啊，我们肯定都去爱丁堡，我们会一起去，如果我们进了，那就是一个小团体啦。琳西闭上眼。我不只是那个意思，詹姆斯说。不过有一部分是，索菲咕哝着。车内有一会儿静悄悄的。如今，他们谈起贝姬时已记不清她的样子了。新闻上的图片看起来永远不对劲，但那替换了几人记忆中有关她的画面。他们又一次失去了她。车外很安静，光芒轻柔地笼罩着水库。反正，詹姆斯道，有次回家路上，她拦住我，然后我俩大概就接吻了，之后我们约好第二天下午见面，只有我们两个。罗恩盯着他。索菲问贝姬是不是个接吻高手。詹姆斯说他不记得了，这不是重点。那就不是了，索菲回道。罗恩问发生了什么，他们什么时候见的面，是否发生了什么。索菲往前坐了坐，将手搭在詹姆斯肩膀上。她再也没出现，詹姆斯说，就是这样，她就在那时失踪了，她一定是在去见我的路上，肯定发生了什么，当时我在 7 号水库边上的老水利局里等她，可她一直没出现。车内陷入沉默，接着罗恩长叹，由肺里吐出个烟圈。那辆车里烟雾弥漫，车窗沾着水珠，湿漉漉的。窗外风吹得更猛了，大雨将至。索菲把手举到眼前，翻来覆去地看，很是困惑的样子。我觉得咱们现在该走了，她悄声道。罗恩摇下车窗，烟雾流泻至车外夜色中，就此消散。

有人看见阿什莉·赖特在她妈妈的菜地里，像克莱夫几周前教她的那样一行行锄地。她干完活儿后又将土豆埋入土中，清除了西葫芦上的蛞蝓，并把一些冬季盆栽蔬菜移植到户外，克莱夫说那是没人要的。之后她往板球场方向走，路上与经过的克莱夫迅速点头打了个招呼。克莱夫也向她打了招呼，然后接着浇水。他不想管闲事。但那女孩看起来似乎愿意倾听。板球场边，金色弄蝶努力朝枯草茎飞去，直至找到一个适合产卵的开口。乌鸫雏鸟换上了成年鸟类的羽毛。如今大部分日子里，汤姆·杰克逊放学后都会花几个小时陪伴爷爷奶奶。通常梅茜会让孙子坐在饭桌边写作业，但不管她做什么，汤姆常常跟在后头主动提出要帮忙，结果却只是妨碍了梅茜。汤姆还念叨着学校、电视节目或自己和朋友们最近玩的游戏。这孩子总让老杰克逊也和他们一起聊，如果他躺回床上，汤姆便在起居室里跑进跑出。有段时间老杰克逊会假装对这类来访感到不耐烦，但梅茜确信这是他一天中最开心的时光。说实话，这其实也是她一天中最开心的时光。汤姆是少数能听明白老杰克逊在说些什么的人，他讲话断断续续、含糊不清；汤姆也是唯一能不经允许就与老杰克逊说话的人。他的说话能力在过去几年内有了很大提升，但不愿说太多。老杰克逊说话时明显流露出沮丧之态，但和汤姆在一起时，他似乎做好了准备喋喋不休，她甚至听他说了个很像"小家伙"或"胡扯"的词，逗得汤姆咯咯大笑。注意到孙子没往自己这边看时，梅茜也偷偷笑了。她想象如果儿子们年幼时也对老杰克逊说类似的话，他会做何反应。过去家里规矩可多了，但那时必须这样，十年内不大的家里添了五个男孩。五个孩子等着吃饭、洗漱、穿衣，然后成群行动。得修改缝补五套衣服，哥哥的衣服要留给年幼的弟弟再穿。屋外摆着十只沾满泥土的鞋子。总是闹哄哄的。老杰克逊可不管家里这些事，除非其中某个孩子行为出格或不遵守规矩。梅茜护着孩子们，避免他们触到他的雷区，也在男孩们闹别扭时帮他们重归于好。想起这些事，她的背便隐隐作痛。她希望克莱尔觉得再生一个就够了。她想知道是否是个女孩，以及他们什么时候会告诉别人这个消息。

八月的最后几天格外闷热，灌木篱墙被晒得干枯。水库水位迅速回落，传言曾被洪水吞没的村庄或将露出水面。卡德韦尔前来进行年度比赛时，球场坚硬开裂，有利于快速投球。营地那头的孩子来到茶室旁的人行桥上玩维尼木棍[1]，他们找不到父母时十分惊慌。板球赛最后一局时，詹姆斯·布罗德被安排在正前外野。他正与琳西·史密斯说话，后者坐在边界绳旁靠外一点的地方，带了瓶午餐时的残酒。卡德韦尔适应了防守方的投球节奏，除了装作留心对手外，詹姆斯没什么要做的。我

---

[1] Pooh sticks，起源于《小熊维尼》系列故事的一种游戏。玩法是从桥的上游一侧扔下棍子，谁的木棍最先出现在桥的下游一侧即是赢家。

觉着你对板球没那么感兴趣吧，某一刻他转头对琳西道，边说还边用余光盯着投球。我觉得我不感兴趣，她说。詹姆斯虽一动不动，却似乎被一种强烈的感觉击中，仿佛他正敏捷地跃起接球。他们输了这场比赛。晚上，有人看见他俩早早离开看台，沿广场散步。库珀在《山谷回音》上登了一则新闻，有关姐妹石阵附近的抗议团体。那群人已扎营一年，看起来安顿得不错。据说他们自带堆肥厕所。村民们不太清楚这群人平日里都做些什么，虽然偶尔能听见鼓声。有传闻要挖隧道。帚石南丛中有许多蝴蝶——弄蝶、斑豹蛱蝶与灰蝶——莎莉·弗莱彻常常在下午为国家公园统计种类。夜里，狐狸在山毛榉林中穿梭。那些幼崽已长得和成年狐狸一般大，开始自行谋生了。不久人们便会看到它们相互竞争。有时只是玩耍，但闹得很凶；有时是打斗，不见血不休。于是各自的领地便划清了。因为禁烟，晚上总有许多人聚集在格拉德斯通酒吧外聊天，格外吵闹，托尼贴了很多劝诫公告，但他还是接到了堂区俗务委员会的投诉。有些人不晓得他们的音量到底有多大。酒吧里新来了女招待，戈登一直和她聊着。她的名字叫菲莉帕，只在这儿做一个夏天。她在游客中心做志愿者，积累一些环保相关的工作经历。她和朋友住在城里，每天开车过来。她的肩上有一处戈登拇指大小的翠鸟文身，后背下方有一处精致的蓝铃花文身，唯有拉下裤子才得见植物的球茎及根部。他喜欢盯着这个文身看，而她也爱让他看着，有段时间里，这样便足够了。每晚开车回城时，菲莉帕都觉得自己会把遇见这个男人的事告诉朋友，但每次都为另一些事所阻。她想知道自己为何要将这件事情保密。她的朋友连蓝铃花文身的存在都不知道，更别提文身后与她在一起的那个男人了。

凯茜敲了敲威尔逊先生家的门，他过了好久才有所回应。这样的情况越来越多了。她能听见纳尔逊边吠边撞门，她突然瞥见未来某日可能会出现的画面：她需请人来破门，纳尔逊挡着道。如今髋部问题真的给威尔逊先生带来很多不便，他的呼吸声粗重，有时夜里隔着墙，凯茜也能听见他如风暴般剧烈的咳嗽。她猜，他第一次请自己帮忙遛狗时夸大了身体的不适，因为他觉得帕特里克过世后，让她出门转转并形成习惯，对她来说是件好事。事实上，她非常感激他周到的考虑，以及他试图掩盖心意的样子。当然，她还是感觉被抛弃了，遛狗并不能改变这种感觉，但这确实让她走出了家门。人们不再问她一个人过得如何。有时她望向窗外，会瞧见威尔逊先生带着纳尔逊大步经过，仿佛他从未声称自己的髋部有问题。但近来他的病情已太过明显，并持续恶化。他的名字出现在髋关节置换手术的等待名单上。现在，有些日子里他得花很长时间应门，也会有一天他再无回应，而凯茜尚未准备好如何应对。纳尔逊的叫声高了一阶，撞得门晃了起来，之后威尔逊先生笑着开了门。驮马桥旁，苍鹭在河边淤泥中踱步，脑袋快速地上下摆动，怪异地抬高了腿，它停下，驻足，观察着水面。一旦秋季渐渐过去，田鹬将有一两个月不会回来。九月，山间天气不错，由粗砂岩沉积形成的黑牛岩摸着很热乎。詹姆斯和琳西在岩石深处的洞中找到一处舒适的地方，弥补过去错失的时光。他们亲吻了一会儿，然后琳西将詹姆斯的裤子褪至脚踝，在他大腿间蹲下。他们这样试过几次了，如今詹姆斯觉得这样或许能行。他想鼓励琳西，却发现自己说不出话来。他用手肘支撑着自己，看向一处，发现蝴蝶在身边一块平坦的岩石上扇动着翅膀。他想告诉琳西，接着他感觉自己重重瘫软了下来，呼吸抽离了他的身体。这就像在仲夏潜入水库，感觉冰凉的流水贴着灼热的皮肤，还有突如其来的寂静。他由表面继续下潜，深入暗处，下至淤泥及那些被吞没村庄的石头地基处，直抵不断被拉起的水闸处。他不能呼吸了。阳光普照。他睁开双眼，琳西带着笑容从下方仰视着他，那笑容中夹杂着一半困惑。他感到了极大震撼。她问他为什么发抖。事后她想聊聊，但他不行。她希望他能亲亲自己，但他觉得尴尬。当他将气喘匀后，两人一块儿走下山。她怀疑自己是不是做错了什么事。他想告诉她自己感觉有多棒，但他只是用拳轻撞她的胳膊，说不错啊，伙计。从那儿开始他们要分头回村，以防被人看见。罗恩还不知道。搞清楚两人这算什么关系之前，他们觉得没必要告诉他。

　　今年甜栗收成不错，庄园林地上铺满了带刺的壳。一些人受雇打开森林边上的鸡圈，将雉鸡赶到猎人那边去。维修队在5号水库边穿上潜水服，沿船台下水营救一只落水的绵羊。羊毛吸水后重量增加，气味也很难闻。学校召开了大学招生会，詹姆斯、罗恩、琳西和索菲讨论起离开事宜。他们都说自己会非常思念对方，但没再提要申请同一所大学了。琳西在家谈起申请大学时遇到了麻烦。她父亲问她离家后谁来负责洗他的衣服，然后又摆出一副仿佛刚才只是开玩笑的样子。琳西的哥哥问她为何要大老远上爱丁堡学英语，明明他们那儿都不说英语。母亲和蔼地问，不管怎么说，她能不能考虑下理科专业。你很喜欢生物，不是吗？母亲说。这专业工作前景不错。学这个你爸会理解的。他可不会出钱供你去那儿看书。琳西明白这点，也晓得离家后，母亲就得包揽她先前所做的所有家务。此外，她自知无法与别人倾诉这些，因为他们不会明白。夜里，蝙蝠在林间河畔交配，天气变冷后，它们大量进食以长膘。调回冬令时后，黑夜长过了短暂的白昼。莱斯·汤普森难得在周日现身教堂，有人听见他在礼拜仪式后问简是否哪天能来农场一趟。她明白不宜多谈，便告诉他周二下午晚些时候方便。挤奶前？他点点头，离开了，之后在周二有人见她驾车沿河岸远侧通往汤普森家的小道缓缓颠簸前行。据她所知，他在那儿住了一辈子，而这是她头一回到访。他的姐姐一直在这儿住到十五年前，那之后他便孤身经营着农场。开门时她能看出莱斯是打扮过一番的。他穿着干净的衬衣，脸上有刮胡子留下的伤痕，还清理了指甲。牧师，他说着，点点头。他的嗓音低沉，听起来总像从远方传来。他说话时吐气很重，如同吼叫，但音量不大。她候着。我能进来吗？她问。他往厨房走去，她跟上。她在那儿待了快一个小时。莱斯想说的是他的姐姐活不长了，他不知道没了她自己该怎么办。他们几乎每晚都通电话，他常常在周日前去探望她，以后一切就变了。他花了点时间才把这些话说出口，完事儿时，牛棚里的奶牛们正大声喧哗着。他干活时她同他聊得久了些，但他拒绝了她的帮助。她带走人们吐露的秘密，并与之一同上路。这就像把石头堆在汽车后备厢里，有一回她这样告诉主任牧师，装了太多石头的汽车迟早会因为减震不佳而在不平坦的路面上蹭到底盘。后者微笑着对她说，他理解这很不好受。他与她一同祈祷，而她继续带着那些石头上路。

艾琳由巴士站步行前往教堂，她自己开门进来处理花束。花瓶均已清空洗净，新采的花浸在水槽中保鲜。有大量绿色的蕨类，还有许多黄色和白色的花朵。她在桌上铺开花枝，整理搭配起来。艾琳尽力不去为安德鲁担心。他今早有些状态不佳，有些事让他焦虑不已。不管那是什么，他们会在学校弄明白的。整日担心也没用。她已学会一旦他离开身边，自己便不再担心。留点精力，等他待在自己身边时再操心。人们无法明白。他们以为自己可以想象，但他们其实不了解。真的，他们甚至根本不知道和安德鲁在一起是什么感受。他刚生下来时，没任何迹象表明哪儿有问题。不能说有问题。人们不让他们用"有问题"这个词，日间诊疗中心或学校不让父母这么说孩子，更可取的词是"不同的"。但不论如何，当时没有任何迹象。他双眼明亮，像其他新生儿一般哭号着，就连特德看他的目光也很温柔。直到后来当他不能像其他宝宝一样玩耍时，当他没有伸手抓住东西时，当他们没法同他对视时，当他开始咬人时，她才开始怀疑。这男孩不对劲，特德开始是这么说的，而她让他小声点。她之前没那样质问过他，他也不喜欢这样。这孩子需要学点规矩，特德曾说，你要把他宠坏了。好几次她得站在他跟前，抓住冲这方向飞来的东西。但他到四岁仍不会说话，他们带着他上医院，看医生，做测试，观察，见一些互助小组。互助小组没能给她带来太多帮助。其他母亲比她年轻，她觉得自己格格不入，但她学会了一种新的表述方式。她的儿子与其他小孩不一样，为了他，她也要学着成为一个与其他妈妈不一样的母亲。她尽力不去想自己失去了什么，还做了大量祷告，但她渐渐明白，不要去祈求让他变得正常。不要用"正常"这类词。特德什么也没做。他觉得这孩子很任性，总恶意伤人。艾琳对儿子的娇纵让他很不耐烦。在这事上花钱让他强烈不满。安德鲁不会踢球，也不会捉兔子，更叫他十分火大。她相信自己有回撞见他为这事落泪，但不太确定。他不是会用那种方式发泄情绪的人，通常他会酗酒、吼叫并摔门，还有些别的。特德去世时安德鲁七岁。肺都快咳烂了，没人知道这究竟是吸烟，还是采石场的粉尘造成的。他总说自己大量抽烟是为了让粉尘沉淀下来。他离世时才五十五岁，人们一直对她说这真是不幸。她其实觉得有点像解脱了，虽然无法在人前坦白这点。这让她觉得自己很恶毒。但确实，他入土后，她的处境有所改变。平静不少。她插好最后一个花瓶，把它们都留在桌上，温妮会摆到教堂各处。她带着半打不好搭配的花去了特德的墓地。

　　理查德·克拉克回家过圣诞节。他开车进村时见到邮局外的凯茜，便停下问她要不要去自己家喝杯茶。凯茜很惊讶但同意了，她搭上他租来的车，车程短暂。理查德母亲家的大门未锁，两人一道入内。他母亲倒在厨房地板上，仰面冲着他们笑，并问他旅途是否愉快。他们俩合力将她扶起坐在椅子上。你用不着这么担心，她说，本来我一会儿就能自己起来，只是听见你进门了，想着我可以省点力气。理查德问她之前是否也这样过，她让他把水烧上。你会留下来喝杯茶吧，凯茜？凯茜已经往后退了些，朝着门的方向，仿佛不愿打扰。她的手在外套拉链上摩挲。是的，克拉克太太。那太好了。有阵子没见了，不是吗？理查德的母亲说。是的，凯茜附和着。理查德听见她脱外套时肩膀处摩擦发出的沙沙声。说来有些傻气，但这挑起了他心中的某些情绪。一阵浓雾来袭，那一周内，甚至在中午，街上唯一的色彩是家家户户窗口黄油似的光晕，透过窗帘泻出。这种日子并不适合户外工作，但有时也没办法。大伙儿品尝了去年的黑刺李杜松子酒。除了几行稀稀拉拉的羽衣甘蓝及韭葱，菜圃中没什么收成。人们在教堂里秉烛吟唱颂歌，四周萦绕着熟悉的气味，新砍的紫杉的清香、打磨木头的气味，以及外套的潮气混杂在一起。唱颂歌的人比从前少了，但歌声清脆嘹亮，紧贴着冰冷的石头。

简·休斯在教堂举办了一场礼拜，纪念女孩失踪的第五年，这回女孩的母亲设法前来参加了仪式。大家留心不将它称为追悼仪式，虽然村里只有少数人认为那女孩或许还活着。他们宣布这是为丽贝卡·肖与她的家人所举办的祈祷仪式，这样听起来似乎足够坦率。报道称她的父母均已返回工作岗位，那位母亲的气色确实比上次有人看见她时要好得多。但她在仪式上并未发言，之后当人们来同她说话时，她只是很快地与大伙儿握了握手，说谢谢您的关心。有人看见女孩的父亲在游客中心后步行上山，朝黑牛岩方向去。凯茜·哈里斯请理查德上午出发去机场前来家一趟。他回来只待了几天，几乎没离开过母亲家。来喝杯咖啡什么的，那天她站在他母亲家门阶上说着，拉起了外套拉链，我们应该谈谈。他想知道她是否想让他对母亲感到愧疚，抑或找点别的理由说服他留下。他将行李塞进租来的车里，在日出前开上她家的小道。他停车时可以看见凯茜站在厨房桌边，她的儿子吃着早饭。这扇窗里的房间像挂在房子黑暗边框中的明亮四边形。他看着她越过孩子们去取一片吐司。他看着男孩们狼吞虎咽吃个不停，边说笑边往嘴里塞满食物。几个孩子肩膀宽阔，开朗健谈。他们让这屋子看起来颇有人气。这个家很完整。他见凯茜让男孩们安静下来，调高了收音机音量。他们或许在听新闻。他打开了车内广播。他望着凯茜的背影，她用两只手拢了拢头发，扭成一个结。他记得多年前她也这样做过。他试着不去想这个，那是很久以前的事了。他想，她的婚姻很幸福，而他自己也有几段不错的情感经历。他想告诉她这点：他也谈过几次恋爱，他不曾孤单。可能她知道，或想当然这么认为。或许这没必要说出来。当她转向窗户这边时，唇间衔着一个发圈，正如他预料的那样。广播里正讨论着有关那女孩的事。警方呼吁民众提供更多的信息。目前没有任何新线索。时光流逝，调查尚未结束。

6

午夜，新年到来时，村里四处燃起烟花，但从山区那里不
大看得清，也听不见什么动静。詹姆斯与琳西在夜里早些时候
带着毯子、手电筒和一瓶伏特加开始登山，行至此刻已没话好
聊了。他们早就担心这段关系会变得比两人想象中更加认真，
但谁也不知该怎么提这事。她并非想结束这段关系，琳西曾对
索菲说，只是这次不想玩真的了。詹姆斯还没有跟任何人聊
过，可心中十分混乱。他觉得很对不起罗恩，但他喜欢和琳西
在一起做的事，他觉得这样就够了。烟花表演结束时他们转身
面向对方，毫不犹豫地接吻，詹姆斯尽力不去想贝姬·肖。她
有可能行至荒野高处，失足跌入被淹没的深谷。她可能在任何
地方跌倒，一直躺在那里。山毛榉林中狐狸的交配季到了。它
们曾经在这里以气味标记地盘，打斗厮杀，现在都配对好了。
几天来，狗一直围着雌狐打转。一对狐狸一起出现时，这儿便

欢快又吵闹。莱斯·汤普森的姐姐去世了，人们为她举办了葬礼。简·休斯第一次参加在教堂墓地外落葬的葬礼。如今大部人都选择在火葬场办仪式。汤普森的姐姐多年前就不在这儿住了，因此参加仪式的人不多。之后，殡仪员将棺材下葬至墓地时，最多不超过十二个人围在这里。莱斯·汤普森状态好时话也不多，今日他全然沉默着。他先前进城买了一套得体的新套装。他拖着迟缓的步子前进，有人同他说话便点头回应，握手时有力而友好。雪花莲盛开，乌鸦飞过人们的头顶，风穿过林间。简忍住了笑意。

风改由北方吹来，捎来山上清新的沼地湿气。天黑之后，两只上了年纪的獾从山毛榉林尽头的巢穴中偷偷溜出来，嗅嗅空气，接着来到废弃铅矿道的边缘，在潮湿泥土中搜寻总在此地出没的蚯蚓。威尔与克莱尔从医院回来，带着刚刚出生的女儿直接去了老杰克逊家，将她介绍给汤姆。他们现在管她叫莫莉，两人把她放在汤姆大腿上时，汤姆看起来吓坏了。威尔的兄弟们大笑，老杰克逊如今也可以做出笑的表情了。电视上正播着地震后的景象：人们在满是尘埃的道路上行走，倒塌的桥梁，营救者跪在瓦砾堆中探向黑暗的地方。情人节那晚露丝从黑尔菲尔德开车来找马丁，归还他送去的卡片。他盯着她掏出卡片，却不接过来。那不是我寄的，他说。马丁，她说，这事必须到此为止，你没法挽回我。他正摇着头。我告诉过你了，他说，我没寄那个。他的表情有所缓和。仿佛他觉得至少这次自己占了上风。她看着他，不知该相信什么。他们站在格拉德斯通酒吧外，她再一次递过卡片。街灯早亮了。他们都盯着那张卡片，上头的字迹显然经过伪装。她四下张望，突然觉得有人盯着自己。我没寄这个，马丁再一次坚持道，且他似乎为这一事实而感到骄傲。他转身进入酒吧，店门在他身后颤巍巍关上时，飘忽地传出屋内热闹胡侃的声音来。她返回车里。她感觉世界围绕着自己延展开来。远处高速路边，电视塔尖闪烁着红色的光。

调回夏令时后夜晚变长，日光愈盛。河边柳絮在风中狂舞。菜圃里的悬铃木树枝断了一截，砸在老塔克家的屋顶上，震落十几片石板瓦。雨后不久，屋外挂上了出售的标志。苏·库珀在她家的屋后花园里喝咖啡，男孩们踢着球。他们不停问能否出门进林子去。她告诉双胞胎，要等她喝完咖啡。杯中的咖啡渐渐变冷。我们不会走太远的，利说，我们会待在你能看见的地方。等着吧，她再次对他们如此要求道。那种感觉就像是她总是让他们等着。就再多等一会儿，让我喝完咖啡。她一只手拿着把小铲子，本计划处理一下两周前从园艺中心买回来的植物，它们至今还一直摆在地上。但她真正该做的是打开笔记本电脑回复那堆邮件，内容关乎明日应递交的系列提案。前期反馈不佳，方案太简略了。追溯城镇方言的词源是个好主意，但缺乏叙事动力。她需要花时间与同事们聊聊，让提案更深入些，但奥斯汀在男孩们入睡后才会回家。他们闹了一上午，当她试图打开笔记本工作十分钟时，两人打了起来。他们入睡后她才得以继续工作，她期盼同事们到那时仍有空保持联络。她得再来杯咖啡。男孩们打开了通往树林的那扇门，叫喊着关于狼群的什么事，并回头望着她。她放下小铲子朝他们跑去，模仿狼的嗥叫，像抬爪子般举起手。他们尖叫着窜入树林，她必须迅速决定要追逐哪一只猎物，再把他吞下去。堂区俗务委员会举行了新一轮选举，布莱恩·弗莱彻再次当选为主席。贾尼丝·格林继续担任秘书。米丽娅姆·皮尔逊退出了，按照惯例，由她的丈夫威廉补进。产羔季将近尾声，杰克逊家的小伙子们都累坏了。他们讨论过是否要请人帮忙，但无力支付酬劳。后来母羊都在户外生产，天气晴好时，看它们自己照顾自己也挺有意思的。比如有的母羊会转着圈用蹄子刨地，然后去往地里更僻静的角落；新生的羊羔站着，惊讶地瞅着这一切。但也有些羊需要各种各样的帮助。几人总是卷着袖子，手上抹着润滑油。

四月，有人看见了今年第一批燕子，徒步者返回山区。理查德·克拉克的母亲又摔倒了，当时他与她在一起。他刚回家没一会儿，正在楼上写邮件。近来交往的女人想一同前来见见他母亲。可他并不认为两人之间是这样的关系。那女人有些不满，又发来一封邮件。就在他打算把这件事解释清楚时，听见厨房传来倒地的声音。等他下楼时，母亲早已撑着膝盖自行起身，停在那儿喘气，身后倚着一张翻倒的椅子。哦，你看我这傻样，她说。我走得太快了，乱闯乱撞的，不过没受伤。理查德搬起椅子，扶她坐下，问她有没有看过医生。被绊倒没药可医的呀，她轻轻笑着。但你觉得头晕吗？他问，感觉快要晕倒似的？没什么是一杯茶解决不了的，她坚称。理查德将她安置在起居室里，为她端来一些茶水和蛋糕。他给妹妹发短信说了今天发生的事，而她回复称自己这会儿没法谈事情。他站在门口一边编辑回复，一边看着自己的母亲。他想知道他们为什么还没有人搬回家与母亲同住，给予她所需要的关怀。打小她可不是这么教育他们兄妹的。之后他见了凯茜，他们带着威尔逊先生的狗一起在林间散步。他再次为没能出席帕特里克的葬礼而致歉，她停了下来，脸上的表情介于好笑与恼怒之间。理查德，她说，你为什么又提这事？想弥补什么？我不知道，他说，我只是觉得很抱歉，我知道当时我应该做点什么。但是理查德，这都是陈年旧事了，你明白的，不是吗？当年有工作在身，实在不可能赶回来，他说。他们经过一片林中空地，过了一会儿才适应这里的光线。她不明白他提这事有何用意。帕特里克是个好人，他说，我从没记恨过他。你本来可以写信告诉他的，她对他说。他点点头。我们挺过来了，她说，如果你担心的就是这个，事实上我做到了，你信吗？我忙个不停，得处理好多事，书面工作，财务问题，好多人上门来想让我们好过些，有段日子我成了斯图尔特·亨特的新任密友，他想打贮木场的主意，我想保住那里，我觉着孩子们大学毕业后或许会有兴趣继承家业，但他们其实对这事不感兴趣，那里立马需要有人维持运转，斯图尔特给我们开了个好价钱，说实话，我从来不喜欢这男人，但那是个好价钱。纳尔逊落在后头某个地方，他们喊它名字时它也没有过来。凯茜回去找它，发现纳尔逊对一件衣服产生了浓厚兴趣，是件藏青色的运动上衣或保暖马甲，衣服内衬破了，填充物散了出来。她将狗拉走，追上了理查德的步伐。

黄昏时分，卡尔肖老宅的男人们外出打鸽子。他们从鸡圈里带了饲料，效果显著，猎物的数量增加了不少。威尔逊先生家花园中的鸽子一听见响彻黑夜的枪声，就惊得四散空中。高沼地的一些区域二月份才刚烧过，但纵横交错的帚石南间早已生出片片绿色新芽。一轮满月升起于水库之上，为水面披上淡淡的光芒。夜晚温暖而漫长，大批昆虫自水面涌现，蝙蝠因而享用了几小时的美餐。雌蝠离开冬季栖息地，聚在一起准备交配繁殖。清晨天光大亮，村庄洋溢着生机。教堂墓地的紫杉树上，雄戴菊莺急切地咏春。罗恩·赖特发现了琳西与詹姆斯之间的关系。他告诉两人自己能体谅，实际上却无法释怀。有阵子那两人谁也没见着罗恩。他和城里的一些朋友组了个乐队，在村中礼堂里排练。一些村民抱怨声音太吵了，但委员会明确认为年轻人有权使用这些设施。有人要求他们不能排练任何带歌词的曲子。老杰克逊的病情没见太大好转，但也没恶化。看护一周上门三趟，帮助他做康复治疗。要么是他的语言能力改善了，要么是他家人理解他在说什么的能力提高了。如今，他可以自己去楼下的浴室了，穿衣也只需小小辅助。但如果他想到比院子还远的地方去，就得坐轮椅，这种情况不常有。每周有两天，梅茜在家照看莫莉，让克莱尔能喘口气，每当小孙女在屋里，老杰克逊便双眼发亮。大伙儿在村中礼堂里将搅匀的黏土嵌入装饰板，放在屋子中央的支架上，所有人站在一边，带着这一整周来他们收集的苔藓、花瓣与树皮。礼堂中有种期待的气氛，是那种人们对完成一项工作的期待，他们知道这项工作将是艰辛而费时的。清晨起了一阵乳白色的浓雾，阳光注入村中后便蒸发了。大坝边的河上，苍鹭向着高处起飞，双腿无力地拖在身后。它攀着树木迅速蹿升，往采石场飞去。第一批野花沿着公路和没被圈定的田地边缘盛放。

六月，亨特家为庆祝索菲完成大学入学考试而举行了派对。

现场支起大帐篷，还邀请了乐队来表演，装在玻璃罩中的蜡烛沿车道排成一列。车停在路肩上，造成了一定损坏。派对的喧闹声传入村中。索菲的父母也在场，但大多数时候仅远远旁观，以确保奥利维娅喝不到潘趣酒。次日上午，杰丝为索菲冲了杯热饮，带她到户外呼吸新鲜空气。她们坐在花园里。索菲裹着羽绒被，目光低垂，扫过野花地、果园与庭院。到处都是空酒瓶。一些年轻人睡在人工湖边的草地上。我希望他们每个人都吃顿像样的早餐再开车回家，杰丝说。他们醉得一塌糊涂。索菲点点头。她双眼通红。杰丝伸出一只手搂着她。和哈里没成？我早该明白的，索菲说，是我的错，我太蠢了。杰丝让索菲扭过头来面向自己并看着她的双眼。是吗？她说，难道到处和别人上床的那个是你？索菲垂着眼。不，但至少我应该多做些事，让他保持对我的兴趣。索菲·亨特，杰丝说，打小我不是这么教育你的，这次我就放过你了，因为你看起来有点儿脆弱，但记住，一个男孩在哪儿掏他的老二，不是你的责任，是他的，明白吗？杰丝问那姑娘是谁。一个叫贾丝明的，索菲说，从卡德韦尔来。她提到那地方时，杰丝忍不住嘟囔了几句，索菲微微笑了。就是啊，她说。贾丝明又是什么名字？我听着更像"颜射女"[1]。杰丝举起一只手来，示意索菲住嘴。

---

[1] Jasmine（贾丝明）与 Jizzmin 发音相近，后者代指喜欢男性在自己脸上射精的女人，多为蔑称。

拜托，妈，这种事情上我幼稚点也没什么吧。我不是担心你幼稚，杰丝说，但别把男人做的蠢事怪到姐妹的头上。妈！她才不是我的姐妹。亲爱的，我们都是姐妹。哦妈妈，拜托，现在又不是八十年代。随着扑通一声及一阵尖叫，两个男孩从湖中出来，衣衫完整，身上挂着杂草，歇斯底里地吼起来。索菲说她觉得自己要吐了，杰丝便扶她前往灌木丛，将她脸上的头发向后拢，轻抚她的背。

七月，有人看见第一批长出羽毛的燕子跌跌撞撞地离开了高处的巢穴，扑腾学飞，它们不久便能飞掠草地独自觅食了。清晨阳光照耀着山坡一侧，莱斯·汤普森领着最后几头奶牛从挤奶间出来去吃草。他关上奶牛身后的门，又返回去冲洗挤奶间。还有些文件需要整理，其实他也不是特别明白上头写了些什么。自姐姐过世后，文件数量便没有增加。主干道旁的旧采石场里，红灰蝶的幼虫正以孵化它们的酸模为食，这些幼虫在叶片上啃出深槽来藏身，避开阳光直射。有人发现了一个以失踪女孩之名开设的脸书账号，该用户宣称她正在泰国及印度果阿旅行。主页中有数张年轻女人的照片：在海滩、酒吧，与朋友一同躺在吊床上。女人的样貌与警方去年或更早前放出的丽贝卡·肖的电脑合成图像相符。这很快被证实为骗局，幕后主使者是名学生，她没回英国前就通过家族律师发布了一份致歉声明，但事后有人认为此事背后或有深意。一日午后，辛普森夫人为九月将入学的孩子办了学校开放日。到场的只有库珀家的男孩们，与一名住在新的房产协会公寓里的女孩，[1] 因而她有足够的时间同来访者们聊聊。辛普森夫人领着他们参观了学校，之后，当孩子们在戴尔小姐的教室角落玩耍时，她为家长们冲泡热饮并回答了他们的问题。她惊讶于苏·库珀竟有这么多疑问，她一直认为苏非常安静。奥斯汀·库珀看起来一点儿也不惊讶。苏问起课程，还问有没有机会做创造性游戏，是否使用户外空间作为教学场所，职员们曾接受过怎样的多元化培训。一时间辛普森夫人有些困惑。没必要担心那些，她告诉苏，我们会平等对待学校里的每个孩子。我想咱们学校大体上是不存在种族歧视的，她微笑着说，我的意思是，你提这事之前，我甚至没想过你和男孩们的，你懂的，你们的种族或别的什么，对我们来说你就是苏，不是吗？奥斯汀注意到苏脸上的神情，但辛普森夫人似乎并未留意到。其他孩子的母亲问起有关校服的事宜。

八月炎热而漫长。田边，峨参和蓟的种子穗变为黑色，被朝露压弯了。河水清澈，缓缓流淌，光线强烈而炙热。褐鳟密

---

[1] 房产协会（housing-association）是英国一个非营利性机构，旨在为需要住房的人提供低价公益住房，服务对象多为低收入人群。

密麻麻地游过河面。夜里，伊恩·多塞特在山毛榉树荫下备好钓具，试图抛下少许不同种类的蜉蝣状钓饵，但上钩的东西都不对。空气凝滞，他能听见陡岸顶上某家后院传来的声音。板球赛在卡德韦尔举行，三年内第二度战平，一些年轻球员自信地讨论起如何扭转赛果。弗莱彻家的果园中，乌鸫因吃了早早被风吹落的果子而发胖，懒得争抢地盘，也不唱歌了。萨莉为晚餐准备煎鸡蛋时，从厨房窗边观察着鸟群。她把对扣好的半个鸡蛋装在盘子里，留给布赖恩晚些时候吃。他在桌上留了字条说去堂区俗务委员会了，会迟些回来。萨莉吃完饭后也留了字条，说她要早起散步，所以请别叫醒她。她在纸条底部画了一个笑容和一个吻。如果算一算，萨莉不知道笔下的吻是否已多过了现实生活中的吻。她觉得这也没什么要紧的。后来布赖恩进屋时，她听见前门轻轻地关上了，几乎没有发出声音。她这才伸手关灯，这样他就不会在进房间时看见灯光，以为自己让她一直等着。产羔棚背后的旧干草堆里有许多跳虫，它们在这里进食、产卵、孵化，一只雄性跳虫稳稳地坐在一根长草茎的尽头，尾部勾着肚子，有生以来第一次准备跃入空中。它有一瞬犹豫。闷热的夜里终于下了场倾盆大雨，但次日上午迟些时候，地面就已经干了。工作室里，杰夫·西蒙斯将新制的陶壶放在陶轮上，用一柄狭长的小刀在底部切出一个斜边，并用皮革将粗糙的部分打磨平滑。一名顾客看着陈列的陶壶，他正掂量着是否该开口说话。她进门时他就觉察了，但他晓得人们更愿意随意看看。他知道他们喜欢欣赏他的作品，可她是一周以来的头位顾客，他不希望她只是看看就走了。这女人是独自进店的，或许说明她有意购买。她正满意地拿起一个陶壶，用手托着它。她有一双慧眼。这作品摆在货架背后，她在门边扫视过一遍。她会在这里做决定。他的脚离开踏板，陶轮慢了下来。他抬头瞥了一眼，装作因发现她在场而很是惊讶的样子。有人在茶室里看见了失踪女孩的母亲。为她端茶的女服务员并不晓得这人是谁，获知后对她也没多大兴趣。那是老早之前的事了，不是吗？女服务员问。一起工作的女人不情愿地承认，或许是吧。

有人看见失踪女孩与姐妹石阵附近的抗议者们一同扎营，她扎着粗粗的辫子，脸上被木柴烟熏得脏兮兮的，警察不得不跑一趟确认这姑娘的真实身份。自事态明朗，大家发现近期并没有开采后，扎营的人数便减少了。杰克逊家的某个儿子和少数留下的抗议者之间曾有争执。一直以来杰克逊家都在这片区域放牧，他们认为是时候清理帐篷了。但他们并没有在此地放牧的合法权利，且卡尔肖庄园不愿为驱逐付费。因此杰克逊家的羊群只得前往别处，抗议者留下了。塔克家的房子卖掉有一阵了，却没有任何人搬进来的迹象。有人修好了屋顶，再无其他。比起一间闲置的假日木屋来，一间废弃的屋子似乎更令人感到不快。没人认识塔克家的后人，也就无法敦促他们。出发上大学前夜，詹姆斯与其余几人进城喝酒。他们都说会十分思念对方，但没人真的因前路不同而感到遗憾。毕竟，几人之间的关系有些复杂。琳西与詹姆斯聊过一次，结果令人费解。双方都同意不彻底分手，但也不捆绑在一起，两人有与别人交往的自由，可以等圣诞节或来年夏天看看情况如何。他们都会保持联络。当然会啦。他们会互相拜访。这些早说过了，所以这会儿几人坐在河边的啤酒花园里，也没什么特别的好聊。他们谈起没打包好的行李，明日行经的城市。他们喝得很快，以填补对话的空隙。琳西开车来，也是第一个表示想回家的人。她将车停在河对岸的停车场里，桥位于这条路上四分之一英里处。詹姆斯已脱下鞋袜。最后来一次，他说。索菲喝完了她那杯，甩掉凉鞋。琳西翻了个白眼。真要这样？罗恩还在抽烟。他叼着烟，脱掉鞋袜，烟圈穿过他额前的碎发。琳西看起来很不耐烦，但她也弯腰脱掉了鞋子。等圣诞节咱们回来，我决不再干这事了，她说。为啥，到那时候你就长大了吗？詹姆斯问。她给他飞了个眼色，比他预料中少些玩味。他们提起鞋放在桌上。现在天黑了，酒吧里的灯光透过玻璃倾泻出来。他们砰的一声将鞋子砸在桌上，数到三，跑向花园尽头，单脚跳进水里。他们蹚过浅浅流经页岩河床的河水，水深只到几个人的小腿。这仪式是个传统，从他们开始逛酒吧时便有了，但当他们跃入冰冷的水中时，罗恩还是因为惊讶而大吼一声，琳西尖叫着，接着大笑起来。周围传来倒吸一口气与关车门的声音。罗恩的香烟在烟灰缸中闷燃，烟雾升入空中，琳西掉头离开停车场时，他们的空玻璃杯映照着车前灯的光亮。

索菲·亨特在大学待了一天半后，给父母打来电话。先前他们控制自己尽量不盯着手机，因为没什么好担心的。两人从高速一路回来，后座空旷安静，他们也告诉对方没什么好担心的，索菲肯定能过好。但电话铃响时他们都跳了起来，杰丝和她说话时斯图尔特就站在一边。一开始气氛轻快，但杰丝觉得有些不对劲。你见着别人了吗？她问，交上朋友了吗？索菲说她见了很多人，对，而且其中一些看起来很友好，但麻烦的是，一旦她提及自己的家乡，大家就都想聊聊那失踪的女孩，我再也不想聊这事儿了，妈，他们怎么还记得呢？杰丝提醒她，这在当年可是一个大新闻。这种事情人们记得可牢了，她说。之后，罗恩、琳西和詹姆斯通过脸书也交流了相同的经历。罗恩管这叫"失踪女孩的诅咒"，琳西告诉他别拿这事开低级玩笑。村里的恶作剧之夜变得越来越像万圣节，今年竟有人真敲了门，还说了"不给糖就捣蛋"，也头一回有人用卫生卷纸作装饰，披挂在树木间及人们前庭的灌木上，次日清理起来工作量巨大。

大伙儿发现这主要是阿什莉·赖特与奥利维娅·亨特干的好事。感觉就像是她们的哥哥姐姐都离开了，两人现在可以为所欲为了。有人偷了人们门前阶上的南瓜，丢弃在弗莱彻家花园尽头有围墙的果园里，那儿杂草丛生，一片荒芜。这里的水果多年未获丰收，树木繁茂，扭曲多节。人们告诉布赖恩有专用于修缮果园的拨款，但他看起来并不着急。行事拖沓可是布赖恩·弗莱彻引以为傲的一点。即使就住在教堂对面，他还是在自己的婚礼上迟到了，这人也因此而出名。水库水位高涨，河水因混了山上的淤泥而变稠，羽毛般的浪花层层涌来，越过大坝。为了将徒步者带来的破坏控制在一定范围内，当地决定铺设第二条穿越荒野的石板路。有关部门出动了直升机，沿该路线每隔一定距离投放石板。这些石板大部分来自曼彻斯特的废弃工厂，几世纪前便切割完毕，轮班的工人穿着木底鞋来来回回，留下深深辙印。琼斯在学校与辛普森夫人又吵了一架。锅炉再度出故障，检查后有人建议替换全套系统。锅炉房会被拆掉。他不会同意那么干的。锅炉没问题。只是需要修理一番。

出发上大学时，詹姆斯和琳西曾说过他们肯定会保持联络。他们都做到了。琳西给其他人发过几次短信，但原来保持联络的意思就是了解对方脸书的更新内容。学期过半，琳西搭乘长途客车前往纽卡斯尔，詹姆斯在那儿上学，她到了才给詹姆斯发短信问该怎么走。她觉得给他个惊喜挺酷的，琳西告诉索菲。但之后詹姆斯将她介绍给了霍莉，他的女友，并让她睡在霍莉的房间，反正霍莉这会儿不住那儿。这和琳西计划的完全不一样。他们之间的关系尚在考虑中，但她一直认为他们能重归于好。有些事她想聊聊。她心中尚存可能，例如与他同睡一张床。可结果是她喝了一大瓶伏特加，吐在霍莉卧室的盥洗池中。清晨醒来时池中仍满是呕吐物，她没说再见便离开了。她搭乘第一班长途客车返回爱丁堡。汽车驶过平坦的农地，她感觉离家好远。她想给索菲发短信，手机却没有信号。梦中，路上隆起的地方化作山丘，她梦见自己开车进入村庄，亨特家地里修剪过的垂柳抽出新枝，在冬季微弱的光线中泛着金红光芒。狐狸趴在地上。马丁·福勒在超市生肉区工作时，布鲁斯领着他的新朋友来了。爸，这是休。马丁点点头，又埋头切起猪外脊来。当刀刃发出哀鸣，薄薄的切片便成卷倒下静止不动。他将肉片在一层蜡纸上铺开，摆到冷柜里，然后抬头看着休，休似乎比他还要尴尬。他点头打招呼。休，你好。他不知还能说些什么，便转向布鲁斯，问他们是否已经同他母亲见过面。我们现在正要去那儿，布鲁斯说。马丁点点头。她知道是你们俩一起？是的，爸，她知道我们俩一起，她之前见过休，你知道吗？马丁点点头，余光扫到正朝他走来的主管。我得继续工作了，见到你很高兴，有空来家里做客。布鲁斯点点头。好啊，爸，我会的，有空的时候。他们离去时，布鲁斯告诉休，他之前从没听过他爸像那样说"你好"，这不是他会说的话，他当时肯定很紧张。休只想回到车里。马丁的主管说若他需要的话，可以额外增加一段休息时间，去超市餐厅喝咖啡或干点别的。马丁说，谢谢，不用了，但能来杯咖啡倒挺不错的。

老杰克逊不再使用阳光房了，那里渐渐堆满了盒子、一卷卷布料和许多袋饲料。汤姆做的盖伊·福克斯人偶，没做完便丢在了里边的扶手椅上。迈克进去找些防水材料，厨房里的人听到他尖叫一声，还有某个重物掉落的声音，之后又传来大吼大叫，听着像是"把老子屁股都吓掉了"。迈克回房间时没人敢直视他的眼睛，他给水壶灌水时也没人说话。咱们费老大劲造了那个该死的储藏室，他说，妈的到底有什么用？他是不是永远不打算用了？梅茜告诉他我们得有点耐心，他们父亲最近比以往感觉更累，没法下床。医生说了病情会有起伏，她说。迈克给自己倒了杯茶便往外走。吓掉老子的屁股？西蒙问。滚你妈的，迈克说着摔门而去。维修队正在9号水库疏通泄洪道，清理其中的杂草和垃圾，为即将到来的暴雨做好准备。菜圃里的抱子甘蓝长得很高，叶子枯萎长洞，小芽球为抵御霜冻而紧紧裹着。菜圃委员会请苏珊娜·赖特放弃她的菜地，因为她没有好好种东西。她明白他们此言有理，但仍觉得很受伤。她还没明白得花多少时间打理菜地。人们从来意识不到，克莱夫说。找个退休的人或疯子就能把菜地打理好。行吧，我既没退休也不疯，苏珊娜说着把钥匙交给了他。庄园里，下蛋的雌鸡被带走喂冬季饲料，接着新的家禽运来了。林间，一群野雌鸡以鸡圈中洒出的剩余饲料为食。周五放学后，琼斯准备修理戴尔小姐班所在教室的一扇推拉窗。他拆下窗扉，接着哼起歌来，《费尔南多》第二段唱到一半时，他才意识到戴尔小姐就在阅读角。琼斯看向她，她也对上目光，极其严肃地绷着脸。他点头示意，继续刮掉油漆，从窗户底部的金属件开始上油。过了一会儿，他觉得自己听到戴尔小姐非常小声地唱起下一段来，但当他朝她看去时却并没有看到她嘴唇在动。他用了一小时将窗扉装回去，干完活儿时，她仍在纸片堆中忙活着。他收起工具说了晚安。晚安，琼斯先生，她笑着说。本月大多数时候都有雨，洪水连连，垃圾残骸再次堆积于人行桥，但这次人行桥没有被冲毁。酒吧里正在唱颂歌，可传歌单时大伙儿兴致寥寥。但当他们唱到《卡吕普索颂歌》时，广场上都能听见这歌声，大吧台边人头攒动。"哦，现在带我去伯利恒。"

詹姆斯和罗恩在节礼日 [1] 那天在格拉德斯通酒吧见了面，

---

[1] Boxing Day，每年 12 月 26 日，是英国及大多数英联邦国家的节庆假日。起源于封建时代庄园领主在圣诞节后向用人派发物品的传统。

聊起各自对大学的看法。两人见到了利亚姆，这是几年来头一回。他们请他喝了一杯酒，接着意识到没什么可聊的。他现在和父亲一起做石匠活儿，双手青肿，布满歪歪扭扭的小割痕。已经学了好多年，他说，但这是桩好生意，我们现在正在做游客中心的展示墙，你想看看吗？罗恩说他们或许会去吧。詹姆斯给索菲发短信让她和琳西过来。暴风雪来袭，斜斜地席卷村庄，风驻雪停后，树木都镶上了白边。杰克逊家留在山间的羊死了几只。理查德·克拉克在新年前到了家。他的妹妹送给母亲一台手机作为圣诞礼物，可当他到家时这礼物仍躺在盒子里。雷切尔告诉我用这玩意儿方便咱们保持联络，她说，朝那东西挥了挥手。理查德问她，是否想要自己教她如何使用手机。我已经有一部特别好的电话了，就在那儿。如果她打电话时我不在家，可以留个口信，她说她太忙了，没空打电话聊天，虽然那只要花五分钟。理查德看了她一眼。五到十分钟，她说，最多十分钟。她回看他一眼，意即到此为止。甚至当他们说话时，理查德还在摆弄着他的手机。我觉得问题是，妈，雷切尔觉得发生紧急情况的时候，手机会很有用。什么样的紧急情况？就是，如果你不在家，如果你需要打电话找人帮忙，或者，甚至是如果你在楼上，没法用固定电话的时候。固定电话？这个不好用。他痛恨自己成了那个必须说服母亲的人，这明明是雷切尔的主意。就让我把那手机充好电给你开机吧，他说，你可以给孙子孙女发发短信，那不挺好的吗？她拿起盒子。这太大太沉了，看起来一点也不便携。新年前夜又下了一场大雪，深夜飘降路边。一束暗淡的光芒在荒野上缓缓游弋。天气还是很冷，又下了一周的雪。

7

午夜，新年到来时，村中礼堂的大屏幕上播放着烟花的画面，《友谊地久天长》响彻街道。库珀家的双胞胎第一次出门迎接他们的新年，欣赏亨特家放的烟花。最后一个烟花落地后，双胞胎的母亲立即催他俩上床。早上积雪深及脚踝，但很快被正午时分的一场暴雨冲走。天气变化很快，成堆雪片接踵而至，猛地经下水道冲入河流中，流水拥着积雪，明亮而喧闹，街道仍待冲洗。隐约有微光闪现，第一批雪花莲从泥土中冒出绿尖来。雨后一派寂静，屋顶的雪水顺着排水管流下，地面上的冰雪正在融化，鸟儿啁啾。亨特家的林地里传来阵阵链锯发出的刺耳声响。电视画面中出现了一艘倾覆的船和几架盘旋的直升机，一些救生衣漂在水面上。雉鸡正在教堂南边的空地上进食，深棕色的羽毛乱糟糟地散落在长长的枯草间。菜圃里，人们拔出一排欧防风，抖掉奶白色肉质根上带霜的黑土。夜里，狐狸在林间嚎叫，凡是山上有家畜的人都坐了起来，汗毛直立，认真听着。医生来为老杰克逊做检查时，梅茜承认他极少下床。她坦言担心这会影响他的体力，但理疗师认为没什么可担心的。医生给他做了检查，之后告诉梅茜说觉得老杰克逊有些抑郁。梅茜笑着说她不这么认为。杰克逊家人可不会抑郁，她说，我们没时间抑郁。她常听人这样说，因而不假思索便蹦出了这话。她没接着说下去，医生微笑着。我觉得他的问题是时间，她说，但我们可以一步步来。他不会吃抗抑郁药的，梅茜说。这个嘛，我们不必从这里开始，但有些事得注意。黄昏前，一阵晚来的浓雾降临，上中学的孩子们下了巴士，他们模糊的吵闹声循大街传来，又渐渐逸散。

　　酒吧营业时间还没到，艾琳正在扫地。她手脚麻利，也很细心。托尼正在谈自己关于丰富食物供应的计划，她不受影响继续做事。他说起比萨烤炉。她毫无意见。这又不是她的钱。电视上人们聊到英格兰南部一名失踪女孩的事情。托尼来到吧台调高音量，艾琳赶紧告诉他当心湿漉漉的地板。他往后退，两人都抬头盯着屏幕。新闻记者称将会进行一次案件再现。艾琳提着拖把桶一路进了厨房，让托尼在地板晾干前别走动。一名十三岁少女从某个假日村舍中被带走，一时间这事看起来似乎与贝姬·肖的失踪有某种关联。但人们发现了她的尸体，并逮捕了一名嫌犯，且查出这人在贝姬失踪期间正待在国外。看来，这类事情还在不断发生。塔克家重铺了电线并进行了粉刷，还做了防潮层。有人说这屋子的买主来自伯明翰，近来刚丧偶。没任何迹象表明他搬了进来。托尼在格拉德斯通酒吧的晚餐菜单中加了一道煎饼，错误地将其命名为"吃到饱"。事实证明，多少煎饼人们都吃得下。厨房里的面糊用光了，但不是每个人都能谅解这一情况。山毛榉林远侧尽头的河岸上，獾穴静悄悄的，那里头有许多穴道，还有树叶铺就的睡床。在距穴口二十英尺处，今年第一批降生的小崽闭着眼，跌进一个温暖的、满是青草与乳汁的黑暗世界。这几日上午总有一阵寒雾，午餐时分才升起来，之后看着就像被困在了树顶。肉铺空荡荡的。砧板留在了柜台后面，木头的色泽随时间流逝而变深。旧采石场边缘附近的树篱下生长着叶片肥厚呈勺状的羊莴苣，只有懂行的人才知道上这儿找。周末琼斯进校来为地板抛光，他推着机器前进后退，发出阵阵轻柔嗡鸣，两个小时后才把活儿干完。他边干活边码好椅子，关了灯。戴尔小姐班上的电源插座旁摆着孩子们的艺术作品。猜画作与作者名的对应关系是他的拿手好戏。这要叫别人知道了一定会觉得很惊讶。他给机器插上电源，把地板抛得锃亮。得回去了。妹妹又该焦虑了。那种状态并不总能得到缓解。

理查德回到村中探望母亲，在一个静谧的午后，他与凯茜来到荒野散步。他们再一次发现彼此几乎无话不谈，两人聊了许多。当他们来到山区远侧，前往 7 号水库时，理查德问她是否在帕特里克过世后跟别人交往过，而她则反问起他的情感经历，他本期待对话朝特定方向发展，但此刻却变为某种告解。这感觉像是个错误，却似乎没法立刻停止话题。尤其是，听理查德说完一串短期交往的女伴后，凯茜错误地对他道出了多年前与戈登·杰克逊的旧情。理查德惊讶不已，但尽量显示出理解的样子。丧亲之痛对人来说确实是打击，他说。凯茜忍住没问他怎么知道。她告诉他实际上在帕特里克去世前自己就出轨了。大约六个月之前，她说，有段时间，很频繁，他们喊我去医院时，我正跟他在一块儿，那之后就没继续了，我可以继续，但戈登不想。她能看出理查德此刻的震惊，虽然他宣称没有。她告诉他，人与人之间的关系或许比他理解的要复杂得多，比他期望的要复杂得多。她说这话时感到有些恼怒或怨恨，但原因不明。他说或许她是对的，可他愿闻其详。他们沿着通往水库的小道前行。地面干燥。近来无雨，水位很低。两人返回村中。之后他们感觉像吵了一架。一回到家后她便想起了戈登，她允许自己这样做。现在她觉得很平静，有种解脱的感觉，就是那到底发生了，她早已不再纠结自己是否有资格再度获得那种快乐。他们的第一次粗暴而混乱，也是唯一冒了险的一次，那之后的数次都经过仔细安排，确保不仓促行事。那是种简单直接的愉悦，之后的满足感会在她身上延绵数日，挥散不去。戈登的皮肤竟那样柔嫩，这也是其中一个惊喜，连他的手也一样，按理说应当更粗糙些才对。而且他是那般温柔，却又能让人感觉到他的欲望是那样强烈。如今她在村中见着他，有时还会对他皮肤的柔软感到疑惑。她想起理查德，因为他长大后也没变的羞怯而露出笑容。她一直没弄明白，自己是否觉得这也是一种魅力。她听见纳尔逊的叫声，转而去敲了威尔逊先生家的门。杰克逊家的小伙子们正因产羔而忙得团团转。一开始死了几只，但总体进展顺利。长夜漫漫，他们每个人轮流睡几个小时。杰夫·西蒙斯在工作室里制作壶把，从拳头大小的黏土上揪下一块，切开前先用手指搓细，然后与其他部件一起放在外头晾干。惠比特犬在他身边缓缓绕圈，等待着。有人在山毛榉林那边看见了第一批狐狸幼崽。

四月来临时，已经有四个星期没下过像样的雨了，牲畜吃不上肥美的牧草。这个月，一阵暖风打南边吹来，上午过半，村中迎来了降雨。苏珊娜穿过树林跑进门，匆匆给自己倒了杯水，还没喘口气就喝了下去，感受到胸膛中弥漫开来的冷战。在威尔逊先生的坚持下，为了支持水援助组织[1]，村中举行了春

---

[1] Water Aid，致力于帮助贫困人口获得清洁水源，改善卫生条件的国际性非政府组织。

季舞会。他表示如果大家觉得日子因为这所谓的干旱而变得难挨，自己倒可以告诉他们些值得思考的事。威尔逊先生对此事的看法众所周知，他不必递上随身携带的资料，提议便通过了。高中的吉姆·斯蒂芬森带着他的铜管乐队去了舞会。他们没有演奏传统的曲子，转而选择经典的迪斯科改编曲：史蒂维·旺德[1]、唐娜·萨默[2]、斯莱与斯通一家[3]。第一次向乐队介绍这些曲子时，吉姆还需要听听唱片，让自己熟悉起来。但现在，随着演奏渐入佳境，他发现自己正以类似舞蹈的姿势扭动着身躯。吉姆·斯蒂芬森不年轻了。之后在酒吧里，米丽娅姆·皮尔逊问他的髋部是怎么了。先前一些围观的人乐得不行，米丽娅姆的反应却不太一样。吉姆有些脸红但一点儿也不尴尬，他告诉她这音乐令自己无法静静待着。这就是被旋律打动时，你会想做的事，他说。米丽娅姆笑了。确实是这样，斯蒂芬森先生，当他用一大块白手帕擦过自己的光头时，她这么说道。贮木场附近的树皮碎片上长出了香杏丽蘑，就琼斯所知，此事除自己外无人知晓。想到这场子已被卖给亨特家，他采摘时心情大好。

---

[1] Stevie Wonder（1950—   ），美国盲人歌手，作曲家，也是美国流行乐坛和黑人摇滚乐方面最具影响力的音乐家之一。

[2] Donna Summer（1948—2012），美国著名流行乐歌手，有"迪斯科女王"之称，曾五度获得格莱美奖。

[3] Sly & The Family Stone，活跃于 1966 至 1975 年间的美国乐队，凭借迷幻灵魂乐而风靡一时。

这就像从斯图尔特·亨特那儿拿走属于他的东西，琼斯一直不喜欢那男人。一名驻营抗议者摔断了腿，被山区救援队抬下山去。那人试图在石头间跳跃前进，据说这是种古老的仪式，但冷静考虑后，看看石块间的距离便知这显然不可能。有人目击失踪女孩的母亲与一个男人走在村里，没人认得那男人。晚上他们在格拉德斯通酒吧的卡座里亲密地挨在一块儿，共饮一瓶酒。不论什么人盯着她瞧，她都迎上那人的目光，直至那人移开视线。夜里某时，有人见他们牵着手。

五月，天光破空。大伙儿伴着一段清朗日光吃下早餐，为在户外玩耍的孩子们备好茶饮。斑尾林鸽在板球场附近的欧洲七叶树上打闹，抬起扑腾的翅膀扇向对方。搞不懂它们是如何做到不从树上掉下来的。那动静远至路边和教堂都能听见。清早学校没开课前，琼斯去菜圃为土豆培土。克莱夫将西葫芦从温室搬到户外自家菜地里，但琼斯没看见他，不久就扛着农具回家去了。之后，克莱夫见米丽娅姆·皮尔逊从车内搬出一盘盘植物走向自己家的地。他认为那些东西是她从园艺中心买来的。在他看来，得先给植物大量浇水然后再种到地里，但他可不会主动提出建议冒犯他人。她家的小路边缘看起来很整洁。贾尼丝·格林在堂区俗务委员会上朗读了一封巴士公司的信，该公司在信中威胁道，除非停车状况有所改善，否则就要取消交通服务。大部分人对这封信的语气非常反感，但也承认巴士公司言之有理。于是众人讨论起强制措施以及哪些地方容易发生交通拥堵，就在所有人看起来都说完了时，威廉·皮尔逊称，其实每天结束后大家都在议论马丁·福勒停车时总特别贱。一部分出席者听到这话别过了脸去。有人要求朱迪丝别记下最后那句话，接着威廉被请离场外，这时大伙儿发现他整晚从瓶子里往外倒的咖啡，其实大多是威士忌。大门一关上，就有村民提出关于马丁的停车习惯，威廉确实说得在理，并有人建议应给予警告。5号水库之上的针叶林里，鸳舒适地坐在蛋上，风从林间穿过。夜里下了一场雨，一时间令人感到舒爽，雨带走了空气中的尘埃。阿什莉·赖特在脸书上添加父亲为好友。是父亲先找着的她，还发了信息，他主动联络让阿什莉觉得很激动。她明白不能告诉父亲自己与母亲的住处，但她在网络上留下的信息已经足够让他找到答案。他在同她对话时提及了村庄的名字，她有种不好的预感，无法对他人倾诉。凯茜与理查德一起开车载着威尔逊先生的狗前往13号水库，欣赏不一样的景色。那是高地，风由荒野边缘笔直割过来，压着水面吹起黑色的褶皱，一波波推向大坝顶端。他们顶着风沿岸边小路散步，他提高音量，告诉凯茜自己正考虑长期与母亲同住。他可以签一份不要求他出差的合同。他告诉她在离开这么多年后，自己应该会享受在村子里待着的感觉，和大家重拾联络挺好的。他问她做何感想。她说他应当慎重考虑自己的所有选择。她问起他母亲的情况，问她是否还总摔倒。理查德觉得，凯茜令对话偏移了自己希望的方向。他由着她转移话题。他说母亲看起来状态不错，但他们密切关注着她。两人抵达水库前侧，那条小路不解人意地到了尽头。当他们折返朝车子走去时，身后强风猛地一击，他们不得不微微绷直膝盖以便站稳。

那鳏夫在六月搬入老塔克家。某日上午他出现在乡间小道上，开着租来的货车，克莱夫从自己的菜圃中可以看见他正卸下纸箱、包袋与椅子。很明显一会儿他会需要帮助。克莱夫等到那男人坐在自家墙边休息时，才从小道走来提出要帮忙。货车里有一个沙发、一张床，还有两个长条木制装货箱。搬运这些没有花费太长时间。那位鳏夫礼貌地表示了感谢，但没做自我介绍，且克莱夫也没有被邀请入内。天空再度放晴，驮马桥下，沐浴在阳光中的河流像一块玻璃，唯有倾泻入坝时才被打碎。河流看守人外出检查垂钓许可证。据说他十分严格，所以少有人不持许可证来这里钓鱼，但有时一些度假的游客对此不太了解。莱斯·汤普森推着割草机从第一块地的外缘割起，每到拐弯处便抬起再放下割草机，留下大片的杂草在猛烈的阳光炙烤下枯萎。布赖恩·弗莱彻端着一杯茶与一盘吐司出了门，在他车旁的那堵矮墙上放下。他醒来前萨莉便起床外出了，她在厨房桌上留下一张字条，说自己去旧采石场走走。又是蝴蝶。这如今是她的头等大事了。大多数时候，对他来说不要提分辨不同了，仅是靠得足够近都很难。它们是闪过的一抹色彩，瞬间蹁跹而去。他对此没多大兴趣。但她没指望他会有什么兴趣，就像他没指望她会对他的车有什么兴趣那样。当然啦，她也分不出车的不同。或许她没注意到这是辆新车。一辆1968年的雪铁龙DS，带旋转车前灯。他想买这辆车有段时间了。费了点口舌才让那人愿意卖。反反复复地发邮件交涉，但他很有耐心。他认为自己有一套话术，知道什么时候该说什么话。这整件事使他想起与萨莉的第一次交谈。两人都还没见上面，就邮件来往了好几个回合。他注视着车身简洁的线条和优雅的轮廓。他喝完茶吃完吐司，打开了汽车引擎罩。针叶林里的鸢巢中，第一批幼鸟正在破壳。漫长的白昼让树篱长得更高了。河流沿岸的徒步者早已在草地上踏出一道道交错的小径。温妮忙于水井装饰节的设计，在卧室桌上摊开大张防油纸。她从边框和弓部做起，接着是嵌字，绘出天空、云朵、太阳、山丘，最后填充前景人物及动物的细节。和往年一样，她怀疑对委员会来说这是否适用。而后者也总是热情地向她确保这正是他们所需要的。威尔逊先生家的草坪上出现了三只圆滚滚的小乌鸦，它们竖着羽毛，之后被乌鸦掠走。蝙蝠在自己的领地生产，它们将幼崽裹在翅膀中。夜里蝙蝠轮番站岗，幼崽进食时低声叫着，那动静如同微风拂过树林。

大一结束时，詹姆斯·布罗德带着行李驱车回村，他原打算把行李放在自己之前住的卧室里，却被告知要收拾好东西准备搬家。他的父母都无力独自买下现在的房子，所以两人决定一起卖房。他的母亲会买下小巷尽头的一栋公寓，过去那曾是政府廉租房，父亲则会搬走。詹姆斯不知道自己能怎么做。他们告诉詹姆斯，他可以自由选择。索菲·亨特没能通过期末考试，回家时也不知自己该做什么才能升上大二。她母亲告诉她肯定可以补考，重修一年也并非世界末日。她的父亲说不论发生什么他们都爱她，并为她感到骄傲。可索菲只觉得他们说这话时明显很勉强。她觉得仿佛自己才是那个需要安慰父母的人。她母亲认为这一年来放纵的派对导致她没法好好学习，但真相是她真的觉得功课太难了。我理解，是时候发掘自己的潜力了，她母亲说，还有，如果不能趁年轻时疯玩，以后哪儿还有时间呢？索菲告诉母亲事情不是这样的。并没有那么多派对，她说，我确实在学习，我只是学得很差。杰丝压低音量，问她是否有做保护措施。索菲抬起一只手，请母亲别再说下去。这和我那个年代不一样了，只要你对自己诚实。索菲用手捂上耳朵，大声告诉母亲她听不见。杰丝·亨特慈爱地朝着女儿微笑。她记得自己在同样的年龄，也对母亲做过一模一样的事。河边牧场尽头，及膝的牧草中滨菊密密夹杂其间。在板球场附近高高的野草丛中，第一批弄蝶破蛹而出，张开湿润的翅膀。第二窝家燕成功长出飞羽，在夜空中快速飞过，它们白色的腹部一闪而过，划出一道弧线。工人教育协会开了门信息技术课。有人匿名提问，如何避免无意中闯入包含过激成人内容的站点，一时现场有些尴尬。布赖恩·弗莱彻问，"过激成人内容"到底指的是什么。没人愿意解释。

苏珊娜·赖特在老塔克家的五金房里开了一家店，卖一些手工艺品、礼品和贺卡。她进了大量陶器，杰夫·西蒙斯觉得受到了冒犯。他的工作室商店远在村外，生意一直不太好。苏珊娜提出要进一批他的货，但他拒绝了。他的理由含糊不清，但说了"小玩意儿"这词，她听了觉得恼火。杰夫没接到开业派对的邀请，即使有他也不会去。现场准备了起泡酒，街边装饰着彩旗，一位穿西服马甲的男子在店外演奏手风琴，努力引起人们注意。新商户开业总是让人感到高兴，虽然大家觉得只有游客才会买她卖的那些东西。库珀拍下一张苏珊娜、罗恩与阿什莉在店外的照片，手风琴艺人探身入镜，所有人都举起了酒杯。这张照片成了《山谷回音》的封面，而且阿什莉把它贴到了脸书上。上午，汤普森家的工人们挤完奶并清理干净挤奶间时，已是太阳高照。他们清理粪便后用水管冲洗了地面，流水由褐绿色变得清澈，排入外面的下水道。他们回屋吃早饭。三小时前工人们就起床了。把牛奶往下水道一泼能有更多钱。如果奶价无法尽快回升，养殖将难以为继，但除此之外也别无他法。水库像经过锤制的白镴。布赖恩·弗莱彻家的果园中出现了一辆宿营车，卡在篱笆出口的黑莓灌木丛中。车窗边框生了青苔，仪表板上的裂缝用银色胶带封住了。不知弗莱彻心里打的什么主意。苍鹭栖息地的鹭巢几乎被遗弃了，地面上散布着掉落的树枝。怒放的帚石南为山野铺洒成片紫色。板球赛前下了一周的雨，比赛无法进行，但卡德韦尔队仍在格拉德斯通酒吧玩得很尽兴。他们通过玩掷飞镖决定了奖杯的归属，卡德韦尔队再次轻松载誉返乡。迈克·杰克逊告诉家人自己正打算移民。这个家根本没法分成五份，他说。梅茜朝他招手，让他安静下来，西蒙迅速溜到阳光房里打开电视。任何正常的家庭这会儿都分好家了，可咱们难道就这么等着，看爸的遗嘱里给大家准备了什么惊喜？他觉着自己能坐在这儿远程控制经营农场，但他一点儿头绪也没有，你知道的，早几年咱们就该搞多样化经营，扩展业务，贷款。梅茜看着他高谈阔论，但她其实没在听。她正想着澳大利亚究竟有多远，以及她肯定永远不会去。只是去一阵儿，对吧？她问。他们那儿现在特别需要有经验的人，迈克说，能挣不少钱。你可以存起足够的钱，在一两年内回来做自己的生意吧？那儿北边的地很便宜，他说。政府拨款，什么都有。但只是暂时的吧？迈克盯着她。他是她最小的儿子，最晚出生的儿子。只是去澳大利亚，妈，又不是去月球。

夏天一开始很潮湿，但到了九月便天朗气清起来，小道上的淤泥被碾过后又让阳光烤干了，一道道厚边车辙定了型。小巷后的山毛榉树下有跳虫出没，它们搜寻落叶残片，并以此为食，一只雄跳虫在落叶堆深处留下一圈精子。风吹落接骨木树上的乌鸦巢，掉在了亨特家的门口，鸟巢的灰泥摔得粉碎，里头的枯草像谷壳般四散。托尼为秋收感恩节制作了一组啤酒花装饰，确实引人注目，但也有些人觉得那种刺鼻的气味出现在教堂里并不合宜。有人在邮局见到琼斯的妹妹，她买了包装纸和捆绳，大家认为这算是某种突破。艾琳有时会同人们讲琼斯妹妹曾参加过她的婚礼，那时她看起来很开朗，与常人无异。艾琳总说，太可惜了，到底发生了什么。仿佛有人真的知晓答案。周日晚上布赖恩与萨莉·弗莱彻共进晚餐。布赖恩烤了羊排，煮了土豆，萨莉做了沙拉。这是他们之间的习惯，确保两人一起吃次晚餐。一周的大部分日子里他们有各自不同的作息时间，通过厨房桌上的字条沟通。这挺适合他俩的。他们晚婚，都觉得自个儿过很舒服，但夫妻俩决定在周日晚上总是要一起吃饭。我不想忘记你长什么样，布赖恩曾说，吃一顿饭，交流一番，接着一起看电视节目，什么都行。大体上，是一档和谋杀案相关的节目。有人见露丝在菜圃里独自干活儿，从果实累累的豆茎上采下一把把豆荚来。叶子上满是黑蝇，但这已是季末，她不是太担心。至少可以喂瓢虫。她等西葫芦成熟结果，因为即使没人真的喜欢煮这玩意儿，摆在店外的篮子里也挺好看的。这让人们想到丰收季节，吸引他们进店消费。温室附近的黑莓灌木丛里结满了果实，她每次经过都揪下一些尝尝。有人对菜圃委员会说过黑莓灌木丛的事。这事还没有解决。露丝的手机响了，她读着信息，脸上露出微笑，这时她才意识到自己正用一只沾了果汁的手掩着嘴。她在长椅上坐了一会儿，看着阴影拉长越过山谷，感觉暖意融融，仔细思考着自己的回复。

恶作剧之夜，每条小巷与过道中都有臭弹炸开，直至物资用尽。有人听见艾琳抱怨说，如果谁觉得这是恶作剧，那他们肯定是被宠坏了。她问大家自己是否讲过已故丈夫在这一夜藏起一群奶牛的往事。有人告诉她当然已经说过啦。许多人穿着流行恐怖电影里的衣服，用南瓜雕了鬼脸，点上灯。如今少有人用芜菁刻鬼脸了。田鸫密密麻麻聚在教堂南侧收割后的麦地里觅食。艾琳在酒吧里打扫时，有人聊起电影俱乐部将放映一部邦德的电影。某个人说那不是邦德系列里较好的一部。艾琳说如果是丹尼尔·克雷格出演的，那就是最好的。这个男人，她说，我愿意花大价钱看他的无聊纪录片。她预计会有笑声，但现场一片寂静。她继续拖地，让他们抬起脚来。她不明白自己为何要插话。人们有些吃惊。他们觉得如果你独守空床，血液便会停止循环，还觉得如果你不能让一个男人兴奋，那你的生活里也留不下什么值得兴奋的事了。似乎人们有时会因为再明显不过的事情而感到惊讶。托尼在吧台后说，《007之雷霆谷》。经典的肖恩·康纳利，马丁插嘴道。大伙儿辩论了几句。艾琳挪开了拖把桶。学校中起了争执。辛普森夫人带几位供暖工程师前来检查锅炉房，而琼斯拒绝让他们入内。你不能招呼都不打就做这种事，他说。这不是你的锅炉房，琼斯先生。逼我也没用，他告诉她。那群工程师表示他们会改日再来。

凯茜敲了威尔逊先生家的门，问纳尔逊是否需要外出散步，他告诉她水已经烧上了。他们坐在起居室里，纳尔逊前后踱步，尾巴撞着咖啡桌。威尔逊先生又开始烤蛋糕了。那真的很美味，但她知道，问他为什么从来没有给村里活动送过蛋糕是没意义的。这更像女士们会做的事，对吗？她之前提问时，他曾这么回答。她告诉他才不是这样，但晓得他不会改变想法。威尔逊先生的妻子在世时，凯茜不记得他曾做过烘焙，但那都是很久之前了。即使他有，或许她也没注意到。琼已过世十五年，或更久，那会儿凯茜的儿子们还没上学，但她怎么也想不起来是哪一天了。凯茜记得那些日子里，她要与孩子们站在大门后数到十，让自己镇静下来，这样走在村里时她才能掩饰好自己的情绪，不让人看出她出门前必须费劲给孩子们穿上衣服，擦掉墙上的食物，对着一摞坐垫尖叫。之后她整理好衣着，微笑，开门。准备好说早安，准备好聆听任何过街路人的意见。威尔逊先生那时一点儿也不老，她意识到。他甚至可能还没有退休。可在她印象里他一直是那样的，他是位长者。或许是因为潜意识里她将他与"鳏夫"一词联系在一起，又或是因为他与年轻人的距离。虽然她并不像那些人一般年轻，甚至觉得自己已经老了，突然之间老了那么多，总是很累。微笑，呼吸，整理衣服，开门。准备好应和有人夸赞男孩子们是多么讨人喜欢，伴着一声轻笑，有时赞同他们的想法其实挺难的，但最终一切是值得的。那时总得微笑，见鬼了，还得带着这种笑容一路走到小道上，因为威尔逊先生经常在屋外摆弄花草，与他的狗一同闲逛——当时还不是纳尔逊，是一只叫富兰克林的指示犬——走进家门后她便卸下伪装，逐渐崩溃，但她没有停下，因为她不能，她永远不可以停下，男孩们总在讨要一些东西，或弄坏一些东西，得泡茶，得安顿男孩们上床，拜托，最后，也得为回家的帕特里克备好一些东西。她喝完茶，感谢了威尔逊先生的蛋糕，取来纳尔逊的牵引绳。卡车载着木材的声响由远处亨特家的林地里传来，引擎疯狂转动，车子重重压在大地上。今冬第一场雪在月末飘落，但很快就化了，没能积起来。

　　广场上布置了圣诞节装饰。托尼贴出公告表示自己正开放圣诞大餐的预订。拖拉机棚的收音机里传出颂歌歌声，戈登·杰克逊听见威尔跟唱《平安夜》，连着几日这歌声都萦绕在他心头。每一回威尔走进房间，他脑中便蹦出"牧羊人为此景所震撼"这句来。苏珊娜前夫在某个午后推开店门并打了招呼，仿佛他是受邀而来。他看起来轻松而慷慨，但他关上身后那扇门的样子有些不对劲。苏珊娜，他说，原来你在这儿啊。他咧着嘴笑了。他个子不高，或者说挺矮的。苏珊娜点点头，不敢说话。她越过他望向窗边，没什么人。人们不怎么想走这条街。他站在她与门之间，问她过得如何。她的手机放在收银机边的搁板上，而他刚好站在她与手机之间。这是间小店。她想请他离开，但觉得这样做不太安全。她觉得自己身上那股安抚他人的本能又涌了上来。她的消极防御方式。但她绷紧了下身，保持高昂的姿态。她告诉他自己过得很好，问他的来意。苏珊娜，放松，你看起来很紧张，别傻了，我不是来这儿惹事的，抱歉让你失望了，也不是为了和你重修旧好。她在一阵恼怒中深吸一口气，几乎不可见地摇了摇头。他朝她走近。我来这儿只是为了见阿什莉，我们太久没见了，她需要爸爸。苏珊娜再次摇摇头。阿什莉在学校，她说。我可以等，他回道。这和我们商量好的不一样，她对他说，你不应该出现在这儿。他朝她又迈近一步，他伸出手掌，仿佛这会令他看起来像退后一步。苏珊娜，咱们什么都没商量好。他说"商量好"时是那种口吻。她一动不动地站着。她够不着电话。店铺很小。他迈向她时，她听到他突然变快的呼吸声。

今年排演的儿童音乐剧是《金发姑娘与三只熊》[1]。安德鲁饰演熊宝宝。对这个角色来说，他年龄太大了，但他同意了，因为他知道这样会让妈妈高兴。他能感觉到因为上台的焦虑，自己越发讲不清话了，之后他念的台词又因为演出服的毛绒头罩而变得更加含糊。安德鲁发现奥利维娅·亨特睡在他的床上，她的金发在枕头上铺散开来，他放弃理解此情此景，只是照看着她。这感觉像是该做的事。这样做让他觉得很平静。杰丝·亨特穿着熊妈妈的演出服冲上台。睡在"你"床上的是谁呀，熊宝宝？她问道。即使安德鲁穿着表情固定的演出服，他还是成功显露出了困惑的样子。他比剧本要求得更早离开舞台，之后大家找了他好长时间。理查德·克拉克在新年前夜回家，他的妹妹又一次谈起将母亲送到养老院的事。他们低声交谈，忧心忡忡，但她听明白了。我哪儿也不会去，她说，你不需要担心

---

[1] *Goldilocks and the Three Bears*，改编自英国作家罗伯特·骚塞的童话，讲述一位金发姑娘误入森林熊屋的故事。

这个，只要最后把我装进骨灰盒里就行了。别这样，妈，雷切尔说着提高了音量，仿佛克拉克夫人有听力障碍或理解方面的问题。我们只是希望你待在一个舒服点的地方，萨拉补充道。你的意思是，某个你可以忘记我的地方。是某个我们不需要每过五分钟就担心你的地方，妈，是的。现在拜托。别那么激动。理查德在一旁听着她们的对话，仿佛其中没有他的角色。这就像她们在按剧本表演，有他没他，她们都会做好决定。他必须提前离开，回去参加会议，他走时她们还在讨论那事。村民们见弗莱彻家果园里的那辆宿营车亮着灯，某人在周围走动。有人开始清理黑莓灌木丛了。迈克·杰克逊办妥了澳洲之行的全部证件，打包起行李来。梅茜拒绝为他提供帮助，她甚至拒绝讨论这事。你这是要让你爸心碎，她告诉他。而他多少知道，这不是真的。他只是摆出一副勇敢的样子，梅茜说。失踪女孩的名字叫丽贝卡，也叫贝姬，或贝克斯。照片中她对着镜头转过半张脸去，仿佛不愿被人瞧见，仿佛她希望身处他方。现在她得有二十岁了，但还总被称作一个女孩。事发已有七年，人们说如今在法律上她无疑要被宣布死亡了。但根据警方发布的一份公告来看，这种说法并不完全符合法律。这类声明都需根据具体情况进行判断。女孩的父母从未放弃寻找，警方公告也证实案件仍在调查中。村民望着山峦，感觉早有答案。她可能行至荒野高处，无意间坠入被洪水淹没的深谷，在搜救犬与热成像仪找寻到附近前，便沉入冰冷潮湿的泥沼深处，她柔软的皮肤被晒成皮革般的棕褐色，干净的秀发绕着她的身躯。她可能跌入任何地方，现在仍躺在那里。

8

午夜，新年到来时，烟花在雨中升空，旁边的山谷雷声隆隆。雨水如海浪倾泻山区，直冲人脸上扑。浑浊的河水高涨，其中有大量以石蚕及小虾为食的茴鱼。清晨伊恩·多塞特拎着一盒新的假蝇钓饵外出，他艰难地站在水流中，将加重的人造假蝇抛入河里。苏珊娜的前夫再度出现，这回有人目睹两人起了争执。人们叫来警察逮捕了那男人。法院下了新的禁令。苏珊娜觉得尴尬，不愿多谈，但最终事情始末还是不胫而走。她之前曾与孩子们住在收容所里，但让前夫给找着了，最初搬到村中正是为了远离他。这人所带来的威胁不足以被控告，但她拿到了接触禁令，经人相助搬离了收容所。过去她有位姑母就住在这村子里，所以她对这里有所了解，而且这儿看起来和别的村庄一样好。她本计划对外保密的。她觉得开始新生活的部分要诀就是不要去思考过去，她以为自己可以将那抛之脑后。

但如今他出现，所有人都知道他们之间的事了。这是她某晚与凯茜·哈里斯谈心时吐露的，在一节瑜伽课后，凯茜正帮忙收拾打扫。苏珊娜发现，凯茜待人很有一套，总叫人想倾诉更多。她点头时，仿佛已经预料到苏珊娜要说什么。见过她丈夫的人很少会想到他是那种使用暴力的人。他的体格看起来也不是那种类型。她曾听说人们如此议论，即使在大家了解了他的部分行为后。有段时间，这让她觉得一切都是自己的错，她一定是做错了什么，才激怒了这样一位彬彬有礼的男士，否则他不会做出这种事。她肯定可以做些什么，使他免受怒火困扰。事后他总是很抱歉，小心翼翼地解释哪里出了问题，希望她下次做点别的，帮助他不要再犯。他总是只讨论当下这一次失控，小心不在她脸上留下伤疤。他曾两次打断她的胳膊，还曾使她肩膀脱臼。她在医院里总是就伤势说谎。他曾对她说离了自己她什么也不是，说人们觉得她粗鲁聒噪，难以相处。他曾告诉苏珊娜她得减肥，增长力量，改变穿着打扮，别总笑那么大声，别在公共场合吃东西，交些新朋友，做个好妈妈。罗恩问她咱们为什么不离开，甚至直到这时，她才第一次觉得或许还有这样的选择。那时他十二岁。他似乎比她更早理解了所发生的一切。她曾告诉儿子，爸爸很爱他们，只是他现在工作上遇到了问题，处境艰难，不久就会好转的，而罗恩直接去打印了一份关于家庭暴力及连锁收容机构的资料。他们逃走后她并未感到解脱，也不确定自己是否做了正确的决定。那些感觉是渐渐浮现的。但在这个村子里，她发现自己已准备好面对新生活。她发现自己挺胸站直了。瑜伽对此也有帮助。

　　二月，连下了一周的雪，山中风吹积的雪堆深达八英尺。人们犁开山区和城镇之间的道路，路两侧累起高高的雪堆，但村子外面仍然是阻塞状态。杰克逊家的小伙子们只得步行外出找羊，能救回一只是一只。大部分绵羊都很好找，它们或挤在一堵干砌石墙的背风处，或绕树蜷成一团，但也死了不少，损失惨重。庄园里的雉鸡由冬季围场转移到了小一些的下蛋窝里，饲料充足。菜圃的雪地里，最后几根韭葱变黄，根茎肥壮，顶部叶子翻折下来，纸一般的鳞茎外皮剥落。河边一株柳树在暴风雪中倒下后仍继续生长，仿佛什么也没有改变，枝条全部缓慢地向天空倾斜。莫莉·杰克逊度过了她的第二个生日。派对上，梅茜仔细观察着威尔与克莱尔，之后她问了几句，威尔不愿回答。梅茜知道事情再度变得不妙，但除了照看孙辈外，她什么也做不了。二月十四日忏悔星期二那天，奥利维娅·亨特在格拉德斯通酒吧的厨房内制作心形煎饼，颇为不顺。这是托尼的主意，但奥利维娅知道他也没做成过。托尼给了她一个饼干模具，直到要翻面前都挺顺利的。她总是烫到指尖。酒吧里大家拿破损的心形煎饼开玩笑，托尼进厨房时小心翼翼地将这些转达给奥利维娅。这是个漫长的夜晚。次日只有三个人参加圣灰星期三礼拜仪式，其中一人是简·休斯。她建议大伙儿在圣坛旁围坐成一圈，仪式全程柔声低语，第一排座椅之外几乎听不到什么。结束时她以灰涂抹艾琳及布赖恩的额头，并请艾琳帮她抹，三人带着面部冰冷的印记坐在那儿。户外，伴着冬末暖阳，有人看见萨莉·弗莱彻端着两杯茶出了门，与待在宿营车中的男人交谈。这人原是她的兄弟。他修剪了黑莓灌木丛，大体清理了一番，活儿干得不错，目前正着手修整树木。布赖恩·弗莱彻让他先把枯木移开，再看看接下来怎么办。不清楚他们同这人达成了什么样的协议，但在大家印象中这个人从未进过屋。人们有时见他站在宿营车门边抽着烟，面色阴沉，身上文着文身。

那鳏夫在老塔克家安顿下来。他整修花园，干了不少活儿：撤去铺路的石板，种上果树，搭起许多苗床。这儿比起前庭花园来更像一片菜圃。一些村民认为该同他打个招呼，但在目前的情况下，大伙儿觉得不应前去打扰。他很少在村中露面，大家理所当然地认为他的缄默或许是丧亲之痛所致。人们对传闻中他失去的家人知之甚少，也无人想问。琼斯在菜圃里种了洋葱。一行行作物种得笔直，地里也没有杂草。完事后他带着农具回家。学校里，供暖工程师们进了锅炉房，并说锅炉不能再用了。他们商议要在主建筑内安装新的供暖系统。辛普森夫人告诉琼斯他还是可以将锅炉房作为仓库使用，后者沉默以对。调回夏令时后夜晚变长。枝条上的小芽闪闪发光。安德鲁近来很难相处。艾琳想同牧师聊聊，但时机总是不对。日间诊疗中心有互助小组，但那不适合她。互助小组适合那些想要改变事态、解决问题的家长。而她知道没什么好解决的。她只想要找到控制情况的法子，想要安全地待在家里。这或许就得说狠话，但他现在是个大男孩了，有时他脾气来得快，就像他爸。他用那些难听的名字称呼她。她不知道他是打哪儿学来的，肯定是从电脑上吧。不知道他在电脑前坐那么久都干了些什么。她只知道他往那儿一坐便入了神，一动不动。有些日子他不愿从电脑前挪开，有些日子他不穿衣服，不愿去巴士站。她晓得，互联网上有种种危险，但她不太清楚具体都是什么。她很担心，却不太明白应该担心什么。她可以同库珀聊聊，他熟悉电脑。若苗头不对，她还可以拔掉电源插头。然而，那样做的话安德鲁会做出什么事来呢。他如今是个大男孩了。维修队在 3 号水库的堤岸陡坡面寻找动物洞穴、湿软处，或没见过的植被。目前为止他们一无所获，但还在继续寻觅。水位下降得比正常情况要快。没法解释这种下降。夜里暴风雨来袭，雨水如同沙砾般击打着窗户。

浓浓暮色笼罩了树林深处的獾穴，一只雄折耳獾在穴口外徘徊，大声呼唤一只雌獾，直至她伴着一阵轻柔的婉转哀鸣出现，随即被占有。林间满是浓烈的野蒜味，小路边的树叶隐约闪烁着光芒。杰克逊家的小伙子们前往牧场查看羊群。大部分羊羔如今都以牧草为食，长得很快。羊妈妈健康状况不佳，有些被圈出带走，额外补餐。上午天气暖和，地里满是万物生长的气息。羊羔们充满活力，兴奋不已，互相挤着。放羊时，兄弟几人少有时间坐在拖车上来根烟。周末一大早，库珀带双胞胎外出散步，让苏有机会补眠。她近来工作繁重，很迟才上床睡觉。他在孩子们的背包里装了零食和饮料，他们由花园向树林进发。孩子们很是兴奋，跑在前头，用棍子敲敲荨麻。行至交叉路，他让儿子们选择路线，但设法引导他们走向游客中心及通往 3 号水库的小道。双胞胎此前没走过这么远。经过一扇洞穴出口上锁的活板门时，孩子们一度问了许多问题。他给儿子们解释了什么是铅矿及天然洞穴，并告诉他们，是的，曾有人从这儿下去勘探。他们问那是否安全。他笑着说，对你们来说可不安全。接着继续往前走，仿佛他们对这事的兴趣到此为止。双胞胎登顶后觉得累了，他决定稍做休息。他们坐在一块平坦的岩石上吃零食，桑问水下有房子这事是不是真的。利喊他白痴，竟然会去想这种事。库珀解释说，这下边曾经有一些村落，且所有水库都是以淹没山谷的方式建成的。他们盯着父亲，等着看他是否在开玩笑。世上许多事最初听起来都不大对劲。村子里还有少数人记得河水是怎样漫过了新建大坝后的岸坡，水流是缓缓渗出来的，看起来并不会像工程师们承诺的那般将灌满山谷。接着每天水位都涨高一些，波浪吞没了那些已拆毁的村庄，大坝看起来越来越像回事了，直到一位公爵亲临，正式打开闸门，流水倾泻下来，越过防渗墙顶端。苏珊娜·赖特的商店生意不佳，和预期相去甚远。她很晚才打烊，因为村里有些人在最后一刻才想起要买生日贺卡或礼物，苏珊娜就靠这些提高点销量，大部分到这儿来的徒步者对她卖的蜡烛或工艺品全无兴趣。阿什莉有时在放学后与她共同打理店铺，可也没什么好忙的。杰夫·西蒙斯常常带着他的惠比特犬路过，但从未进来过。艾琳收到了戈登·杰克逊的春季舞会邀请。她记不住所有舞步，但发觉自己很轻松便融入其中。她希望没人在看自己。隔着衬衫，她能感觉到他结实的身体，并在脑子里一直想着这事。他拥着她，好像会将她腾空举起。她有两回发觉戈登的腿抵着自己，事后她还记得他大腿肌肉紧实的触感。他说了些什么，她没听清，他又冲她笑，一时间她觉得这人仿佛不晓得这屋子里还有别人在场。她认为，这是一种天赋。特德从没这样望着她过。长久以来她都对戈登的声名有所怀疑，现在她大概明白原因何在了。那支舞结束后她坐了下来。戈登心中冒出某种可能性来，可那是多余的，他为此吓了一跳。他不打算就这念头多做纠缠，但产生这种念头已让他倍感担忧。戈登明白，有些人会把它称为一个大麻烦。他环顾四周，寻找苏珊娜·赖特。

　　五月，水库的水位很低，河流裹挟着一些杂草缓慢汇往拦河坝。空中艳阳高挂。白昼渐盈，漫长的冬夜已远。莱斯·汤普森走在牧场里，等待今年牧草的初次抽穗。枝干已经变硬，底部的叶子枯萎。离割草还有些日子。针叶林里的戴菊莺巢中塞满了婴儿拇指大小的鸟蛋。荒野上的小道边，被啃了个干净的羊骨变得越来越脆。大伙儿听见一阵声响，有辆货车翻越山区行至村里，却没开进水泥厂的大门。车子的引擎声突然大了起来，随后司机又降了挡，引擎完全熄火。山毛榉林中的狐狸幼崽断奶了。小崽们待在穴口处，有的坐着，有的倚着彼此，等待着狐狸妈妈回家。杰克逊家出了点麻烦，西蒙告诉母亲他将与迈克一同去澳大利亚。有人看见果园里出现了另一个男人，与萨莉的兄弟待在一起，村民们知道那人平时是住在宿营车里的，大家不晓得萨莉是否欢迎他的到来。他似乎什么活儿也没干。理查德·克拉克去了凯茜家。两人约好一起散步，但当他敲门时，凯茜的儿子应门说她已外出。理查德想了解更多，而凯茜的儿子什么也没说。他问她是否会很快回来，那男孩问他是否想要等一等。事实上她儿子不应该再被称作男孩了，现在是个年轻人了，已完成大学学业，懒洋洋地待在家里，前途未卜。谢谢，内森，他估摸着是叫这名字，我会的，如果那样方便的话。内森耸耸肩，开着门进屋去了。理查德穿过屋子去了厨房，翻看手机。或许他不该给她发信息。她可能正从某地开车回来，遇上交通堵塞，也有可能在市场里遇人闲聊，或在别的什么地方耽搁了。他看着冰箱上贴着的照片与便签。"周三，职业技能面试"，是凯茜的笔迹。有一张帕特里克与一帮大学男生的合照，还有一张大概是帕特里克与表亲或祖父母的合照。他不知道的事有那么多。他错过了那么多。内森走进来，拍拍厨房料理台，发出某种类似击鼓连续节拍的声响，问他是否想来杯茶。谢谢，理查德说，请给我一杯。内森烧上水，越过他取来一个马克杯。我当时和你爸读同一个学校，理查德说着，敲敲冰箱上的照片。内森要不就是早知道，要不就是不感兴趣。我们仨当时是特别要好的朋友，他继续说，你妈妈、帕特里克和我。我们做什么事都一起。内森转过身去，从杯里捞起茶包。牛奶在冰箱里对吗？他说着，慢慢穿过了门。理查德听见屋里某处传来开电视的声音。等了许久他才喝了茶，之后便离开了。后来他给凯茜发信息询问其中是否有误会。她说很抱歉，但当时她必须去曼彻斯特，却忘了告诉他。

安德鲁和母亲在巴士站等车。山上有些动静，路上车辆来来往往。应该是某个建筑工程的第一阶段。等到了日间诊疗中心后，他可以上网查查有关工程计划的信息。既然叫他撞见了，不搞清楚状况，安德鲁就觉得这天过得不安生。目前他只是观望着，而母亲则观察着他。大部分时间里，艾琳不知道他脑子里在想些什么。他够大了，不再需要有人陪他走到巴士站，但她觉得还是目送他离去比较好。让他自己离家，她总会止不住地担心。但如果她看着儿子上了车，坐在司机身后的座位，之后几小时她就可以不再担心了。这也是日间诊疗中心的一半作用所在——给她喘息的时间。现在儿子安安静静的，对她来说就是种安慰了。这是个吵闹的上午。他穿得不甚得体，但好歹穿了衣服。她觉得他拉了拉她，然后握住了她的手。他的脑袋歪向她那一侧，仍然望着山。他嘟囔着什么，听起来像"妈咪"，然后笑了。他又说了一遍。谁知道他在想什么。巴士来到拐角，他甩开她的手，仿佛扔掉一块烫手的煤。她看着他登上车，巴士驶离后她不知该去哪儿。她本计划去邮局，但这会儿觉得还没准备好。她不明白发生了什么。她去了教堂墓地，坐在看得见特德墓的位置，但没有靠得太近。当然了，他也不会有头绪的。那个男人。说真的，她之前都指望些什么呢。她那会儿很年轻，但她本应更清楚地认识到这一点。她坐了一会儿，没等人看见并致以问候便离开了。她不用别人关心也能过好。村中礼堂里，制作水井装饰的村民将一条条树皮嵌入湿润的黏土中那些按图纸戳出的位置，下午晚些时候第一部分才完工。针叶林间的鸳巢里，第一批雏鸟正要被孵化出来。有几日天气炎热，某个午后，库珀家的男孩们在家里跑来跑去，给喷水枪和气球注满水，又跑出屋子打水仗，直到小巷里无人幸免，全都被淋了个透。一些人大度地容忍了双胞胎的胡闹。仲夏时分，抗议营举办了满月派对，一帮较年轻的村民前去参加。几乎整晚都能听见鼓声。听说有人聊到了私奔，虽然这话从未经过证实。失踪女孩的父亲为参与慈善活动，由他在伦敦的家徒步前往村庄高处的荒野。这活动有大量宣传见报，还有一家网站发布行程的最新进展。此次北上之旅，他多沿运河走，并称这是防止迷路的最佳路线。他还大谈如何跟随水源精神力量的指引回到水库，但多数报刊选择不发表这些言论。他以出人意料的速度来到北方，抵达时有大批记者在村中等着同他见面。他说能为帮助失踪者的慈善组织筹集到这么多善款，自己感到很骄傲。他希望能独自上山，之后见报的多为他独自离去的照片。迈克与西蒙去澳大利亚的前一晚，杰克逊家的儿子们一道进城喝酒。克莱尔少见地在夜里外出，同他们一起。几人将汤姆与莫莉留给梅茜照看。那晚一开始，克莱尔说得很快，一直控制着兄弟们喝酒的速度，后来不知何时她就离开了。西蒙最后一次瞧见她是在台球室，迈克以为她到院子里抽烟去了，他们让威尔打电话问问她去了哪儿，手机无人接听。威尔告诉兄弟们，她可能是回家睡觉去了。她很可能干出这种事。西蒙开始争辩，但戈登给西蒙使了个眼色让他别管了。威尔在酒吧里给苏珊娜打了个电话，请她帮忙去看看。这事看起来曾发生过许多次，兄弟几人觉得没什么好问的。

七月，白昼漫长而炎热，自帚石南丛中升起的热气如水波荡漾。上午燕子在杰克逊家的产羔棚外飞舞。詹姆斯·布罗德结束了大学第二学期的学业，一直没回村里去。他母亲在新公寓里为他备了间小客房，但从儿子的脸书上得知，他与某个叫西尔莎的人去泰国旅行了。那女孩看起来很漂亮，他母亲告诉苏珊娜，可我甚至不知道她的名字该怎么念。一日，抗议营举行了抗议，一些村民过来加入行动，但大部分人只是听着阵阵鼓声飘降山区。一周后，第一次挖掘开始了。苏发现了一本邮局存折，是奥斯汀的储蓄账户，她对此一无所知。里头有将近五千英镑。当她就此质问他时，后者回答说这是一个惊喜。你有五千英镑而我不知道，这可真是个惊喜啊，还藏了什么？另一台手机？奥斯汀，你是谁啊，该不会是个毒贩吧？还是你外头有人了？她说这话时咯咯笑着，十分古怪，但她太过愤怒，顾不上他受伤的神色。他告诉她自己存钱是为了一大家子的假期，计划着要给她个惊喜。他说想带他们去中国。中国？她问。他觉得男孩们会想要了解自己的根。他们的根？你说他们的根，奥斯汀？他们的根扎在乔尔顿，老兄，你在说什么啊，根？我觉得这对他们来说会很重要，他说。她摇摇头。你甚至连本护照都没有，她提醒他，你懂什么是旅行吗？你知道中国有多大吗？我们要去哪儿？我觉得咱们可以和你父母聊聊，他说，我觉得他们会有主意的，我猜他们或许愿意和咱们一起，领咱们逛逛？苏震惊地捂住嘴，瞪大双眼。她往身后的椅背一靠，仰头看着天花板。真的吗，奥斯汀？但我父母是从中国逃走的，记得吗？事实上他们是"逃走"的，你明白这词意味着什么吗？你对这有概念吗？可现在事态变了呀，他说，那地方已经和他们离开时不一样了。她看着他，再次摇摇头。她爱他，但他有时就是这么傻。我们不会去中国，她说，以后也别提了，你可以留着钱别处花去，如果你愿意，花在情妇身上也成。她恼怒地冲他笑着。她攥着存折，把它与其余证件放在一起。在弗莱彻家的果园里，有人看见马丁·福勒与宿营车里的那两人聊天，有时甚至坐在他们的火堆旁，喝着一罐罐淡啤酒，当他听不懂两人咕哝的笑话时，便看起来格格不入。露丝有时问起他，被告知他过得挺好。凯茜·哈里斯与理查德在城里共进午餐，她告诉对方自己在一个线上交友机构注册了。他令自己的声音听上去满不在乎，并问进展如何。她说失败了几次，但如今她正和某人定期见面。他能感觉到她正观察着自己的脸，等着看自己的反应。我希望你知道这事，她说。他耸耸肩，说那挺好的，之后问了那男人的名字。安东尼，她说，他在曼彻斯特工作。这是来真的？他问。我现在还不确定，但这挺好的，这段日子我挺开心的，但不告诉你感觉有点怪，就这样。他说感谢她告诉他这些。又聊起自己接下来要忙的项目，当她问起要不要上甜品时，他说自己真的该走了。

八月，气温继续上升。有一周，阵阵薄雾从山上飘降下来，太阳升得足够高后就蒸发了。高温下，人们破开栅栏进入被水淹没的采石场游泳，无视任何警告。尽管已经贴了公告，但大伙儿仍拽着荡绳晃到水上，跃入极其寒冷、深邃的流水中，发出阵阵尖叫，其他人欢呼着，他们的声音从水面周围晒得发烫的岩石上扩散开去。驮马桥下河水潺潺，渗入布满沙砾的河岸。林间及树影斑驳的岸边，布谷鸟剪秋罗仍开着花。板球队前往卡德韦尔，再度输掉了比赛。有人说，弗莱彻家果园里的第二个男人是伍兹的朋友。这消息毫无根据，但他看起来是那类人。那一身莽夫之力，不像是在健身房练出来的，胳膊上肌肉发达而紧绷。这人眼珠子总滴溜溜转，说话声音低沉，很是含糊。一看就进过监狱。马丁某日去河边时恰好经过果园，就修剪枝条提了些建议。据马丁说，那男人叫雷。另一位人称弗林特。马丁道，严格来说他们不算友好，但一时搭个伙还挺不错的。雷有不少便宜的烟草，弗林特对刀略懂一二。当他得知马丁曾经营过肉铺，便问柜台后挂着的刀是否是马丁的。马丁说那些曾是他父亲的。弗林特说它们看着像值一两个先令。谢菲尔德，马丁说，过去他们还知道自己在做什么时，在谢菲尔德可以买到这样的刀，现在要找这样的刀你得去日本。日本佬精通做刀，雷低语道。的确。他冲火里啐了一口，回宿营车上去了。他从不聊太多。马丁怀疑雷的脑袋可能有点不灵光，虽然他知道现在不用这个词形容人了。他注意到聊天中，弗林特有时会密切注视着雷，如同留意一只可能会弄坏家具的狗。雷走进宿营车时总是拧开收音机，而且雷说话时，弗林特总会分神。这两人间有些什么，马丁无法准确描述。不是同性恋，但两人仿佛都捏着对方某些把柄。至少他不认为他们是同性恋，但近来的世道也说不好，谁知道呢。有些夜里，马丁觉得自己打扰到了他们。他没坐下便同两人告别，继续由乡间小路前往驮马桥。

村民们都认为那鳏夫是个有秘密的男人，所以当大伙儿发现他根本不是鳏夫时，也不觉得惊讶。他的孩子们来村里与他共度夏末时光，从一个女人的车上下来，人们都认为那是他的前妻。这误会是怎么来的尚不清楚，但有些人觉得受到了欺骗。三个孩子是青少年，或者说，几乎是青少年了，似乎经常出没于操场或河岸沿线。起初那一周有人见他们从游客中心离开，父亲在前面带路，一小时后回来时都沉默着，脸上带了那种起了争执后的不快神色。之后再没人见过他们去远足。失踪女孩的父亲引发了越来越多关注。自从他开启徒步慈善项目后便多次返回山区，总是步行来，有人在私人领地、农场建筑及水库周围一些禁区发现了他的身影。最终他被捕，并被盘问了一番，有传闻说他再度位列嫌犯名单，但他没受指控又被释放。有人见第一批田鸫现身，聚集在一株山楂树上，唧啾声散入风中。

这年的榛子有了好收成。现在村里很少有人会特地去种榛树了，但还在种的人收获都不错。被水淹没的采石场与山毛榉林间的高地上附近，榛树果实累累，可能一次就能装满一袋。温妮当然分到了一些，晚些时候露丝也过来装了几篮在店里卖。可抢手了，她告诉温妮。人们愿意出个好价钱。今年轮到威尔逊先生组装教堂里的秋收感恩节装饰。他告知休斯牧师，为支持某慈善组织，他计划布置些地雷及迫击炮模型，提升人们对未引爆武器的关注，而且他准备将此次活动称为"苦涩的秋收节"。休斯对威尔逊先生说她理解他对该议题的强烈关切，她也十分关心此事，但或许在教堂后的书报亭贴海报更合适？有人闯进旧肉铺，取下了墙上的刀。之后他们还拿了马丁的东西，他什么也没问。最小的那把刀不见了，他觉得这也很公平。铺子门口竖起了木板。玫瑰果落地了，苏·库珀带双胞胎沿河边小径捡了一口袋。温妮曾指点她如何制作糖浆，并保证这糖浆能保护男孩们在冬日里不受风寒侵袭。直到要回家了，三人才注意到他们的手臂刮擦得有多严重。事后奥斯汀握着苏的手臂凑近床头灯，对她说，你看起来像和一袋猫咪打过架似的。他亲吻每一道擦伤，她蹙眉，将他拉近。她将平纹细布悬挂在果酱锅上方，夜里下楼检查顺着布淌下的淡红色糖浆。这闻起来并不像看起来那么好。她怀疑男孩们是否愿意尝尝。

　　宿营车里那两人出现时，马丁·福勒正在超市的生肉区工作。三人趁马丁抽烟休息时在卸货区碰面。几夜后，他们一同外出打猎。进展并不顺利。他们在狩猎的方向和目标上有分歧，总的来说，弗林特和雷费了太多口舌安抚马丁。如果不是为了那些刀他不会来。他欠了他们。夜晚澄澈而静谧。他们在午夜前后出发，走过驮马桥，翻过山朝姐妹石阵远处的高地前进。几人喝了酒。马丁谨慎地控制自己的步调，但对另外两人没什么把握。他们每个人都背了包，带了照明设备，雷有个长条黑包中装着枪。他们喊他同行，是为了让他帮忙上药包扎。上回这人可搞砸了，弗林特说。雷高兴地点头。罪有应得，他说，包扎我做不了，我是个射手。在宿营车里，曾有一刻，马丁意识到那枪没有执照。那时他可以走，但他留下了。他们花了一小时越过姐妹石阵，又花了一小时抵达荒野边缘的第一个深谷，弗林特曾坚称在这里开始最好。显然，他们在追逐一只鹿，虽然雷之前说如果打不着，他们追家兔、野兔或松鸡就行。总之，他曾说，如果它动，咱们就杀了它。马丁相当确信，像他们这样闹出这么大动静，什么也见不着。这是他愿意随行的部分理由，即他认为不大可能造成什么伤害。有时夜晚太长了，来点事儿打发时间也不错。三人坐了一个半小时，出人意料地沉默，夜里松散的状态变为专注与沉着，当弗林特终于打开照明灯时，马丁不是特别意外地看见一小群鹿，站在一百码开外，露出被打扰的表情。之前这群鹿正吃着帚石南，现在则非常好奇地盯着光束。马丁屏住呼吸。雷将猎枪架上肩膀时，他听见了轻轻的摩擦声。共六只鹿，跑了五只。第六只转过脑袋，全身发僵想逃，被雷的第一枪击中蹄子。马丁在雷开枪时挨得过近，所以当弗林特跑向那只鹿时说的话他没能听见，而那只鹿此刻居然正蹬着蹄子一跃而起，它的一部分前肩已经被崩飞了。弗林特穿过帚石南丛时，灯光疯狂摇晃着，之后枪再度走火，极为接近马丁的脑袋，接着弗林特摔在地上，光变暗了。四周一派寂静，只有风呼啸的声音，此时马丁仅能辨出那只鹿的轮廓来，它跌跌撞撞地朝深谷低处奔去，而雷俯身朝弗林特嚷嚷了几句，之后将枪举过顶，抬高腿飞奔穿过帚石南丛。马丁坐着观望，弗林特站起来拍拍身上的尘土，地上的灯照亮了他的身形。马丁听力恢复时传来一阵铃声。弗林特好像在检查自己身上是否有血迹。他们听见山中某处传来另一声枪响。马丁朝家里走去。坝上的苍鹭猛地一头扎入水面，身体在又直又长的两条腿上扭动着，脑袋拔出水面时喙中空空。它两次甩甩头，重新开始等待。威尔逊先生家花园的堆肥中有跳虫出没，上午纳尔逊坐着看这些虫子在地上蹦蹦跳跳，之后弹开。整日雨水连绵。采石场里，大片石灰岩被起重机吊上货车，开进主干道，一日要装载许多趟，货车引擎因重负而隆隆作响。某处正在盖许多建筑。

　　十一月下了许久雨，板球场变成一片泥塘，人们暂停搭建篝火堆。田鸫从教堂旁地里后退，在山楂树篱下进食。中午，琼斯离开学校，到店里取了两块馅饼。妹妹在大门后等着他，告诉他警察来过。他们带走了电脑，她说。她说话时用双手比画着，仿佛正擦除灰尘。那会儿我网上的调查才做到一半，他们不让我做完，她说。他问她是否泡了茶，她说当然。她问他为什么警察带走了电脑，他告诉她警察只是检查下是否有问题。很快电脑就会还回来，没什么好担心的，他说。但他们会看我的脸书吗？我不想让他们看我的脸书，我评论了斯蒂芬妮远足的照片，她特别生气，你觉得是她举报了我吗？你觉得我闯祸了吗？他告诉她自己并不觉得她惹了麻烦，让她别担心。他说或许自己必须离开一段日子。他拿了报纸进洗手间，回来时她已经热好馅饼，将他们的午餐装在盘子里。兄妹俩把盘子端到起居室里，坐在电视机前。电视上播放着澳大利亚森林火灾的画面。他们会怎么处置那台电脑？她问。他们只是检查一下，亲爱的。他吃完午餐，带着盘子去了厨房，收拾完后说要回学校去了。他问她还好吗。她点点头。他问是否有人来找她，她猛地抬头看着兄长，问为什么会有人来找她。她吓坏了。没什么，他说，我只是好奇。你觉得那失踪女孩出了什么事？基督啊，苏珊，谁知道啊？你问出了什么事？什么都有可能，那都好多年前了，可怜的孩子，现在他们没法儿找到她了，你为什么问起她来？这事和那失踪女孩没关系。什么和那女孩没关系？她问，"这事"是什么？苏珊，这什么也不是，没事。他穿上鞋，开门时她喊了他的名字。她又发出了那种声音。他问她想怎么样。她说她害怕。他告诉她不会有事的。他告诉她自己会准时回来喝茶。他关门时听见她在哭。压力过大时，他恨不得徒手摧毁这个地方，但她要怎么办呢。他只能接受现实，尽力过好日子。这是他的承诺。他沿大街迅速步行到学校，当他到时两位便衣警探问是否可以搜查锅炉房。他点点头，卷了根烟。他们带走了他的笔记本电脑。次日晚些时候凯茜·哈里斯前往克拉克家，在理查德再次因为工作离开家之前，为他捎去一张早到的圣诞贺卡。凯茜希望理查德明白自己对他究竟抱持着怎样的感情。见到她，他很开心，可他又无法忍受同她见面，她在门阶处徘徊时，他母亲喊她入内。三人站在厨房里，而后理查德母亲说，见到凯茜可真叫人高兴。好久不见了，她说，凯茜应该来用晚餐。理查德盛满水壶，放入茶包。他不知该怎么做才能让事情往自己所希望的方向发展。他不明白，她都去和别人见面了，自己为什么还在考虑这种事。凯茜会在曼彻斯特过圣诞节，与安东尼一起。他不明白为什么她希望自己知道这事。厨房料理台上有台理查德母亲的小电视，本地新闻正报道一个因涉及儿童淫秽内容而被控上庭的男人。报道提及那失踪女孩，理查德眼角余光瞄到凯茜的一只手抚上了他母亲的胳膊。一名警官现身，说该案同女孩失踪案并无关联。有个镜头拍到男人由人领着进入法院大楼，即便此人用毛衣罩头，他们依然认出这个男人就是琼斯。

琼斯离校期间，杰克逊家的儿子们在校帮忙。大伙儿讨论这事时很是不安。人们的说法是：他离开了。琼斯的妹妹经人安排照顾，不久便另寻住处。她的问题没人愿意回答。学校里有些孩子问他们是否可以给琼斯先生送贺卡，祝福他一切顺利，希望他早日归来。教职工们在会议室里就这事讨论了许久，不知该怎么办。午餐时操场上有人说了"恋童癖"这个词，大家便放弃了制作贺卡之类的念头。下午教职工与家长们艰难地谈了话。那词指的是伤害孩子或意图伤害孩子或以一种孩子不乐意的方式触碰他们的人，我们不知道琼斯先生是否伤害过任何人，警方正试图查明，如果担心发生了什么，可以亲自来找我聊聊，问问无妨，只不过有时我们也没有答案。夜里电视画面中出现了饿着肚子的孩子，还有持刀枪的男人们、遮着脸的女人们，之后重播了琼斯进入法院大楼的那一段。几只斑尾林鸽落在克莱夫家菜圃里的网下，啄开了他的抱子甘蓝和羽衣甘蓝。蝙蝠紧紧蜷缩着身体开始冬眠，呼吸缓慢，像皮革似的一大群挂在教堂屋檐上。凯茜敲了威尔逊先生家的门，问纳尔逊是否要外出散步。他们享用了茶与蛋糕，之后她带着纳尔逊很快踏上通往教堂的小道，经过果园前往驮马桥，然后走过河流沿岸。总是同一条道，纳尔逊也认得路了。她挤过亨特家林地边石篱笆的空隙，沿河往上走，穿过狭窄的深谷，踏上远离水面的小路，连纳尔逊在缓缓攀着阶梯前往游客中心时都放慢了脚步。她停下一阵平复了呼吸，接着转身往山毛榉林、菜圃及村庄走去。千年石磨盘再次从底座上被推下，肖恩·胡珀前来修缮，他说这结构从根本上讲就有问题。要推下它肯定需要很大的力气，不明白为何会有人费力制造这麻烦。广场上有人吟唱颂歌，但天气潮湿，来的人不多。

布赖恩·弗莱彻请人上门来为修整果园出主意，在将要进行修剪的地方系上彩带。萨莉的兄弟及另一个男人，雷，带着梯凳和修剪锯忙活了一周，有人见到两人脸上露出为劳动成果感到自豪的神情。剪下来的枝条堆在一起烧掉了。夜里，他们的声音与吐出的湿漉漉的烟圈一道散入山谷。现在人们晓得这是萨莉的兄弟了，但他们不晓得另一个男人的身份。他们不晓得他们与弗莱彻一家之间达成了什么协议。那看起来不太正常，但就弗莱彻家来说就没什么好奇怪的。他们的婚姻也没多少人能理解。对此人们有些猜测，不过多数人觉得不关他们的事。两人间二十岁的年龄差是个问题，但很明显他们相处得很融洽。布赖恩的家族在这一地区生活多年，与原来的卡尔肖家族有些许关联。但萨莉由某个完全不相干的地方来，他的家族并不认同。他一意孤行，他们便切断了与他的一切联系。婚礼静悄悄地举行了。两人都不喜被过度关注。据说他们是在网上结识，但这一说法从未得到确认。暴雪后地面有了积雪。艾琳与温妮进城买东西，自她们相识起每年都这么做。她们需要搭乘巴士及火车才能抵达那地方，还要和人群挤在一起，但那价格让她们觉得值得。马丁路过库珀的办公室，后者正忙于制作新一期杂志。他们聊起电脑。马丁正考虑卖掉自己的电脑，他说，但他想确定电脑里的所有内存都清理干净了，比如密码啦，银行账户明细啦，所有这些。如果格式化硬盘，多少会干净些，库珀告诉他，不过唯一能确保完全干净的方法是物理摧毁，用锤子就行。锤子？马丁问，那不会影响二手价格吗？很可能会，马丁，是的，那肯定啊。

9

午夜，新年到来时，罗恩在村中礼堂的舞池里看到了琳西，人们唱《友谊地久天长》的时候他吻了她。罗恩后来说这件事让两人都很吃惊，可事实上他一直希望能重修旧好。不久后琳西独自回家，但清晨有人见她从罗恩的房子离开。自上周起便没有降雪，不过，先前的积雪也没有完全融化。鹅卵石路面里嵌着半融的冰雪。要有人在教堂小路前摔了跤，可能会一路滑至驮马桥。库珀家的双胞胎证明了这点：他们一整个下午都在这条路上滑行，直到利扭伤了脚踝，不得不被送回家。学期伊始，学校里流行起一种细菌引发的疾病。杰克逊家的小伙子们忙着撒锯屑、消毒。那周将尽时有教职工也被传染了，学校只得关闭一段时间。有人认为是厨房出了问题，但这只是道听途说。今年排演的儿童音乐剧是《白雪公主》，因为无法在村里找到七个身材矮小的演员，部分小矮人由剧目制作委员会所能找到的最高、最壮的男人扮演。这本是为了逗趣，但并非所有人都能理解这个笑点。尤其是艾琳，人们听见她试着低声表达反对。她可不怎么擅长压低声音说话。安德鲁十分认真地扮演害羞鬼[1]，清晰地念出自己的台词。当他跪在扮演白雪公主的阿什莉身边，承诺会照看她时，笑声完全沉寂了。某一刻他有些踌躇，不知是戏剧性停顿，还是安德鲁忘记了自己的台词，然后艾琳低声说她还是不明白他们为什么不让儿童扮演小矮人，她的低语打破了沉默。那个月晚些时候马丁开车前往废弃的采石场，用一把大锤重击自己的台式电脑，并将碎片踢到一辆烧毁的汽车底盘下。

萨莉开车送她的兄弟去医院赴诊。这是自雷到来后她首次有机会同自己的兄弟聊聊。他对萨莉说觉得自己又在重蹈覆辙。萨莉说她很担心，与雷在一起对他来说不是件好事，他难道不明白吗？我们一起见过大风大浪，姐姐。这几年来，他一直试图用一种神秘莫测的口吻说话。萨莉问他这是什么意思，他告诉她，他们达成了共识。萨莉的车子前有一辆水泥车，两人就要迟到了。她焦虑地踩着踏板，不停检查后视镜。她问雷到底捏着他什么把柄了。她叫他菲尔，他纠正她，是弗林特。她告

---

[1] Bashful，七个小矮人之一。

诉他和雷待在一起只会让他惹上麻烦。雷不会替你着想的，她说，他不在乎你。我们之间有承诺，弗林特说。她把车开向路的另一侧，想看看是否有超车的空间，但并没有。她告诉他雷会让他们俩都再度陷入困境，那人和什么事儿都能扯上关系。弗林特镇定地看着她。当自由被禁止时，唯有不法之徒才能获得自由，[1] 他说。她让他别那么幼稚了。她喊他菲尔，他再度纠正她是弗林特。她说这从来就不是他的名字。转入直路，但就在萨莉准备把车开出去时，一辆货车从后方超了上来。她立刻转回方向并咒骂着，弗林特耐心地笑了。她问他是不是雷给起的新名字，雷是不是还要教他吃什么喝什么，几点上床，几点起床。我们之间有承诺，他再度声称。她让他别再说那些。她告诉他，他们的母亲从来不信任雷，他们年轻时母亲有充分理由不让他进屋。他的态度变得很强硬，让她少谈母亲。咱妈看人很准，萨莉告诉他。别说了，他道。姐弟俩靠近城镇时开得缓慢，之后交通完全停滞了。布赖恩对现在这种情况很不满，她说。你又要把我赶出去吗？他低声道。布赖恩明白你需要一个可以安全待着的地方，她说着侧身面向他。但不是在屋子里，他说，别让那怪胎进屋来。不是那样的，萨莉说着，她几乎成功克制了声音里的不耐烦，布赖恩只是对雷有意见，他不信任

---

[1] 这句话出自汤姆·罗宾斯（Tom Robbins）的小说《啄木鸟的静物写生》（*Still Life with Woodpecker*）。

雷，人们已经议论开了，很多人怀疑雷。弗林特想知道都是些什么话，都有什么样的疑虑，可她只说人们有理由担心。那些人什么也不知道，他说，嘴上没个把门的，当心误大事。她请他冷静些，并告诉他不能再让雷待下去了。我没法让雷走，弗林特说。雷不能留下，她告诉他。雷不会听我的，他说。她告诉他，他们得采取一些措施。布赖恩受够了。他问布赖恩又捉着她什么把柄了，而她让他别耍小聪明。那不适合你，她说。

三月，饱餐一冬后野雉鸡变得圆滚滚的，准备好迎春。山毛榉林入口处，一只雄雉鸡在一群雌雉鸡间踱步，期待地扬起自己的羽毛。暮色里的帚石南像着了火般闪烁着，在山间分外扎眼。抗议者进入新采石场，导致那地方停工一天。他们被逮捕并被控严重非法入侵。那之后，村里一些年纪较大的人更同情他们了。威尔逊先生在邮局里告诉其中一人，我们这附近早有非法入侵的历史，若有任何需要，尽管让我们知道就好。苏·库珀与一帮从曼彻斯特来的朋友共进晚餐。如今她又回到了英国广播公司的全职岗位工作，聚餐也更加频繁。来的大部分人是她的工作伙伴，也有些是她打小结识的朋友。有时工作结束后她会留下与同事们喝一杯或吃个饭，有时他们会来村里。这些人十分友好，但奥斯汀没太多话和他们聊。其中一人聊起某位共同的朋友，她为之工作十年的纪录片项目失去了资金支持。奥斯汀清空了盘子，说自己就是想下楼把《山谷回音》的事做完。笑声继续，从这点来看他觉得他们并不介意。这群人走后，苏大谈特谈，两人一起把碗碟放入洗碗机时她蹦蹦跳跳的，复述一些他错过的故事。他爱看她这副模样，但觉得自己无法分享她的快乐。梣树下新的蕨类植物由冰冷的黑色土壤中探了出来。罗恩周末回家看望母亲，他没对母亲道出自己的烦恼。无论何时他给琳西发信息，后者总是比他期待的要晚些回复。有好几次他想直接去见她，但最终意识到自己不能这么做。二度分手伤痛更甚，他倍感意外。雷与弗林特从果园里的宿营车出发，步行经过姐妹石阵，穿过远侧山谷前往卡德韦尔。两人走了很远的路，但很值得。他们来到一栋雷曾留意过的平房前敲了门。一位老妇人应门时，弗林特告诉她他们走了一天，有些迷路了，并问是否可以麻烦她给杯水。老妇人领着他们进了厨房，走得很慢，弗林特让她别着急。她给每人倒了一杯水，之后她的双眼瞟向架子上的饼干盒，这就像是在告诉他们可以那么做。那里头没有饼干但有钱。完事后他们自行离开了。

凯茜敲了威尔逊先生家的门，问纳尔逊是否需要散步。威尔逊先生说希望她不介意自己同行。您没必要征求许可，威尔逊先生，她说。他穿好鞋走出门，大衣折起搭在手臂上。天气暖和吗？他问。不像看起来的这么暖和，她答。他穿上自己的大衣，胳膊卡在袖子里时转过身去，她便会意上前去帮他。他们沿小道缓缓步行，交叉着走避开阴凉处。她行走时微微伸出手臂，有一两次他会搭着。纳尔逊在小道与大路交汇处的高草丛中徘徊，四处嗅嗅，凯茜问他是为什么事出门来。他没有立刻回答，凯茜这才意识到他有多么气喘吁吁。他告诉她，今天是琼的周年忌日，他要带些花去看她。他问她介不介意顺便去一下教堂墓地，稍做停留。她反问威尔逊先生是否意识到他并没有带花。他作势怒瞪双手，之后笑了起来。这就是故人在春天离世，让我们略感安慰之处，他告诉她，同时将口袋里的剪刀拉出一截向她展示。纳尔逊用力扯着绳子，她不得不走到前头去，等到她能转身等候时，他正抱着一大束新鲜的黄水仙。她不知道这些花他是从哪里弄到的，也觉得最好别问。威尔逊先生带路穿过教堂墓地来到琼的墓碑旁。他这会儿走得快了些，髋部的痛楚更为明显。之后他就对她，琼，说话，而凯茜在帕特里克墓前向来做不到这样。他弯腰将花束放下，必须撑着墓碑才能再次站直，这次她伸出手臂时，他搭了上去。她将目光从他身上移开，望着云朵飘过杰克逊家农场后的山丘，泪涌了出来。她不常哭。威尔逊先生递给她一块叠得很整齐的手帕，他们坐在教堂墓地大门旁的长椅上。她整理好情绪后，表示自己会洗干净手帕再还给他。威尔逊先生没说什么。他们坐了一会儿，待她呼吸平复，之后她问生活是否向来这样艰难。他并未立即回答。他告诉她，结婚不久后，琼曾坚持要他戒烟。凯茜不确定这是不是答案。那是六十年代，他说，那会儿没人会戒烟，碰巧，我喜欢抽烟，但她特别坚持，或许你还记得，她这人可是非常执着的，她说那让我浑身散发着难闻的气味，让屋子也变得难闻，诸如此类，她还说她曾读到过那会让人患上癌症之类的疾病，我觉得她没讲明"那"指的是她还是抽烟，但我可不打算冒险去问，无论如何，我戒烟了，搞定了，不用尼古丁贴片或其他那类玩意儿，有时我只是去酒吧里深呼吸，作为补偿，仅此而已，她很感动，但我觉得她不明白这意味着什么，后来她快走时，病得很重了那会儿，她问我有没有想念过那些香烟，油尽灯枯时，她开始想起各种各样的事情，不太经常，琼，我告诉她，只在饭后。凯茜转过头来，威尔逊先生正默默微笑。只在饭后，他再度重复道，那微笑变为痛苦的大声干咳。她注视着他。这是个该死的比喻，凯茜，他说。她点点头。我明白，威尔逊先生。她拍拍他的膝盖。很好。纳尔逊在前头扯着绳子，凯茜便问他们是不是该继续前行了。你先走，威尔逊先生说，我得在这儿停一会儿，髋部这边老扯后腿，我得费大力气才能到处走动。她问他是否能自行回家，他说他会没事的。我会在这儿休息得久一些，他说。他看着她大步沿小径走过果园，等她完全离开视线，才掏出一小袋烟草，给自己卷了根烟。

五月，水库的水位降到了四十年内的最低点，旧村子的建筑现身于水面之上，已经变干了，人们步行前往过去的教堂墓地野餐。四郡均发布软管禁令 [1]，山区也一派干旱景象。威尔·杰克逊与克莱尔·杰克逊再度分手。寻找公寓期间，克莱尔搬去与母亲一起生活。汤姆留在村里与威尔住。马丁参选堂区俗务委员会主席一职，关于要如何当这个新主席，他的竞选纲领很模糊。这是人们记忆中头一回有两人参与主席职位的角逐。有声音表示当选新主席与从未出席过委员会会议是有区别的，布赖恩·弗莱彻再度当选。村中礼堂里，制作水井装饰的村民将苔藓与花瓣压入装饰板，这道工序做到第三天，他们已经快耗尽耐心。一些新手缺乏技巧，当做得不够好时，艾琳不得不给他们讲清楚。她甚至必须解释，花瓣就是要像屋顶石板瓦那样重叠在一起，这样雨水才可以流下。难以想象为什么有人生活在一个庆祝水井装饰节的村庄里，却不晓得该怎么做装饰板。天黑后，山毛榉林中的獾穴附近，今年的第一批小崽出现了。它们紧挨着成年獾，盯着母亲觅食。这里的气味不太好闻。小崽们在成年獾与穴口间徘徊，四脚抓挠拖蹭标记出一条明显的小路。杰克逊家的小伙子们将他们的羊群转移至荒野之上。低地农场需要时间休养生息。羊群在小径上挤作一团，吵闹不已，

---

[1]　Hosepipe Bans，干旱期限制用水的命令。

但不久就安静下来。有人见一名警员去了弗莱彻家的果园，他进门时看到一名男子正对着干砌石墙撒尿。这是弗林特，他转身点点头，在裤子上擦了擦手。那警员表示自己正在调查一名小偷。弗林特耸耸肩，警员问起他的住处、职业、近来行踪，并解释说这些都是例行问题。弗林特给了这人常规答案。宿营车内发出了一些声响。门开了，接着雷走了出来。他朝警员和弗林特点点头，便也去对着干砌石墙解手。那警员问自己能不能在这儿逛逛。弗林特再次耸耸肩。警员在宿营车下的荨麻丛以及车和墙体之间的缝隙处翻找。雷同弗林特看了看对方。那警员进入宿营车，打开壁柜及抽屉。雷理了理裤子，弗林特伸出一只手扶着他的背。警员自宿营车内出来，感谢他们抽空配合调查。弗林特说面对这样的事情，他认为两人有权看看搜查令，那警员说自己只是不想放过任何一种可能。雷说如果警员有意，自己可以帮他排除更多可能，但他是等警员走到半路时才吐出这句话来的。

仲夏节 [1] 那日黎明时分，旭日与姐妹石阵两端坠下的石块处于同一位置。村中各处均能听见庆祝的鼓声。欧洲蕨冒了出来，但已被晒焦。校方发现阿什莉·赖特缺勤了几日，他们致

---

[1]　Midsummer's Day，欧洲北部地区庆祝夏至来临的传统节日。

电苏珊娜，让她同本学年的校领导鲍曼夫人开个会。阿什莉也在场，可她不愿说话，消沉地跌坐在椅子里，头发掩面，其余人很难激起她的反应。她是不是遭到了欺凌。她是不是觉得课程太难了或太简单了。缺勤时她去了哪儿，是否见了什么人。如果真有问题，他们希望帮助她一起解决。但她令对话无法继续。她不断往椅子里缩，且在苏珊娜伸出一只手抚上她的肩膀时猛地别过身子去。她仿佛处于愠怒的真空状态，让提问的人倍感受挫。苏珊娜与鲍曼夫人陷入了沉默。小房间里很热，窗户上挂着凝结的水珠。外头传来低年级孩子早间休息时的喊叫。鲍曼夫人桌上有一摞尚待打分的本子，今天必须批完，她试着不去看那些东西。苏珊娜仍然因为先前伸手时阿什莉别过身去的样子而感到沮丧。这是个新状况。其实也不新鲜了，说实话。他们还同孩子爸爸在一起时，她就曾是这副回避的样子。苏珊娜好久都没见她这样了，这反应中有一股力量，她明白，是种孩子并不需要的力量，但她想知道现在到底是发生了什么才让她以同样的方式闪避。鲍曼夫人注视着她们俩，她明白这事有前因。之前他们有些担心罗恩，但目前这孩子看来要更棘手些，或许未来他们需要分开谈话。若那位母亲同意，阿什莉或许需要寻求更专业医师的帮助。但此刻时间短暂，这可怜的女孩只想自己待着。鲍曼夫人朝苏珊娜笑笑，表示自己回头会再同她联络。苏珊娜起身要走，阿什莉已经夺门而去。苏珊娜看着女儿一言不发地离开走廊。她驼背弯腰，拖着双腿行走。这仪态让她看起来很糟，但她不想听见这话。苏珊娜觉得自己锁骨四周绷得很紧。她跑回了家。在她以为所有发生过的事全都过去时，它们又卷土重来。她抬起头，垂下双肩，踮着脚，试图通过这种方式让自己感觉到与大地相连。罗恩完成了大学学业回到家中，对未来毫无打算。他在店里帮忙，但她发不出他的薪水。她已接连亏损几月，几乎无法再备货。房东快没耐心了。詹姆斯·布罗德自大学归来，在亨特家的贮木场工作了一段日子。他拒绝参加自己的毕业典礼。他向母亲展示通过挂号信寄来的毕业证，两人穿着睡袍站在厨房里，詹姆斯满嘴都是吐司，他母亲不得不赶紧拿开毕业证以免沾上果酱。之后詹姆斯与其他人相约进城喝一杯，虽此行意在庆祝，众人却并不那么有心情。几人坐在河边的啤酒花园中，还是与三年前相同的位置，很快便没什么可聊的了。索菲是唯一找到了工作的，可她完全无法通过课程考试。当罗恩建议他们抄小道过河前往停车场时，索菲狠狠瞅了他一眼。莱斯·汤普森与他的工人们一大早便带着割草机出门。他们从挤奶间径直前往机械存放棚开始工作。这天上午很平静，空气清新，雾气一浪接一浪从农场升起，但在奶牛们出现前就消散了。琼斯在法庭受审，被判入狱十八个月。报纸上有篇报道，没人想读。他妹妹仍然待在别处，他的屋子空置着。夜里蝙蝠在水面低低飞行，沿着小径穿过果园，以昆虫为食。被蝙蝠掠走前，无人知晓这些昆虫的存在。晚上有人瞧见弗莱彻家的果园中有辆警车。雷与弗林特被捕。

七月的日子漫长而炎热。帚石南上昆虫攒动。周日萨莉同布赖恩·弗莱彻一道用晚餐。通常他们会聊几句，但今夜两人双双陷入沉默。透过窗户可见天色已晚，果园暮色中的宿营车显得如此暗淡。大半晚餐用完后布赖恩开了口。你不能指责我没有耐心，他说道。萨莉看着他，用餐叉拢起最后一点土豆泥。她没什么可说的。即使在上次那事后，布赖恩接着说，我还是欢迎他回来，那小伙子惹了麻烦，我们都知道，我们觉得这样会对他有帮助，安稳一些。但如果我们能说服雷离开，萨莉说，问题总是雷，他控制了菲尔。我觉得你没法儿让那男人去任何他不想去的地方，布赖恩说，除非给他戴上手铐。但如果我们等等看，警方指控后会怎么样？是雷教唆他的，或许警方只会给菲尔一个口头警告？哦，拜托啊，萨莉，他们都在那房子里，他们都进了那老太太家里，偷了她的东西，这是团伙作案，这他妈是入侵民宅，可不会只有口头警告。她点点头。她深爱布赖恩，也明白他是对的。她明白布赖恩为了娶自己牺牲了很多，但有些时候，他说话的语气听起来就像庄园主一般。他们洗了盘子，坐下看电视节目，随便什么都行。那节目与谋杀有关。亨特家的针叶林高处，戴菊莺孵了第二窝蛋。学校放假后，那鳏夫前妻带着一个孩子前来小住，是最年幼的那个孩子，一个大约十三岁的女孩。人们仍习惯性地称呼他为"那鳏夫"。与去年和兄弟姐妹一块儿来时不同，这回那女孩经常待在花园里。有人注意到她尤其喜欢母鸡，夜里将鸡群赶回鸡圈时总要用很长时间。有些晚上她同父亲坐在花园里新的长椅上，啜饮杯中热巧。之后，当楼上卧室光线探入渐浓的黄昏并渐渐逸散时，就只剩他独自一人坐着。月末他的妻子带走女儿后，有些晚上房里仍亮着同一盏灯，窗帘开着，母鸡群要花比往常更久的时间才能安静下来。河流看守人在河中蹚水穿行，清除杂草。

八月，夜晚凉爽，清晨地上首次出现了露水，预示着秋季即将来临。家燕聚集在电线上，它们在万物生灵中最早察觉到了寒意，偏过脑袋朝着南方，等待着南迁。布谷鸟剪秋罗在林间及树荫笼罩的河流沿岸盛放。空气干燥，板球比赛的声音传至村中，击球声、人群的议论与欢呼声越来越大。下午快结束时消息传来，说这回不会输。更多人前来观赛。人们不太清楚确切的比分，但当卡德韦尔输掉最后一轮击球，詹姆斯·布罗德命中三门柱，他的一声呐喊响彻河岸，惊得场地尽头的鸽子四散飞起，大伙儿认为这是有记忆以来他们第一次赢得比赛。自荒野而下，有人在深谷的某隐蔽处发现了一个结构完好的巢穴，桦树与落叶松枝条相抵，彼此支撑，整个巢穴以欧洲蕨为顶，光线几乎无法射入。不晓得是谁建造了这个巢穴，也不知道它曾经被用来做什么，但巡山员照样将其拆除了。他发现了一些杂志。在办公室提及此事时，他的同事们想知道是什么类型的杂志。那种专业杂志，他道。你的意思是，枪械、钓鱼之类的杂志？不，我觉得你明白我在说什么，成人杂志，但也不是漫画。不是《比诺》和《丹迪》[1]？不，是小众成人杂志。哦，你的意思是像那种巨乳杂志？好吧，正如我说的，那些是限制级的特殊癖好。哪方面的限制级，格雷厄姆？他的同事有时特别迟钝。他知道他们是故意这样的，最好的应对方式似乎便是要比他们预计的更有耐心，但他不想再深入探讨这一话题。你有没有随身带几本回来，格雷厄姆？作为证据？我们能瞅瞅吗，格雷厄姆？在你桌子上不？没在桌上，他说，我会收在档案柜里，去档案柜里找吧。属于代表限制级的 S 类，还是代表成人的 A 类，又或者代表性虐待的 B 类？[2]现在不聊啦，各位。格雷厄姆假装让帽子倾斜了一下，离开了办公室。他有更多的事要做。他能听见自己关门时同事的笑声，就让他们在档案柜里浪费时间找去吧。夜里，菜圃中有许多人排队使用水龙头，用集雨桶的人在一边旁观，一言不发。水淌过坚硬的地面，并

---

[1] 《比诺》（*The Beano*）与《丹迪》（*The Dandy*）均为老牌儿童漫画杂志。

[2] S 对应 "Special"，用以提示包含限制级内容；A 对应 "Adult"，提示包含成人内容；B 对应 "Bondage"，提示包含捆绑等性虐待内容。

不总能渗透到根部。人们感到季节渐渐变换，目前尚未有植物枯萎，但许多作物都变软了，绿意褪却，种子穗开始掉落，长长的影子延伸至路边，为更加巨大的山影所覆盖后，浇灌仍在继续。路边的篱笆桩上，一只鸢绷紧身体猛地起飞，用爪子捉住一只小兔，远远飞去。学校里的锅炉房被拆毁了。

　　警方一处理完，凯茜·哈里斯便帮萨莉清理了宿营车。大部分他们没带走的东西也只得丢弃。凯茜问萨莉，她觉得之后会怎么样。我真不知道，萨莉答，我现在开始觉得他真是烂透了，你明白吗？他总给自己制造各种各样的状况，我就那一次见他很平静，还是在医院里，但要进医院就得先把他抓起来，我不知道我还应该做些什么。果园看起来像被打劫过，十分怪异，但布赖恩说总体来说他觉得那两人干得不错。既然新采石场都已建起并投入运作，多数抗议营便关闭了。第一次挖掘从姐妹石阵三英里外的地方开始，很明显日后也不会距离更近。大部分日子里只有一名抗议者杵在那儿，继续点着火，重新粉刷横幅。较之往常，庄园因偷猎者带来的损失更大了，据说是有组织的团伙作案。偶尔少一两只也就忍了，但这回是一晚上没了一大批。在汤普森家农场的挤奶间里，工人们给下一群奶牛套上集乳器杯组，空气中漾开乳脂与粪便的浓郁气味。杰夫·西蒙斯为一批新做的水壶固定手柄，他在接口处刻了一道叉，迅速将两头粘上。有些订单需打包并送至邮局。他近来正与一名来自德文郡的女陶工约会，此人在手工艺品集市上表现得十分友好，已来过几次。她说更希望他能上自己那儿拜访。她之前鼓励他接受邮件订单。他厌恶创建网站这个主意，也不喜欢人们没上手碰过就买他的陶制器皿，但她很有说服力。他已经开始为这事心烦了。马丁在午休时间带着三明治去了河滨公园，吃完后他走到了公共厕所附近，听见小隔间内有些动静。起初只是低声咕哝，当他站在便池旁时，又传来另外一些摩擦及碰撞声。听起来像是里头有两个人，一个念头自他心中闪过：或许是两个男人在做爱。他明白人们会做这类事。他想知道，当他们头回得知布鲁斯的情况时，那孩子是否已经历了此事。他发现这念头叫他感到心烦意乱，远甚于儿子是同性恋（或不管别人爱怎么叫吧）这个事实。他会自行消化那些情绪的。他曾告诉布鲁斯，最终，在与休会面之后，他说会慢慢接受的。小隔间内寂静无声，于是他认为自己一定是听错了，是他自己的原因。可之后正当他洗手时，那儿又突然传来一阵动静，撞在小隔间门上砰的一声，还有混杂了疼痛与愉悦的呻吟。他没擦干手便快步走开，同时意识到，那声音中竟然包含了愉悦，这叫他感到惊讶。可这有什么好意外的，因为不论其他人如何看待这档子事，也只能假定他们享受其中。如果不是这样，这类人为什么要给自己揽上那些麻烦，为什么要忍受人们对他们的风言风语。几天后他发现自己还在琢磨这事：即他到底有没有听到那些他以为自己听到了的声音。他想和别人聊聊，但找不着人。他想知道，最初那两人是如何说好一起进小隔间的。主干道边的小麦田丰收了，斑尾林鸽因散落的麦粒聚集于此。夜里，深谷中沿河一带笼着轻薄的雾气，像水中升起的烟雾。天气很闷热。

爬了一天山后，库珀一家在客厅里看哈利·波特系列电影。二十分钟后双胞胎便睡着了，都把一只手搭在他们中间的爆米花碗上。奥斯汀正就此悄声对苏说着什么，却发现苏同样也睡着了。他将电影音量调低，倾听三人的呼吸声。他记得男孩们还是宝宝时，自己也这么做过。如今，他们已经长这么大了。他观察男孩们的胸膛起伏，他们的肺活量不大，身体一刻不停地成长。他看着儿子们，干净的身躯、皮肤，脸庞上纯然的沉静。室内光线随窗外树木的晃动而持续变化。影片中的人不断朝对方发出无声的吼叫。苏转身对着他，入睡后，她瘦弱的身体缓缓呼吸时如潮汐般起伏。他觉得仿佛自己正支撑着他们三人，支撑着这房间，这屋子。他们立刻让他感到自己完全可以胜任同时又完全无法胜任这一任务。他记得所有那些不眠之夜，翻来覆去地想门与窗的锁，进而想到当有人闯进屋子时自己该怎么办。现在他们都在这里，安全无虞。孩子们的脸上映着电视机屏幕投来的闪烁光芒。奥斯汀屏住呼吸，仿佛一吐气他就会失去这一刻。他觉得自己胸中的满足感如同一处持续作痛的肌肉。他注意到桑的手在爆米花碗沿轻颤了一下，就想知道这孩子梦见了什么。他感觉苏在自己边上翻了个身，她的脸颊对着他的肩膀，接着因为听不清电影内容，利请他调高音量。

第一声警报响彻采石场时，工人们清了场。第二声警报响起时，鸟儿安静了，村里门窗紧闭。第三声警报响起后，鸟儿腾入空中，爆炸源自施工面深处，通过土地扩散，一阵声音低沉的剧烈震动让大量石灰岩碎片滑落至采石场底部。在五分钟或更长的时间内，烟尘不断升起，在空气中四散开来。第一声解除警报后，鸟儿叽叽喳喳地回到树顶。工人们听见第二声解除警报后回到了原地。村民直至烟尘散去后才打开门窗。温妮在从城里回来的巴士上遇见艾琳，问她是否做了头发。艾琳下意识地摸了摸自己的头。她告诉温妮只是常规理发。保持整洁，她说。哎呀，这很适合你，温妮告诉她。艾琳只是点点头，然后别过脸对着巴士前方。温妮纳闷自己怎么冒犯了她。有时很难判断艾琳为何生气。艾琳在巴士站看见萨莉·弗莱彻，萨莉想了解下次妇女协会组织的售卖活动，也觉得必须称赞下艾琳的发型。这发型理得多好呀，萨莉说。有一阵儿，她将手搁在艾琳肩膀上，仿佛她想让艾琳像裁缝的人体模特般，前后给大家展示展示。唔，艾琳说，我是喜欢短些，你知道的，方便。之后，当苏·库珀也发表了相似的评价时，艾琳开始怀疑是否有人用精心设计的玩笑戏弄自己。她不喜被关注，不过度在意自己的外表。下回，她会让杰姬理个简单点的发型。她只求整洁。晚上，她与温妮依约前往格拉德斯通酒吧喝一杯。这是艾琳的六十岁生日，但她不想办得太过隆重。堂区会议上就是否要在篝火之夜烧盖伊·福克斯草人产生了争议。苏珊娜·赖特说这是反天主教，想想大概就像种族主义，她可不认为堂区俗务委员会应该容忍类似这样的事情发生。大多数人把它看成一项无害的传统，认为没必要摒弃。会后苏珊娜被带至一侧，并被告知作为堂区俗务委员会的新成员，在提交更多议题前，她应等个一两年。河边倒下的桦树所形成的朽木堆中有跳虫出没，它们在此蜕皮、进食，准备产下更多卵。风暴来临，村中礼堂屋顶上的毛毡掉了下来。雨水造成了大面积破坏，墙边有一处镶板必须得取出来。人们封锁了礼堂尽头，并为紧急筹款修缮而召开了一次会议。洪水淹没山谷，亨特家林地里新砍下的树木顺流而下，撞毁了磨坊池旁的人行桥。

琼斯悄悄回到村里。当有人第一次看见他屋子里的灯光亮起时，一些人认为应该同他打个招呼。我他妈会跟他打招呼的，托尼说。他再度为学校工作，没有人对此有疑问。如果将琼斯在押候审的时间也计算在内，其实他只服刑了六个月。他在遵守某些条款的前提下出狱，但被限制在家生活。见过他的人说他看起来骨瘦如柴。他的罪行据说是那一类中程度最轻的，但村里可没那么容易翻过这一页。什么类别，扯淡吧，托尼不止一次这样说。马丁说不是小孩那类的，而是少女，就算有关于十三岁小孩的内容，也很难说。他说话时大伙儿都沉默了，没人赞同。托尼告诉他十三岁也还是孩子，马丁立刻退缩了。我不是那个意思，他说。你他妈什么毛病？托尼问。整个十二月，苏珊娜店里的窗户上都贴着促销海报。大伙儿认为这是一次关门大甩卖，虽然没人这么叫。她挂上彩灯与彩色纸环，举办了圣诞活动。现场有热葡萄酒与百果馅饼，人们一块儿唱起颂歌。店里挤满了人，有人注意到阿什莉并不在场。近来她过得不太如意。次日上午门上挂了新的锁。先前洪水冲毁了一英尺宽的河岸，沙砾纷纷滑落水中，看守人在河边修复这一段道路。一上午他都忙于铲起砾石，很感激有清风相迎。圣诞节，理查德·克拉克与妹妹们都没能回家。节日上午，他们轮流给母亲挂了电话，如果她站在后门外，便能大概听见他们说的话。女儿们听起来很烦，像是从忙碌的准备中抽时间打电话透口气。理查德压低声音讲话，听起来仿佛是在一间铺着地毯、挂着厚窗帘的房中。她可以分辨出，他床上还有一个人。她总有办法分辨，而他单纯到没能发现这点，这让她觉得很有趣。一阵摩擦床单的声音，其中有一丝不耐烦。电话挂断后，房子与花园变得极其沉寂。后来杰克逊家的两个儿子来载她去温妮家吃午餐。他们帮她上车时，各自伸出一只手臂，她不太确定自己的双脚是否着地了。

据传儿童音乐剧演出场地要挪到教堂里去，此时村中礼堂正在整修中，但考虑到近来剧作的基调，教堂委员会认为这不合适。哦不，没什么不合适的，简·休斯说。哦，不，恐怕是不太合适，克莱夫回复道。有时，她那些欠考虑的想法令他很是失望。这一年的儿童音乐剧延期了。那个周日有人在教堂看见了简的家人，她的儿女从大学回家来，坐在教堂长椅上，看起来很不舒服。自从他们有椅子一半高后就再也没坐进去过了。儿子如今比父母都要高和壮，他朗读时不得不俯身靠近斜面讲桌，大手抓紧边缘，仿佛要把桌子举过头顶。当发现耶稣不见了时，他读道，他们已朝家的方向走了很远的路。他吞掉了几个词。他们赶回神殿中，发现男孩就在那里，与教师对话，岂不知我应当在我父的家里吗？他读道。[1] 简面向一侧站着，等待宣布下一首赞美诗，她望着儿子，对他所讲述的故事报以微笑。这是主的话语，他含混地说。感谢上帝，会众回应

---

[1]　此处朗读的是圣经《新约·路加福音》第二章第四十三节至四十九节的内容。

道。他们唱了另一首赞美诗，在布道过程中简说起任期变化与更新事宜，并告诉大家不久后她将到曼彻斯特任职。河水因混了山上的淤泥而变稠，羽毛般的浪花层层涌过来，越过大坝。一道暗淡的光束在荒野上徐徐游弋。失踪女孩的名字叫贝姬，也叫丽贝卡、贝克斯。如果她还活着，如今会接近六英尺高了。那张由电脑合成的十七岁照片已过时五年，但一名警方发言人表示，目前他们没有计划再制作一张新照片。该案仍未结案，她说道。那条牛仔裤、那件保暖马甲与白色上衣已经太小了。那双鞋早烂了。

10

午夜，新年到来时，弗莱彻家果园里的宿营车着了火。过了一阵方有人觉察，一个多小时后消防队才抵达，那时宿营车已被烧毁，周围树木也被波及。次日上午余烬仍在冒烟，村庄中弥漫着一股塑料熔化的气味。这无疑是纵火，不太可能找着嫌犯。之后一连数日，有人见弗莱彻在果园中踱步，检查烧过的树木，仿佛它们还有得救似的。教堂南侧那片消融的土地里密密聚起一群进食的田鹨。大部分夜晚这里都会被浓雾笼罩。安德鲁再度与母亲发生不快。当时她又在清扫家中卫生，并不断责备他，让他把地上的衣服捡起来。他在运行代码，正进行到中途，不想失了头绪。艾琳晓得自己不该进他房间，可她还是在门口不断询问。安德鲁正试图专注于自己的思路，但她总在门边徘徊。若她可以给点时间，一会儿他会去做的。他告诉她自己忙着呢，而艾琳说她正等着洗衣服。他起身关门，但她跨步站在走廊地毯与他房中地毯的金属条间。干脆我自己来拿，她说，衣服得洗了。她越过他弯腰捡衣服时，他肘击她的颈部。她闷哼一声，他不解。她跪下拾起衣服。事后安德鲁说自己很抱歉，但这只是因为他知道别人是这样说的。

布赖恩·弗莱彻仍在为火灾忧心，萨莉明白该让他自己待着。弗莱彻家房子宽敞，夫妻俩各自拥有足够的空间。他被剥夺了继承家族财产的权利，但被允许保有这栋房子。他们无法维持房子的原貌，可也尽力了。这是一处建于乔治王朝时期的正方形连栋房屋，在这条街上其余所有建筑中，显得格格不入。过去曾是堂区牧师的住宅。房子里有四间卧室、三间会客室和一间巨大的厨房，光这就比萨莉小时候的家大了三倍。她有间用来摆放野生动物书籍与水彩的书房，布赖恩有个小作坊，塞满车辆零件。大伙儿都知道他俩分房睡。布赖恩认为火灾是针对他的。他细细研究此事，萨莉不参与其中。那场火让他觉得自己被锁定，成了目标。他在城中找到一处车库可用于存放车辆。有段时间他怀疑自己的家族或许牵涉其中，但最终确定这事是雷或弗林特的同伙干的。这种家伙总是要找个人怪罪，他说。焦虑了一段日子后，他找到萨莉并问她当晚是否能与自己待在一起。他的事到最后总是这样收场。她可以选择拒绝这提议，所以接受起来也就不那么难。两人各有理由保护自己的孤独，但在有些夜里，他们也需要安全感。夫妻俩性生活的次数寥寥，且这从来不会让他们觉得错过了什么。萨莉有次将此一股脑告诉了凯茜·哈里斯，事后又希望自己没说过。人们不会理解的。一条铸铁雨水槽在月末的雨中开裂，落下时带掉了屋顶的挑檐底面。总有些地方得修缮，要维持原貌很是不易。荒野上，白雪映衬着焦黄色的绵羊。雪下得很大，羊群走得很慢。威尔·杰克逊让汤姆离校，和自己一起去寻找丢失的母羊。两人在前一晚领回了多数母羊，但仍有六只找不着。其中一些如今很可能已经死去，威尔觉得汤姆已经到了能够目睹并接受这类场景的年龄了。克莱尔不会认同的，不过他觉得没问题。他骑着四轮摩托沿路行至尽可能远的地方，下车前朝山下调转了车头。他们带了杆子、铲子、麻袋、一袋食物与几瓶牛奶。动身上山前，父子俩平分了装载的补给。如今，汤姆的身高到了威尔的肩膀，块头与他一般大，威尔发现自己得努力跟上儿子。他告诉汤姆悠着点，控制自己的步伐。这种速度没问题，爷爷，汤姆迎风喊话。威尔让他滚开，然后汤姆笑了。父子俩艰难前行，往狭窄深谷的方向去，威尔认为羊群或许会聚集在那儿，他们的鞋子深深陷入积雪中。堂区俗务委员会中，人们就谁应负责修缮人行桥产生了分歧。

法院向庄园发出一项对最后一名采石场抗议者不利的指令，

她被驱逐了。两名警官送这人前往火车站。她用一个旅行包装满能带走的东西，并请求将剩下的所有东西放到仓库里，但被告知这是不可能的。她有些难过。警官们觉得她也没想好自己接下来要去哪儿。庄园里的人搭一辆拖车来到她曾经的驻点，将所有东西运往垃圾场。降雨卷土重来后水库迅速注满了，不久山间雨水丰沛，水流顺泄洪道再度涌入河中。人行道沿路及农场角落中，荨麻的第一批新芽冒了出来。温妮是那批少数的老派村民之一，她仍会采荨麻叶来煮汤或熬酱。如今她有些尴尬，悄悄采集以防被人目睹。国家公园的人在村中礼堂办了一场消防展，大部分内容都与纵火有关。紧跟时事嘛，他们说。也提醒人们注意安全，锁好易燃物品。布赖恩·弗莱彻认定这是针对自己的，便质问大家觉得他还能做些什么。英国广播公司裁员时，有人建议苏·库珀选择自愿裁汰。她与奥斯汀详谈三个晚上。如果她留下，或许未来仍会被解雇，所得补偿金会比他们现在给出的要少得多。如果现在离开，她会永远为此后悔，她为走到今日付出了那么多努力，失去了大把在家陪伴儿子的时间。不论如何，一些最优秀的同事都将离开，如果她留下工作量会更大，工作氛围会完全改变。她离职后会做什么？他们可以将之视为一次休假，带儿子们旅行去。孩子们太小了，不适合旅行，不能带出学校。那她可以多多参与乡村生活，从事一些志愿活动，找个爱好。爱好？她问，他妈的"爱好"？

聊这事不容易，没有明显的解决办法。去他妈的爱好，她重复道，并决定保住这份工作。调回夏令时后夜晚变长。枝条上的花蕾增色不少。戈登·杰克逊去露丝位于黑尔菲尔德的店里送货，并特地在关门后才到。在他卸完货露丝签完发票后，两人就都洗手上楼。那儿有张沙发，他们褪去衣衫，她引着他推倒自己。他们从不多话。也不是每回送完货都这样，只有当她让他洗手时他才会意。这种情况持续有几个月了，但并不频繁，且他总是觉得很惊讶。她比他年纪大，但很强壮。有时身上会留下淤青。事后他想聊聊，她不愿意，他不介意，但他想搞明白一些事。他想知道这关系算什么，或许什么也不算。那会叫人很难接受。她向后躺在沙发尾部，将自己的双脚搭在他的大腿上。他以为她要睡着了，但她的脚趾以某种方式轻点他的腹部，那令他再度勃起。离开时夜幕已经降临，他怀疑自己喝不上茶了。整个村庄安眠时，荒野高处高速路上的车灯无声而急迫地闪烁着。

四月，苏·库珀的父母前来小住，进门时孙子都围了过来。他们带了糖果吗？他们带了曲奇饼干吗？苏的父亲笑孩子们如此直接，弯腰先举起汉·利，接着是卢·桑。奥斯汀已出了门从车上取来行李。苏看着父亲，目睹他抱起每个男孩有多费力。她的母亲等待着，在孩子们站着时她倾身拥抱了两个男孩。再过段时间我就完全不用弯腰啦！过去几年她也是这么说。苏一并拥抱了他们，就在奥斯汀提着所有行李于门口现身时，她领他们前往起居室。我该把这些放哪儿？他问。苏告诉他就带上楼去。野雉鸡勉强将鸡窝搭在山毛榉林边缘的高草丛中，产下的鸡蛋不少被狐狸、獾与乌鸦掠走。亨特家正在私人车道入口处新建一道干砌石墙，利亚姆·胡珀已为此忙活了一个月。肖恩·胡珀常常过来检查进度，当他留意到奥利维娅·亨特频繁端着茶与饼干来到车道边或空着手徘徊提问时，他提醒利亚姆那女孩年纪尚小。利亚姆看起来很惊讶，嘟囔着说什么至少是合法的。肖恩忍不住笑了出来，但他告诉利亚姆要避着点。比起带来的许多麻烦，这不值，他说。在妇女协会组织的售卖活动上，温妮问艾琳她过得好吗。她说这话时尾音上扬，仿佛在说当然啦，艾琳怎么会不好，但艾琳听了后浑身僵硬。我没法儿抱怨，她说，我对付着过呢，你怎么样？温妮说自己挺好，说大家都很想念艾琳的蛋糕和果酱。她好久没带任何东西来卖啦。艾琳的脸色红润了些，好一阵没回答。你指望不上我，她说，别总指望我啦。温妮将一只手搭在朋友的胳膊上。大家没那么想，温妮说，但如果我能帮上忙就好了。艾琳摇摇头，微微后退，于是温妮的手便悬在空中。谢谢你，她说，我能搞定，谢谢你这么贴心，但是，真的不必了。一对鸳在5号水库上空绕着彼此盘旋，爪子揪扭着，双翅张开，摇摇晃晃地冲向地面。

环保人士正大肆宣扬一个计划：通过在河边草地放养长角牛控制此处的植被。也有人问杰克逊家是否愿意签订合同进行管理。杰克逊家的儿子们有意接手。这意味着要建造一间新谷仓，找一辆大点的拖车转移牲畜，那些人强烈暗示，如果杰克逊家接了这活儿，后续将会有更多合约。老杰克逊拒绝了。当儿子们试图解释多样化经营的重要性时，他隆重表演了一番自己说话如何困难，到最后才吐出了一个"羊"字。我们——放——羊，他说。讨论那计划没啥用。半轮月亮高悬于板球场上空，在欧洲七叶树的枝叶间洒下清辉。

五月，即使是经过的徒步者也都开始穿短裤了，地势高处还落了雪。新生的浅绿色欧洲蕨遍布水库上方的山区，有人提出要给这些植物上喷洒药剂并进行修剪。教师办公室的灯亮了一整夜，次日传来了教育标准局要来的消息。这事结束后，辛普森夫人看起来像是在产羔季忙活了一个月，戴尔小姐不得不请了一周病假。村民们筹了一笔钱用于修缮村中礼堂，施工时一切活动移至教堂举办。有人反对在教堂中殿做瑜伽，因克莱夫称瑜伽或许起源于一些神秘力量。他们讨论了一番。简·休斯与教堂委员会商议他们将如何妥善处理她的离职，以及接下来的空窗期。她向大家保证，主教辖区向乡村堂区做出了承诺，但你们也必须做好长期没有牧师在岗的准备。他们点点头，但她明白他们并未理解这一事态。她说他们需要合并读经师与圣餐辅祭轮值表、预约访问传教士，还可以选择起用这一区的退休神职人员。她回家告诉丈夫这些人没法儿准备好交接，或许自己正在做错事。他告诉她那伙人需要稍微成长些，会有一段手忙脚乱的日子，但她也不能总为他们负责啊。她说用成长这个词就有些太过了，他摊手表示屈服。看守人在拦河坝边的桥上将采样瓶抛入河水之中。总在同一日、相同的地点。瓶子装满时水面冒起泡泡，接着他捞起笼子，存好采样瓶。他观察到一对蜻蜓结伴飞到河岸附近。有人见到失踪的女孩出现在游客中心，她闭着眼听语音讲解器，专心致志，双腿在长凳边摇摆。显然，她穿着那双帆布鞋。

六月的夜晚开阔无云。太阳不会完全沉下地平线，似乎总会余一道仲夏光迹徘徊至次日清晨。人们不愿入睡，整日畅聊。汤普森家的工人们开着打捆机轧过牧场中一道道割过的草迹，大批牧草通过旋转的滚筒扎成紧实的草垛。拖拉机每隔百码便停下，经机器内一阵旋转后，一捆整齐裹好的草垛便轻巧地由出口滚落到地里。板球场旁生长着山毛榉树及欧洲七叶树，斑尾林鸽在树上的鸟巢中产下鸟蛋。鸟儿们轮流坐在蛋上，但仍有许多鸟蛋被喜鹊及乌鸦们偷走。废弃铅矿井之上的河岸边筑有獾穴，天黑之前，獾纷纷由此出洞。带着小崽的雌獾正找寻食物，雄獾则在寻觅配偶，冲突不断。村里还有些村民仍记得他们祖辈说起铅矿贸易，说有些人一生都在用手掘出的井道中攀上攀下，因开采有毒的矿层而不断消耗生命，地上到处都是矿坑，以及因提炼作业而产生的烟雾——那最终沉淀在每个人的肺部。威尔逊先生入院做髋关节手术，他离去的日子里纳尔逊便待在凯茜家。村中礼堂的水井装饰板快要完成了。温妮与艾琳给板子喷水以保持黏土湿润，最终她们退后一步露出满意的微笑，双肩垂下，欢呼一声，然后在格拉德斯通酒吧预订了香肠及土豆泥。杰克逊家的小伙子们为除肠虫，将羊引入圈中。威尔·杰克逊带着药剂枪做好准备，他从脖子处依次捉住每只羊，小心翼翼将喷嘴伸进羊嘴一角，探入喉咙深处。这动作有时令他想起莫莉夜里冒汗惊醒后他哄她咽下粉色药剂的样子。那孩子似乎大多数夜里都醒着。他想知道自己小时候是否也是如此。他母亲可不会有时间像自己对莫莉那样给他喂药，他猜。母羊不断上前来，不久他的皮肤上便泛起一层羊毛脂色泽。温妮的孙辈于月末到访，她领着他们出门，前往主干道旁的旧采石场采接骨木花。几人装了一袋子如泡沫般的白色小花，扛在肩上带回家。温妮让他们坐在厨房里给她买来的橘子和柠檬削皮，与此同时她将花朵清洗干净，浸泡一整夜。次日孙辈们已失去兴趣，在她加糖、调入果汁并均匀加热时，他们也不肯离开电视机。女儿来接孩子时，温妮给了他们一瓶果汁饮料，还是温的，透着光泽。可温妮晓得他们压根儿不会喝。女儿轻轻拥抱她，吻了吻脸颊，并说他们很快会再见。孩子们由汽车后方挥挥手。

　　杰夫·西蒙斯将陶器放入窑中进行第一次烧制，之后他带着惠比特犬外出漫步。"她"过去是一只比赛犬，但如今髋部不行了。一人一犬沿着朝杰克逊家那条乡间小道走去。他有些落后了。他进了家酒吧，出来时带了杯啤酒与一碗水。惠比特犬喝水时，他坐在长凳上读《山谷回音》。他认得《山谷回音》上每个人名，但其中许多人如果从他旁边走过，他对不上号。他们不太想同人交往。他从未想过会在这儿待那么久，所以也没有在这方面做出努力。他与之前见面的女人在德文郡待了一周，她劝他待久一些。他告诉她自己需要回村处理些事情。他喝完后又进酒吧续杯。要过数小时烧窑才需要人照料，还有些其他工序，但不急。惠比特犬安静下来并睡着了。简·休斯于河边见到琼斯，后者坐在长凳上，就在装了门的洞穴入口附近。得停下来歇歇，牧师，他说。这地方挺好，适合坐坐，她赞同道，能遮风避雨。她在他边上坐下。河对岸的山楂树上一阵骚动。这儿的喜鹊想抓鸫鹛，他说。简已学会不要介入这类讨论，便点点头。你妹妹怎么样？他们说她渐渐好些了，他道，适应了，我告诉他们她可以回这儿来，但他们觉得最好现在不要。由亨特家的林地传来一阵尖锐的机械声响，寒鸦绕着树木盘旋。午后天色正暗下来。琼斯朝洞口锁上的门点点头。我猜她最后可能就在这儿，他说。谁？简问。那女孩，他答。可他们安上门前把这儿搜过一圈，不是吗？这儿永远没法搜遍，他说。简盯着他看了一会儿。你明白的，如果你想聊聊，什么事都行，她说着，扫视河流，保持音调轻柔。河水漫过石块，穿过芦苇时稍有停顿。既然如此，那就当是我了，牧师，他说着，站起身来。她看见喜鹊将幼小的鸲鹟揪出树篱，空中小鸲鹟的父母怒火中烧。琼斯已经走开了，又返了回来。我没做那事，他说，他们说的那些事我一样也没做，那是个错误，电脑出了点问题，我不是那样的人，有人放了那些东西在电脑里，他们应该滚开，那群人。他站着，全身绷紧，弓身靠近她，有那么一瞬，简很害怕。

　　人们在被水淹没的采石场中游泳，接着挂起了别的荡绳。堂区俗务委员会里有人提议在篱笆上增设尖利的铁丝网。布赖恩·弗莱彻表示反对。不论怎样他们总能找到办法翻过去的，他说，年轻人都觉得没什么能拦住他们，你只能跟他们讲这么多，有的人会到那儿去，就是因为咱们不断告诉他们那儿很危险，有时他们就得吸取教训。有人指出，唯一能让他们吸取教训的方法就是溺水。布赖恩耸耸肩。和他一样持异议的只有少数人，增设铁丝网的提议通过了。在卡德韦尔打板球时大家闹得不太愉快，比赛中止了。威尔·杰克逊的儿子因为与一些同学偷车开上8号水库而被捕。汤姆并没有开车，而且坚称他之前不知道车辆是偷来的，但威尔依然让克莱尔将他关在家中一周。板球场周围的枯草中，弄蝶卵由白色变为黄色，幼虫化茧。维修队用绳子吊着气垫割草机，从陡坡面滑下去，修剪了堤坝边的野草，之后再拉上来。他们在这工作中发现了一种孩童般的乐趣，但没人会承认。凯茜先敲了敲威尔逊先生家的门，再用钥匙打开。只是以防万一，当他问起时她解释道。他从床上抬头看她。想什么呢，你觉得我现在还能做什么，还是不想被你抓到那种？他问。她说她觉得敲门只是礼貌性的。她问在她遛狗前，他是否需要什么。他说来杯茶挺不错的，但他可不想处理后果。她问他感觉如何，他说如果护士不一直把他从床上拽下来做运动就挺好的。她或许知道怎样对您是最好的，凯茜告诉他。他们很快就能让您自己遛狗啦，她说着让纳尔逊走到前头，然后朝乡间小道去，她途经板球场与学校，离开教堂走向驮马桥的方向。当来到亨特家的林地里时，她一手撑在光滑的顶石上，挤过石篱笆的空隙。

九月清晨，燕子从电线上飞起去往南方，燕群越过山谷时立刻加速，排成像弦一般平稳的长列。河边飘来一阵轻柔细雨，接着扫过全村，泽被农场，上至第一个水库。河水清浅，流势较缓，雨水洒落时，阳光透过水珠折射至岸上。伊恩·多塞特站在潮湿的山毛榉树荫下，将一个仿蜉蝣毛钩甩至远侧凸起处。他观察到那儿有一条褐鳟现身。钓钩轻盈入水，越飘越远，没有鱼儿上钩。他卷起钓线，等待光线转换再进行下次尝试。简·休斯于八月底搬走，没有参加秋收感恩节仪式。今年轮到苏珊娜·赖特组装装饰。她收集了菜圃的作物，扎了一捆捆小麦，再加上城里市场中的花束，用这些做了两组非常有吸引力的装饰。即使用了太多来自食物银行 [1] 的罐头和小包装袋，人们依然表示这是近年来所见最棒的装饰之一。仪式结束后克莱夫找来，问她是否想要在菜圃里再分块地种。她看起来有些惊讶，或说是尴尬。在我上次搞成那样之后？我觉得还是不了吧，克莱夫，她说。你如今有更多时间动手干活儿了，我相信，他告诉她。我还没退休呢，克莱夫，所以我希望你不是在暗示我别的什么。我就把话搁这儿了，他说。你不需要的话，还有别的人想接手。他转身离开。苏珊娜告诉他自己会考虑这事，她向他表示感谢时伸手碰了他的胳膊。克莱夫盯着她的手，仿佛她刚往他袖子上抹了油。威廉·皮尔逊再一次被要求让出堂区俗务委员会的席位。夜里山中时有火光，不知是谁点了火，也

---

[1] Food·Bank，一个非营利性慈善组织，接收社会上的食物捐赠，并将之进行处理、分类，分发到有需要的人手上。

不知他们烧的是什么东西。

恶作剧之夜，从卡德韦尔来了帮大孩子，他们掀起巴士候车亭，并带着它在荒野一侧赶了很远的路。次日脸书上疯传这事相关的图片，杰克逊家小伙子们花了大半个上午才将候车亭扛回原地。人们问那些年轻人是如何搞到角磨机的，又为什么没人听见机器使用时发出的声响。艾琳说这让她想起已故的丈夫年轻时将一整群奶牛藏起来的那次。有人告诉她，这故事听着耳熟。弗莱彻家的果园里收获的苹果数量很少。萨莉的兄弟离开后，那些果树有段时间内很是高产，也被照料得极好，是布赖恩的骄傲。但果树因火灾而受损，摧毁了他心中的喜悦。他责怪自己太懒，迟迟没有移走宿营车。下午四点，莱斯·汤普森搭四轮摩托外出领牛群回来挤奶。牛群听见引擎发出的声响，在他找来时便朝他走去，被午后低空的太阳照得直眨眼。他转身让牛群跟上，感受到身后一阵热气喷涌。他并不是多愁善感之人，但若不得不放手，他一定会想念这群小母牛的。他是几英里内最后一名奶场场主。奶价已经不正常了。超市正在逼死奶农。电视上播放着洪水、风暴与火灾的画面。库珀家的双胞胎问自己是否可以加入当地足球队，这支足球队设有训练课程，在城里河边的足球场踢球。周六上午奥斯汀载他们去那儿，让苏在家里睡懒觉，等待接孩子的时间里他去买了点东西。

他来早了，就在停车场看着他们与其他孩子沿足球场慢跑，运动后拉伸身体。双胞胎上车时什么也没说，他问时两人表示挺好的。接下来的那周孩子们告诉他不想再去了，奥斯汀便与他们谈起坚持的重要性。第三周当他购物归来时，他们已在停车场等待，身后训练正进行到高潮，而双胞胎说他们绝对不想再去了。他们拒绝做出解释，说没什么原因。利直直地望着他，说他不会理解的。调回冬令时后夜晚长过了短暂的白昼。林间传来两声枪响。家中，安德鲁终于入睡后，艾琳大胆放了一大盆热气腾腾、加了浴盐的洗澡水，接着瑟缩着入水。她总觉得身体在水里变轻了。撒了浴盐后水面变为深绿色，几乎掩盖了她胳膊上的淤青。她的脑袋靠着浴缸的一头，倾听一室寂静：木材嘎吱作响，管道里流水汩汩，睡梦中安德鲁的呼吸很是狂乱。

篝火之夜起了一阵浓雾，与木柴烟混在一起。烟花转瞬即逝，像头顶上方的相机闪光灯。山毛榉林中，狐狸把巢穴准备好了。雌狐深掘旧地，找回过去的巢穴，铺开野草与树叶。蝙蝠在教堂屋檐下圆润地进入冬眠。河边垂柳掉落最后一批叶子。夜里货运火车来得更加频繁，只见孤零零一束白色光线在前，身后拖着车厢沉重的影子。那鳏夫向克莱夫讨教如何修剪他的果树，克莱夫看了后对这批树木的状况颇感惊讶。几棵李树患了银叶病，需要全部清除。灌木果树亟待修剪。他用来抬高苗床的木板已经开裂，且此地没有任何新的母鸡出现的迹象。今年西葫芦长得不错，他告诉克莱夫。他正考虑养蜂。那个月晚些时候，布赖恩与萨莉·弗莱彻邀请一些人前往格拉德斯通酒吧畅饮，并告诉大家这是他们结婚十五周年纪念日。众人虽未作声亦感到惊讶，即这对夫妇竟然觉得这事值得庆祝，但人们照旧欢呼鼓掌，又追加了许多饮品。夫妇二人先行离开，回家途中今冬初雪始降，在橘色街灯下旋转，在路上融化，看来不像短时间内会积起来的样子。他们婚礼前夜也落了雪，萨莉提醒布赖恩。当年定好日子后，两人就被牧师找去谈话。他们明白会谈到这段婚姻，便令自己冷静下来，随她怎么说都好。一部分原因是人们不认识萨莉，年龄差异是另一部分原因。有些人觉得，某种程度上来说萨莉占了布赖恩的便宜。他的家族直白道出这点。那伙人想办法离他们远远的，以防遭她可能带来的风险所波及。这就是他们的说辞。他们称不希望他觉得这里头有任何私人情绪，毕竟他们需考虑家族的每一代。他不明白这些人想说的是什么，也不甚关心。那些人从没像萨莉般令他觉得自己是被人关心着的。三人见面时，他就对简·休斯这么说了，这让后者高兴地拍了拍手。他感到尴尬，告诉她别对外透露他说过这些。她没提任何他们曾害怕她会问的问题。她不想知道萨莉打哪儿来，二人如何相遇，或是他们有什么把握，觉得这桩婚姻行得通。她为他们烤了一块柠檬糖浆蛋糕，问他们是否选好了婚礼上的圣歌。如今，简才离开村子几个月，两人已极其思念她。

理查德·克拉克的母亲进了谢菲尔德的医院，有些人认为她不会回家了。艾琳揽下责任，确保克拉克夫人没有家人在旁边时也有人来探望她。她列了一张探望轮值表。有人见到露丝与苏珊娜一同现身菜圃，砍冬青和冷杉。琼斯再度将他的树篱修剪至齐膝高度，堆了篝火慢慢焚烧剪下的枝条，腾起的湿烟飘散村中。克莱夫待在自己的温室里。一开始没人注意到阴天低空稀稀拉拉飘降的雪花。临近黄昏时有了积雪，待琼斯将工具扛上肩头那会儿，地面干净，走路时脚下嘎吱作响。弗莱彻家的果园内墙边堆着一摞胶合板，破烂的薄板内有跳虫出没，其中的幼虫正第一次蜕去如壳般的皮肤。有人目睹戈登·杰克逊与一名记者谈话，此人自伦敦来，做一则关于女孩失踪十周年的报道。比起失踪女孩本身，该报道更关注这一事件对村庄的影响。我们的读者了解那女孩，她说，他们能想象得到那对夫妻是什么感受。我看未必，戈登说。她微笑着。这个嘛，好吧，但他们觉得自己可以。她的名字叫埃玛。穿着长外套，系了条丝质围巾，靴子及膝。她的发型整齐，但她不断将头发捋到耳后。他怀疑她是否会一直戴着围巾。他领着她转了转农场，带她进来喝了壶茶，聊起养羊业正面临的挑战。每回她整理头发时，都有股香水味飘散出来。当她看起来像是聊完后，他告诉她自己得回去工作了。但你在这儿时，如果有什么别的我能做的，就打我电话吧。视线交汇。接着是一阵小心翼翼的沉默。他寻欢时自有套路，但不一定每回都这么来。之后她给他发了短信，接着两人去在她在城里住的旅馆内碰面喝酒。她问得更多，但他觉得气氛指向很明显了。那一晚结束时她感谢他抽出时间，并说自己明日会早早出发。他随她来到楼梯边，然后意识到自己会错意了。她笑着道了晚安。他转身离开。不知道该拿自己怎么办。这还是头一回。

圣诞节后，理查德的母亲仍住在医院里，他回来的那周大部分时间都待在病房里。她不喜欢医院里的生活，看起来因此而变得消瘦了。有些早上理查德到病房时，以为她压根儿不在床上。他与她坐在一起，她频频入睡，而他急着按进度处理邮件。医院职工认得理查德，给他倒了茶水及咖啡，医护人员同母亲对话中流露的关怀叫他感到惊叹，这些人称呼她为克拉克夫人，言语之间带有某种类似爱意的东西，虽他晓得那不可能真的是爱意。山谷中雨水连绵不绝。河水因混了山上的淤泥而变稠，羽毛般的浪花层层涌过来，越过大坝。獾穴周围的土堆上有些划痕，还有一道将用作新鲜垫草堆的树叶及野草拽入地下的痕迹。今年排演的儿童音乐剧是《迪克·惠廷顿》[1]，由苏珊娜·赖特担任主角。制作委员会选择了一份较为现代的剧本，之后招来了反对。克莱夫在堂区俗务委员会会议上提出担心迪克[2]这个词的使用。贾尼丝·格林离开屋子，一小会儿后返回时她问克莱夫希望自己如何记录刚才的用语。就那么写，秘书，他说，就那么写。雨天里寒风刺骨，扫过水库，激得水面起了层层白浪。那女孩失踪距今已有十年，虽然现在说起她的人少了，但大家仍记得她。她的名字叫丽贝卡，也叫贝姬或贝克斯。她当时身着白色连帽上衣与藏青色保暖马甲。如今她该有二十三岁了。曾有人见她在山毛榉林中爬树，曾有人见她出现在火车站，曾有人在路边见过她。人们里里外外寻找她。她可能安排好与某人会面，搭车安全离去。她可能坠入洞中。她可能因某些可怕的错误被父母所伤。她可能是自己选择离开，也可能是因为别无选择。人们仍希望找到答案。

---

[1] *Dick Whittington*，一则描绘理查德·惠廷顿发迹史的英国民间传说，后成为圣诞季儿童音乐剧的热门题材。

[2] 迪克（dick）一词除可用作人名外，亦有生殖器之意。

11

午夜，新年到来时，集体菜圃里有三间小棚子着了火，这回又没等消防队赶到就烧完了。有人见学校里的灯早早亮起，辛普森夫人从车里出来走进教师办公室时，惊讶地发现戴尔小姐已经坐在那儿了，边吃吐司边做课程计划。两人对视，接着戴尔小姐问辛普森夫人是否睡过头了。我不知道，辛普森夫人说，我不知道，我真的不知道。她看起来很困惑。夜晚天气恶劣，伴着霜降。高处冰封的大地上，一只母羊跌倒后死去，招来鸢以此为食。那几日村子被一股煤烟的气味所笼罩。杰夫·西蒙斯坐在工作室的沙发上，看着最后一批器皿晾干。他之前把它们放在室外太久，产生了裂纹。窑现在应已烧上了。杰夫连着几周都没卖出东西，而且他能感觉到即将完工的这批器皿质量不佳。他想带着惠比特犬外出散步，但又觉得压力太大。水槽中有一堆待清洗的碗碟。她说想再同他见面，而他还没告诉她自己已经受够了。她想要过来与他同住，这样她就可以帮他收拾整理屋子了。这是她的说法。她曾问过他对教学怎么看。这会是一笔更加可靠的收入，她说。他发现她不像自己过去认为的那样具有说服力了。护工如今一周只来两次杰克逊家。老杰克逊再度发现自己下床有困难，但这更多是因为他的体重剧增，与中风关系倒不大。他们给浴室做的改造没派上用场。每天结束时梅茜都接满一盆热水，加肥皂与一点儿油，并带上法兰绒面巾与一条浴巾去起居室。

收废品的人来弗莱彻家的果园讨要宿营车的残余部分，这人拽出车辆底盘与轮子，地上留下变黑了的塑料碎片。墙四周的黑莓灌木长得很高，很快便遮住了那些碎片。田鹈已开始飞走。艾琳从巴士站往回走了好长一段路，上至邮局背后，接着绕到了菜圃最远侧。这个月天气暖和，越过山丘时她解开了外套。她在乡间小道上看见了琼斯，估摸着他会转身离开，但他点点头朝艾琳走过来。叫了她的名字。她停步。他镇定地盯着她，等待着。天气挺好，他说。不像过去那样，她赞同道。他的靴子在小道石灰质的土壤上留下一道痕迹。安德鲁搭巴士走了？她点点头。她告诉琼斯自己会送安德鲁到巴士站，然后儿子会在那个中心待一整天。让我有机会补上家务活，她笑着说。他点点头，镇定地盯着她。那儿有帮助，他说。我不确定我理解了你的意思，她说。我能搞定那屋子。他摇摇脑袋。不，我的意思是如果他在伤害你，他去那儿对你俩都好。艾琳有种感觉，仿佛身下的腿都消失了一般，但那阵感觉过去后她仍立着。她看见克莱夫在自己菜圃中掘地，似乎正望向他们这边，但克莱夫不可能听见。不是那样的，她说。她的声音很小。安德鲁不明白。他不是故意的。琼斯撩起帽子挠挠脑袋，又将帽子戴了回去。大概也不关我的事，他说，但你在特德那儿就受够了，你又不是非得这样。琼斯是她最不希望与之讨论此事的人。安德鲁能去哪儿？她问，他无依无靠，他不会理解的。你又能依靠谁？琼斯反问。她深吸一口气，拉好外套，扣紧纽扣。琼斯说得对，这和他一点儿关系也没有。她没法再多说什么了。她伸出一只手说够了，然后走开。他都想些什么呢。他有什么权利这么说。

如果老杰克逊在枕头里陷得够深，他便能透过窗户瞭到教堂钟楼的旗帜，由此获知风力与风向。三月里刮起全年第一阵西风，吹得旗子笔直扬起。这叫他想到当年大家在荒野上寻找女孩时所插的旗子。菜圃委员会得到了被烧毁的棚子的保险金，建新棚子时有人流露出不满情绪。如果大伙儿知道作为补偿能得到保险金的话，每个人都会烧了他们的棚子，克莱夫道。苏珊娜·赖特接手了克莱夫家菜地旁的那片土地。只空置了几个月，地里状况还不错。两人绕着菜地散步，苏珊娜聊起要增设一个棚子，开辟新的小道和一个带桌椅的草坪区域。本来有间温室，但有些玻璃不见了，她说起要换掉那些。他点点头，但做了个怪相。你看着像是有建议，她说。从温室旁的黑莓灌木丛中，克莱夫扯出一些饲料塑料袋的细条，绕着自己的拳头卷了一圈又一圈。也不完全是个建议，他说，更像一种观察。苏珊娜等待着。咱们这儿有挺多新人盘下菜地，他说，他们特喜欢收拾整顿菜地，喜欢把地里整的看起来特好，让他们自己觉着舒坦，挺费工夫的，这样他们就忘记种上东西了。苏珊娜点点头。黑莓灌木丛下方的泥土里有几片破碎的玻璃，她弯腰捡了起来。所以我上次就犯了这个错误？这是个次序先后的问题，他说，你在恰当的时机播种、加覆盖层、除草、灌溉，这些工作就够了，这些活儿你都做了，就会享受在这儿劳作，地里都是健康的植物，庄稼丰收，开着花儿，那就是世界上最好的小角落，你就不会再费心去想什么长凳啦，草坪啦，干净的小道啦，水井啦。那风铃呢，克莱夫？他看着她。如果让我见着你在这儿挂个该死的风铃，我会直接取下来，他说。她笑了出来，但他不是在开玩笑。这个我记住啦，她说，谢谢。我可不想管闲事。不，请这么做，教教我。他看着她，递过成卷的塑料袋细条。垃圾箱在停车场里，他说。就在他转身离去时，苏珊娜听见他又咕哝着和风铃有关的什么事情。调回夏令时后夜晚变长。欧洲蕨的新芽渐渐从漫山遍野间冒了出来，冲着天空绽开。庄园中圈养的雉鸡开始下蛋，之后有人取了鸡蛋到孵化场清洗、分类。英国广播公司解雇了苏·库珀，她得到的补偿金远低于去年开出的价位。

马丁·福勒的女儿打来电话叫他去医院时，他正在超市的生肉区工作，他一到医院就当上了外公。能不能有个人告诉我下，为啥没人知会我，他一边不断念叨着，一边以大掌托着那像核桃般皱着脸的小东西。可现在你在这儿了呀，爸爸，埃米说，我们不想让你担心。露丝走过来，抱回婴儿，同时亲了亲孩子的脸颊。恭喜啦，这位外公，露丝说。他伸出手，露丝却无意握手。他环视房间四周。埃米的男人坐在床边，几乎一直盯着自己的脚。这是马丁头一回见这人。他不确定这人的名字。事到如今，这里没一桩事是按他计划走的。计划个屁啊，他说。他不是有意要大声说出来的。他咳嗽了下，并称自己要出去呼吸点新鲜空气。他们给孩子取名叫卢克，并告诉马丁欢迎他前来拜访。露丝特地表明了这点。埃米与卢克会先在露丝家生活，直到那男人找着地方给一家子住。马丁想知道，为何这人没能事先安排好这些，但他没问。他有两周没去黑尔菲尔德了，带去作为礼物的小衣服不合身了，仿佛他们换了一个孩子。那个在医院里一手就能托起，眼珠滴溜溜转的小东西不见了。如今这孩子重了不少。露丝带宝宝上楼午睡，留马丁单独与埃米待在一起。他有机会向埃米道歉，但就这么过去了。两人坐着，他主动提出去泡茶。

艾琳只懂得打扫卫生，不论发生了其他什么事情，或当事态变得无法理解时，她都继续打扫。这是有偿劳动，当然，但她也特别重视让自己的房子看起来像样点。因安德鲁以及他对房子造成的破坏，还有担心他对来客的反应，至今已有多年无人上门拜访了，但她努力让屋子保持整洁，仿佛随时会有人前来拜访一般。因为他们或许会来，她没法让他们就待在台阶上，或作势正要出门，那他们或许就会进屋来，看到安德鲁的电脑设备是如何占据了起居室、走廊以及厨房，到处都是电线，门上挂着奇怪的灯光系统。他们或许会看到开裂的门框、损坏的橱柜门，但他们不会说她没尽力让这地儿保持整洁。他们不能那样说。她有许多不懂的，但她知道该怎么做保洁。拦河坝下方的河岸上有一小片野生红醋栗，五月末开花时，她从小道爬上去，采了一篮子带回家。大约一周后，她就能独自坐在餐桌旁，享用由这些果子所制成的，口感强劲的粉色果茶，回忆童年第一次品尝时的滋味。由此，她可以感觉到夏日将近。千年石磨盘再度被推下底座，这回其中一个磨盘裂开了。有人在格拉德斯通酒吧内斗殴，据传此事与脸书有关。电视上播放了爆炸、起火、坍塌、撞车的画面。人们用购物袋装菜圃里结出的蚕豆，将豆子从柔软的豆荚中剥离出来，撒入炖锅中。轻薄、垫子般的蚕豆荚壳是自然中无意义的多余造物之一，而这道剥除工序中蕴含着一股无聊的乐趣。杰夫·西蒙斯在工作室里挨个将新烧制的陶器从托盘中取下，砸在地上摔得粉碎。他做事井然有序。那节奏令人心生平静。他让她别再来见自己，而她的回复不尽如人意。如今没有理由再保留被她碰过的作品了。门外的惠比特犬很是焦躁，不停狂吠。陶器碎片单薄、洁白而干净。她似乎不曾了解过作品对他的重要性。他十分均匀地将陶器砸向地板四周，砸得很认真，尽在掌控之中。完事后他带着惠比特犬外出散步，就敞着门。他想，她之前都在期待些什么呀。水库水位低平，河水缓缓流经砾石堆间。有人看见汤姆·杰克逊与阿什莉·赖特谈恋爱。

上午，一阵雾悬于牧场之上，是那种可视为信号的雾。老杰克逊用棍子击打墙面，戈登进屋来看看他有什么需要。他是在检查咱们是否注意到这天气该割草了，戈登告诉其他人。我跟他说咱们早就看见啦。梅茜问戈登是否纠正他了，戈登说当然没有。屋里的老杰克逊看着雾气在教堂钟楼附近升起，想到之后割草的活儿得干一整天，双肩便感到一阵疼痛，他仿佛又闻见了牧场里的青草味，看见漫长的静夜在家燕外出觅食时一点点转为蓝色。他突然打住自己的思绪，并打开了收音机。人不干活儿时就特别容易沉湎过去，百感交集。他透过门为儿子们送去祈祷。他们面前是充实的一天。他由窗前别过头去。辛普森夫人因健康状况不佳而从学校提早退休。人们谈及此事时很是谨慎，但都觉得不适合为她举行庆祝退休的仪式。她收到许多卡片，子女为她朗读了其中一部分。库珀在《山谷回音》杂志上为她撰写了一篇文章。那几周漫长、无云，太阳晒干了过道。住在卡尔肖大宅中的一家人将庄园挂在市场上出售。山毛榉林远侧，獾制服了一只刺猬，压着它的背剥了皮。水井装饰板只展出了不到一周时间，观众较往年增多，吉姆·斯蒂芬森的高中铜管乐队整个周末都在演奏。至周四黏土已风干，花瓣开始褪色。大伙儿决定就此结束。理查德的母亲自医院回家，雷切尔从工作中抽出时间来。护工每日上门拜访两次，帮助克拉克夫人沐浴穿衣，并确保她吃下所有的药，虽然他们看起来总是很匆忙，雷切尔没多久便意识到这儿并不需要自己。艾琳与温妮几乎每天都来，而她们聊起村里的事情，雷切尔不太能听懂。她本计划待到理查德下月回家，但最终在他回来前就离开了。一些潜水员潜入 2 号水库，前往塔底修理闸阀。他们入水后，维修队在卡车中观察着屏幕。白光中出现了许多泡泡，以及羽毛状的淤泥，之后第一个闸阀进入视野。头盔中传来潜水员说话的声音，很清晰，像挨得很近，仿佛他一直就站在卡车外。男人们在坝顶握着绳子，俯视黑暗的水面。

仲夏夜，戈登·杰克逊开着自己那辆路虎带苏珊娜·赖特出门兜风。她提过想近距离看看风力发电机，而戈登将此视作要他提出邀约的暗号。事情就是这样，他从不主动，总是等待机会出现，他等苏珊娜好多年了。一段简短的攀谈，一个玩笑，一次求助，眼神交汇，但他从没说过什么，那不是他行事的风格。他想都不用想，总是很小心。他从未主动提出建议，从未将自己摆在可能遭到拒绝的位置。他向来觉得，会招人议论的是被拒绝。经历过这些的人更倾向于谨慎行事。他只需将情况往潜在可能的方向引导，直至这种潜在可能的程度剧增，变得极有希望，再由极有希望化为既定事实。在他看来，一只优秀的牧羊犬从来不用叫。现在他看着苏珊娜。虽然费了点时间，但最终她似乎有点兴趣。她看向窗外，露出那种有心事的表情。戈登想探身过去吻她的脖子，但他退缩了。她是个美丽的女人，他一直观察着她。她单身已久，而他之前就发现自己会想象在她的厨房里吃早餐，晚上坐在她的电视前。他将路虎停在最靠近风力发电机的新路上，并问这样是否可以，问她是否准备好了。眼神交汇，小心翼翼的沉默。他寻欢时自有套路。他们下车去，仰视风力发电机。风住了，那些叶片缓缓转动。太阳低沉，长长的影子落在大地上。他望着苏珊娜。他能感受到她皮肤的温度，而且他早就知道这尝起来会是何种滋味。她站在他身旁，告诉他有人在讨好自己，但她对此并不感兴趣。他震惊不已，却保持镇静。他并没有装作不解其意。他点点头，举起双手，就像某人在赛马时输掉了一小笔钱那样。他点点自己的鼻子，仿佛在说这是两人之间的秘密，但她只是抬高一边的眉毛然后走开了。她用手机拍下风力发电机。当两人驱车沿山区返回时，他的不安并非因遭到拒绝，更多的是害怕之后会招致的议论，然后他的所有审慎都开始瓦解。他不能让这些事情发生。白昼已开始变短，但人们还有那么多事做，也没人注意到这点。斑尾林鸽的蛋正在孵化，鸽宝宝以鸽乳为食。绵羊脖子周围的毛开始脱落，剪羊毛的日期定了。威尔·杰克逊让儿子领着羊群去羊圈里。那男孩现在晓得该如何对付牲畜了，他明白该保持怎样的距离，知道该如何从后方牧羊。他明白羊群都懂撞击饲料桶意味着什么。[1] 两人安静地在一起工作，至中午饭点时羊群全被关进了羊圈。剪羊毛的工人已就位。山谷远侧，汤普森家的农场中传来奶罐车抽奶的声音，一阵低沉声响穿过黏稠的夏日空气。理查德在国外时，他的母亲过世了，就在他准备回家的前两天。等到他回来，妹妹已到母亲家中清理了卧

---

[1] 牧羊时若没有牧羊犬，有些牧民会通过摇晃、撞击饲料桶发出的声音训练羊群。大部分羊群若在平时能及时吃上饲料，听这声音便以为饲喂时间到了。

室，给房子通风，与殡仪员们一起安排了身后事。没剩多少事是他可以做的。他们说大家理解他，并告诉他殡仪馆的位置，但并未提出与他同行。医生说，她在床上过世，有可能是在睡梦中。他在葬礼上待了很久，看着她被葬入与父亲相同的墓穴。接下来会有许多艰难的交涉，他设法告诉自己的姐妹们。现在还不是时候，萨拉回复道。

八月，蝙蝠停止为幼崽哺乳，纷纷离开哺育栖息地。蝙蝠飞行的线路网络复杂且不可视。小蝙蝠在放牧草场中穿梭，捕获甲虫与飞蛾，与此同时成年蝙蝠开始寻找配偶。5号水库旁那条热烘烘的石子路上，一只慢缺肢蜥正晒着太阳，接着便被雌鹭掠走喂了雏鸟。又一次有人瞧见理查德与凯茜在黑尔菲尔德的新有机酒馆中共进午餐。他们为什么非得跑那么远呢。这引发了各种猜测。板球赛因天气原因取消，卡德韦尔队也没有像过去几年那样过来喝一杯。苏与奥斯汀·库珀庆祝了结婚二十周年纪念日。奥斯汀记得之前苏是真心不愿意庆祝纪念日，但今年她为他准备了惊喜：送了张贺卡，还在城里餐厅预订了位置。苏珊娜·赖特答应帮忙照顾孩子们。当他们坐上车驶向餐厅时，两人都刚洗完澡，还有些潮乎乎的，面色红润。苏做好准备看奥斯汀回忆往事。这就是他会做的事。有时，在一些家庭相聚的时刻——例如与儿子们一起在林间时、与她的父母共进晚餐时、在村里的儿童音乐剧中，甚至是两人一块在床上时——苏发现他似乎闭上了双眼，正为未来的回忆而储存当下的场景。看来，比起正度过的每分每秒，他更享受这些时刻成为往事后带给自己的感受。但他看着苏，什么也没说。两人驾车穿过村庄，日光低垂，于林间煜煜闪烁着，车窗内飘进夏日终结的气息。苏想起两人的初见，那会儿她还是电台的一名制片助理，来村里做一篇有关水井装饰节的报道。她发现自己正与这名笨拙、踌躇的男子交谈，他的包里塞着相机、口述录音机与笔记本。她回忆起他是如何为自己提供了远远多于自己所需的、有关水井装饰节的信息，之后又向她打探广播新闻业与英国广播公司，还有她手上正在做的其他报道。他听她说了许多，比起大部分苏认识的男人，尤其是记者们来说，奥斯汀更善于倾听。水井装饰节结束后，他们一起去喝了一杯，畅饮后两人又一同散步，一路漫步至他在城里的小排屋。多年后他们相遇的故事已简化了，但也从未比上述复杂太多。现在她望着他。她怀疑他们俩中任何一人是否还会再度像当初那样冲动。夫妻俩停好车，朝餐厅走去，她的手滑入他的掌中。她让他停下，踮脚吻了他的脸颊，在他耳边悄声说谢谢。他面露惊讶，回吻了她，两人继续前行。

夏季最后几日，山毛榉林中银斑豹蛱蝶的卵在孵化前明显由黄变紫，再转为灰色。此处的燕子都离开了。燕窝还在，逐渐瓦解，泥片脱落，来年春天燕子归来时还会在那儿。通往城里的道路沿线布满一簇簇叉枝蝇子草，随着种子穗变得鼓胀，洁白的花瓣也皱了起来。山毛榉林中的小狐狸们准备离开。今年轮到马丁组装教堂里的秋收感恩节装饰，尽管他一直保证不会让大伙儿失望，却在最后一刻不见踪影。艾琳与温妮挺身而出。驮马桥下河水翻涌，接着缓缓汇入磨坊池。琳西·史密斯从利兹市回来，搬回家与父母同住。只是暂住，但她雇了一辆卡车带回自己的所有行李。毕业后她曾与男友共同生活，但这段感情没能继续下去。他比她年长，在大学里工作，是他决定结束这段关系。他告诉琳西，她太年轻了，现在考虑结婚生子对她来说太早了。他对她说她需要一些时间认识、发现自我，入世探险，不要被困在利兹和土气的公共卫生课老讲师待在一起。聊到激动处，他告诉琳西，她太依赖别人了，这让他觉得被套牢了。过了一段时间，琳西才得以对他人倾诉这些事。这让她觉得羞耻，她告诉索菲。这让她觉得自己在某些方面令他失望了。他有时给她发短信，但她回信息后，他从不再回。索菲告诉她必须放手。她的父母什么也没问，但明白有些事出了问题。琳西的母亲很有耐心，但她父亲想知道花那么多钱念大学的意义何在。他们让她在店里工作，直接答应会简单些，不然他们又要说教了。这是工人教育协会继续教授意大利语的第二年，一些特别认真的学员每周三晚在格拉德斯通酒吧开设了交流活动。为了给他们助兴，托尼订了几箱意大利佩罗尼啤酒。凯茜敲了威尔逊先生家的门，问纳尔逊是否需要散步，他邀她进屋用茶。没有等她坐下，他便递过一张赞助表，告诉凯茜她将为他的游泳慈善募资活动出资。她问自己是否有得选择，他严肃地瞥了她一眼。那些穷人喝不到干净的水时，可没得选择，他说。她向他讨一支笔。他说自己差不多能游将近四至五个泳程，最多，所以最好每个泳程，她能出至少五英镑。凯茜哼了声，然后意识到他并不是在开玩笑。她曾经耐着性子听完了他有关干净饮水的计划，于是她径直签了名，每泳程资助五英镑。现在运动要适度，她说。你不想伤到髋部吧。他倒了茶。别担心，理疗护士们都挺好的，但那些人也不是魔法师。他递过茶时，凯茜闻到一股意外的气味，就问他是否在抽烟。

连下了许多天的雨，菜圃里西葫芦与豆子宽大的叶片腐烂发黑了，峨参塌在灌木树篱间，遍地都是从山毛榉林中吹来的秋叶，黏糊糊的。克莱夫正修剪坏死的作物，把它们耙集成堆。琼斯徒手掘着地。露丝与苏珊娜在一柄大伞下聊起后者的菜地，观察覆盖层上的南瓜逐渐成熟。这第一季度对苏珊娜来说很是不错。温室里的番茄与辣椒数量不多，胡萝卜甚至根本没发芽，但土豆、豆子、西葫芦与豌豆有了收成，现在还有这些明亮圆滚的南瓜。菜地里没什么可看的，但她心中对明年已有计划，也感觉自己为接下来做好了准备。露丝帮了不少忙。阿什莉在家填写了她的大学申请，苏珊娜想起罗恩，中学最后一年过得多么快。阿什莉与杰克逊家的男孩分手了，她因此得以更加专注于自己的大学入学考试，但在苏珊娜看来，似乎两人都没受多大影响。午夜云团密布，月光暗淡。大伙儿有几个月未见那鳏夫了，琼斯自己摘了那儿的果子。人们担心是否出了什么事，商量着要破门进去，琼斯在众人的追问下承认知道那男人出远门去了，自己有他家的钥匙。据琼斯说，有人在海外给他介绍了一份讲课工作，他带着女儿要去六个月。为了积累教育经验。原来琼斯对那男子了解不少，但他不愿吐露过多。恶作剧之夜里，一名邻村女孩身着白色连帽上衣与藏青色保暖马甲，穿着黑色牛仔裤、帆布鞋，还化了僵尸妆。她被送回父母身边，村民们议论纷纷。卡尔肖大宅正在施工中，据传新任主人要把它改建为一间酒店或乡村度假屋。大坝迎来了十年大检，有三座都没能通过检查，水泥部分逐渐瓦解，里头的钢筋也暴露在外。《山谷回音》刊载了一篇关于游泳慈善募资活动的报道，其中提及威尔逊先生游了二十一个泳程，其耐力出乎意料。众人纷纷表示衷心祝贺。

　　十一月，降雨日复一日，起初人们还就此开玩笑，但至第三周情况已变得不可思议。荒野遭降雨冲刷浸透，积水遍地。潮湿泥土的气息渐渐穿过木地板散发出来，所有东西都带了点湿冷的青光。莱斯·汤普森领着他的牛群出了棚子，穿过淤泥密布的农场。湿漉漉的空气很快因攘攘的牛群而变得热气升腾。一只苍鹭在鱼塘边的河岸上探身入空，沉重的双翼犹如被吊起，沿河飞行时它的双足在水面上拖拽，留下一道痕迹。罗恩·赖特前阵子外出旅行，但已再次回来，住在母亲家中。她想知道他的计划是什么，而他根本没兴趣聊。他花大量时间在笔记本电脑上制作自己的音乐。有时他看见琳西，或在她父母的农产品供应商店中工作或在格拉德斯通酒吧吧台后，他们聊起其余几人。索菲经父亲的朋友安排，又一次在伦敦实习，她曾想让琳西过去玩玩。她现在和一帮不同类型的人交往了，琳西说。想想这帮人出去玩一晚上要花的钱，我可跟不上这种消费水准。为尽量达到郡议会削减预算的目标，堂区俗务委员会同意在午夜十二点至次日凌晨五点间关闭街灯，这引发了热烈讨论，期间有人提醒米丽娅姆·皮尔逊，"加尔各答黑洞"[1]一词已不宜使用了。今年的篝火派对首次要求支付入场费，但似乎无人在意。人们本预计会有许多吝啬鬼聚在边界墙旁观看烟花，但事实并

---

[1] black hole of Calutta，法国于 1756 年 6 月间在孟加拉建立的一处用来监禁英国俘虏的逼仄小土牢。因数百位监禁于此的英国人与印度佣兵窒息身亡，而引起国际争议。

非如此，要说有何区别，反倒是参加派对的人数较之往年有增加。凯茜敲了威尔逊先生家门，并问她是否以后还能带纳尔逊出门散步。威尔逊先生表示他不知道。他站在门口，并未邀请她入内，纳尔逊在门厅里打转。凯茜告诉他自己已经道过歉了，但她永远不会出那笔钱的。他直说那就是规则。他说人们迫切需要那笔钱，而他认定从长远来看，她是能出得起这笔钱的。她表示他根本不了解自己能或不能匀出哪些钱来，也无权做此猜测。她说她没想过自己写的是张空头支票。他说这不是钱的问题，是原则问题，还说他那辈人都明白该如何信守承诺。她说，大卫，我受不了咱俩因为这事吵架。他关了门，她回家坐在厨房里，几分钟后她听他重重地关了门，并看见他步履蹒跚地牵着纳尔逊走在小路上。她写了张一百零五英镑的支票，注明支票领款人为一个完全不同的慈善组织，并把它装入信封，塞进他的门里。她知道自己太小气了，但她觉得威尔逊先生比自己更小心眼。

十二月上旬某个温暖的日子，萨莉·弗莱彻家棚子里的荨麻蛱蝶从冬眠中苏醒，有人看见它们在女贞树篱上觅食，双翅暗淡、破破烂烂的，尽情享受淡淡的阳光。学校下方挨着河流的牧场边，看守人砍去了一些沿岸的桤木。杰夫·西蒙斯在自己的工作室中配制釉浆，拌入一些之前收集的草种与树叶残片。他站在工作台旁，给新烧制的陶器上釉。这道工序中有股令人平静的节奏。他小心地举起陶器，先前手指碰过后留下的点已经干了，杰夫用刷子给这些地方上釉。如果有完全不留痕迹的做法，他会采纳的。詹姆斯·布罗德在曼彻斯特工作，但时不时就能在村中看见他。他带大学好友来这里登山，包里装着绳索与系带，还带了一大笔钱，准备去格拉德斯通酒吧消费，他似乎总能知道琳西什么时候会出现在吧台后。他渐渐因为登山而小有名气。众所周知，他极其耐心地研究一条攀爬线路，之后以极快的速度攀爬。他登山时恍如一个狂怒而穷追不舍的人，某杂志如此描述道。不那么赞赏他的人表示，他身体力量不足，任何时候都没法抓住岩壁。詹姆斯如进攻般的攀爬速度表明他敢于冒险，这为他带来许多赞誉，同样也有许多反对的声音，但他还没摔下去过。他在圣诞节前带新女友回家，把她介绍给自己的母亲，这是詹姆斯的母亲没能预料到的。这姑娘可能没有他前任那么漂亮，他母亲后来告诉凯茜，但至少我能念出她的名字来了，她看起来人挺好的，当然啦她是黑人，但我在这事儿上没意见。詹姆斯带她去了荒野上，同她说了失踪女孩的事情。她听完，对他说那并非他的错。他点点头，并告诉她人们总那样说。晚上他们在格拉德斯通酒吧见了罗恩。琳西正在吧台工作。圣诞前夜他开车载女友返回北安普顿。他母亲告诉凯茜自己不是太介意。人们在教堂里吟唱颂歌，歌声朝广场飘去。

　　理查德母亲留下的后事十分混乱。他光是应付最基础的事，如宣读遗嘱、注销她的银行账户、退订仍寄来的大量杂志与慈善组织的简报，就花费了数月。他发现自己的停工期变长了，也还没告诉妹妹自己已不再续租位于巴勒姆的公寓了，那曾是他在国内时的住处。他知道她们想卖了房子分钱——雷切尔说过他们急需用钱，可他不是很信——但他告诉他们应该把房子收拾得像样些再挂到交易市场。某日下午他与凯茜详谈此事，然后很沮丧地发现自己完全无法理解她的反应。有那么一刻她可以说，若他经常待在村里，自己会很开心，哪怕是出于好意，但她很快便因手机上的某事而分神，之后什么也没说。晚些时候他意识到，那一刻自己也可以问问她，这样是否正是她所希望的，但彼时他正准备降落日内瓦，扣紧安全带，调直了座椅靠背。新年前夜凯茜敲响威尔逊先生家门，问纳尔逊是否需要散步。他们用了茶，品尝了蛋糕，之后她牵着纳尔逊快步走上小路前往教堂，经过果园来到驮马桥及河流沿岸。当走进亨特家的林地里时，她弯腰解开了纳尔逊的牵引绳，凯茜的手撑着墙，顶上的石头因无数次触摸而被磨得微微发亮。

12

　　午夜，新年到来时，烟花从山谷远侧的城里升起，但村中没有人抬头观看。最近两次因烟花引发的新年火灾令村民们心有余悸。村中礼堂空荡荡的，人们站在自家谷仓或房屋外，六名警员四下巡逻，消防队已事先接到待命通知。半小时后紧张的气氛稍有缓解。少数人自己燃放起烟花，唱响迟来的《友谊地久天长》。旧采石场发生了一场爆炸，毁了空置的储藏屋。消防队火速赶到，但因担心现场有不明材料而无法靠近。那些屋子都烧光了，至次日清晨还有缕缕的烟迹冒出来。有人说会不会这几次都是那失踪女孩的父亲故意纵火，但显然他有不在场证据。警方已查验过。谁都不希望做那个去盘问他这事的人，马丁指出。安德鲁终于适应了他的新住处，艾琳正在整修房子。那工程浩大，在此期间她与温妮同住，得替换门框，修复电路，主要是她还有多处想要粉刷。整个地方都会焕然一新，她告诉温妮。此外，艾琳正按照旅游局的标准改造厨房。她计划迎接游客来她家食宿。我一个人住这么大间屋子，还能干什么？她问温妮。我会无聊透了的。有人陪陪我会好些。

　　凯茜敲了威尔逊先生家的门，问纳尔逊是否需要散步，她话还没说完，威尔逊先生已准备好出门了。我觉得今早咱们俩一起去，他说，纳尔逊早已拴上牵引绳，蹦蹦跳跳跑在他前头。他像往常一般穿戴整齐，但今日也有些特别，或许是裤子上的折痕更加笔挺，又或是头发修剪得更短了。他们在教堂左转，步行经过果园与低地草甸前往驮马桥，一过河凯茜就问他是否想停下暂作休息。起初他宣称这并无必要，但后来又改了主意，站在长椅边示意她先坐下。他们坐着倾听驮马桥下翻涌的水声，眼观乌鸦自悬铃木上飞起又落下。纳尔逊在河岸边的长草间四处嗅嗅。太阳高照，在凸出岩石的翳蔽下，这一天几乎可以说是很暖和。凯茜朝天空方向仰着脸，享受大好天光。能够尽情享受外出的时光，这对她来说还是今年头一次。她注意到身边的威尔逊先生一动不动。他泰然自若。两人坐得很近——比她意识到的还要近，现在他的手从大腿上抬起，落在她的膝盖上。某个比膝盖位置更高点的地方。那只手放松地搭在那里，而他们都盯着那只手。有一刻两人都感到十分惊讶。她抬起了他的手，然后把它轻盈地移回他的大腿上，那只手比她可能想象过的还要柔软温暖，一时间他们都没有说话。抱歉，他说，但你不会怪一个男人好奇心强，对吧？她微笑着，摇了摇头。这只是因为，有时，人确实会觉得寂寞，他说着，目光移到了河面上。我明白，大卫，她温柔地说，我们都有这种时候。河水在驮马桥下翻涌。纳尔逊蹲在长草中，凯茜伸手从外套口袋中掏出塑料袋。

琳西·史密斯搬去与新男友同住，他住在城中远侧的一栋新房子里。他比她年长，在采石公司担任测绘员。他有一栋房、两辆车，虽然起初琳西以为这段关系会很短暂，但她渐渐爱上了他身上那股自信。这人家中干净整洁，他会下厨，会给她买贴心的礼物。他鼓励她申请护理学院，那是她自毕业后便一直在说的事。他叫盖伊，她在格拉德斯通酒吧工作时与他相遇。某晚罗恩一个人来酒吧时她说了这事。他有几分迷人，她说，但不是那种用力耍帅的类型，你懂我意思吗？罗恩点点头。他一点儿也不明白她为什么告诉自己这些事。就，我知道他对我有兴趣，但这就像是他感兴趣的是我这个人，而不是我能为他带来什么，之类的？听起来他人挺不错的，罗恩说，我挺为你开心的。我知道这看起来很突然，但就是感觉对了。你觉得这突然吗？我认为你应该相信自己的直觉，琳西。没错，突然之间，就感觉好像是对的，咱们到这个年龄了，有时你自然而然会明白这些事情，而且搬出来也很好，重新住回家里是一场噩梦。你呢，事情顺利吗？你妈妈怎么样？你妈妈，罗恩不由自主地说。为筹款修复教堂墓地的围墙，村中举行了春季舞会，一切顺利。河岸与下方茶室旁的人行桥之间增建了新的台阶，但没过几周，每阶之间的土地再度因遭行人踩踏而下陷，比为控制事态而铺石板前陷得更深。一对戴菊莺在威尔逊先生家花园尽头的云杉上筑巢，位置太高，他无法看见那由青草与苔藓编织而成的作品。

理查德的母亲一直保存着丈夫的大部分遗物，他如今不得不一并整理父母二人的物品。凯茜过来帮忙，他们清出衣柜里成箱的文件摆在床上，里头有些或许可以扔了，不必细看，她说。工人们正在屋顶上修补烟囱、重新铺瓦。凯茜与理查德听见那些人四处移动的脚步声，不是很稳当。时不时有人将破碎的瓦片从一侧扔下来，落下时经过窗户掉在前门的垃圾桶里，摔得粉碎。那堆文件中随处可感受到理查德父亲的存在：他的笔迹、他曾打过交道的农场供应商，甚至是文件中微微的机油味与烟草味。即便如今已过去二十年，理查德发现自己还是回忆起了那场葬礼。他只在葬礼当天到场，感觉一切都那么疏离。要离开时，他多年来第一次见到了凯茜与帕特里克，他无法分辨他们的尴尬究竟是因为此次偶遇，还是只因不知该如何表达吊慰。大伙儿都知道他不太喜欢自己的父亲。为缓和气氛，他问起帕特里克的工作，问起了他们的儿子。凯茜拘谨地抱了抱他，接着帕特里克握了握他的手。那是他最后一次见到帕特里克。几年后，他的母亲打电话来说帕特里克刚在街上"剥落"了，当他告诉母亲她或许指的是"倒下"[1]时，她有些不高兴。你甚至不在那儿，她当时对他说，你怎么会知道。屋顶上扔下另一片瓦来，掉到垃圾桶里摔得粉碎，凯茜开始在床上摊开的所有文件中翻找。我猜这里头或许有些信件，她说，也许你妹妹会想看。他还没反应过来自己在做什么时，已将一只手轻轻搭上她的背，指尖顺着薄薄的羊毛开衫划过她的脊椎，不断触到椎骨上的隆起。起初想到这事时他以为她会僵住或别开身体，但她没有。恰恰相反，她似乎在他的触碰下软化了，背部放松，稍稍朝他那边靠了靠。如今她的年龄够当祖母了。照理说做这类事情已经太晚了。屋顶上的工人们取下更多破损的瓦片，扔向一侧。

五月上旬，一群学生在慈善徒步行程中遇上浓雾，在从姐妹石阵下山时迷失了方向。不知为什么，这群人最终发现自己身处水泥厂后方附近，而当有人在地图上为学生们指出所在的

---

[1] 上文理查德之母说的"剥落（peel）"与此处的"倒下（keel over）"发音相近，所以他认为母亲说错了。

位置时，他们都不愿相信。亨特家的干草仓与茶室后的垃圾桶起了火，但没有任何迹象表明这与新年前夜的火灾有关。也没有证据表明这些事件均系一人所为。山毛榉林边，一群野雉鸡正在孵蛋，小鸡们蜷缩着破壳而出，接着从鸡窝中散开，四处刨刨寻觅食物，无视鸡妈妈的呼唤。一次学校出游时，双胞胎去了游客中心，回家后利想了解丽贝卡·肖的故事。他说这话时很是随意，手还塞在饼干罐中，苏只得语气轻松地给他解释。利在她说话时连连点头，于是她猜想他已在学校听过其中大部分内容。所以她怎么了？他问。没人知道，大家一直没找着她。那么她没死，利说。他的嘴里塞满了饼干。也许她死了，苏说，这看起来很有可能，她若没死现在就会出现了，没人能藏那么久。我可以呀，利欢快地宣布道，我和桑想到办法啦，山里有好多坑道，矿井那类东西，你可以躲在里头，晚上再出来吃东西，每次都可以从不同的地方出来，没人会知道的，只要你愿意，就可以在里头生活好多年，你懂的，就如果打仗了或发生了什么事，又或者有人在追你，她可能就是这种情况，等时候到了再出来，给大伙儿一个惊喜，你觉得她现在几岁啦，妈妈？苏感到一阵寒意。她坐在桌边，伸手捧着利的脸颊，这样他就会看着自己，集中注意力。她非常冷静地告诉他，他绝对不可以进入任何一个矿井或洞穴中，永远不行。她要求他做出保证。她的表情吓到了他。利保证他们再也不会进去了。下雨后河水涨高，冲下低地草甸周围的山楂花，白沫翻腾。人行道边密密生长着一丛峨参，树下阴影愈深。驮马桥下河水奔腾。理查德与凯茜并不急于与对方上床，这点让他们双方都感到惊讶。如果他们曾考虑过此事——凯茜承认她有一点，理查德只说事实上他脑中曾闪过这念头——想象中两人是磕磕绊绊地上了楼，衣服乱成一团，齐齐撞上家具。但上述情形并未出现。一人小心翼翼提问，一人深思熟虑后回答，衣服在梳妆凳上叠好，被子掀开盖住两人。比起青少年时代摸黑在荒野上匆匆行事，这样更让人长时间地感到尴尬，但愉悦感并不因此而减少半分。理查德想，这就像，他们已经等了太久，没什么好急的。他不知道凯茜是否也这样想。她达到高潮时不断低声咕哝着，其中反复出现的字词他不怎么能听清，透过窗边灰色的光线，她的脸庞呈一道弧线。事后他试图开口时，她伸出一根手指摆在唇边，微笑着回看窗户。外头的燕子（或毛脚燕）聒噪不已。他意识到自己如今应该能定义两人之间的关系了。他知道她心中有数。他不知道自己是否该问。

奥斯汀在六月迎来了自己六十五岁的生日，为了表示庆祝，苏同意头三天与他一起走灰石徒步道，双胞胎则暂住在城里的校友家中。许多年来，他一直想方设法劝她同自己走这条徒步路线，如今她同意了，他却看起来比她还要紧张。上午他第三次检查两人的背包，并向苏确认她是否觉得自己能走得下来。苏大笑，接着说她才该问他这个问题呢。苏告诉他，他已不再年轻了。接着推他出了门。夫妻俩在游客中心停下拍了张照片，之后动身沿绵长低平的山区步行。两人牵着手，但奥斯汀不久便发现，他得双手拄着手杖。他们花了一小时在第一处登顶，并停下拍了更多照片。能见度良好，他们望见了村庄、河流以及主干道旁的树林。前方是一条通往荒野的石板路，一侧是几座水库，高速公路沿着地平线展开，远处的山脊上一列风力发电机正在转动。您先请，老人家，苏笑着在他背后敦促着，有一刻库珀想抱起她，带她去一座帚石南盛开的山谷里。但黄昏前他们还有一大段路要赶，不是做这类事情的时候。他不晓得自己的背受不受得了。十年来头一次，有人在姐妹石阵那儿放牧，新生的牧草绿油油的，长势茂盛，看不出此处曾是一群年轻人的家，那些人曾拉着横幅、生起火，还在这儿跳过舞。琳西订婚了，这事连她自己都觉得惊讶。两人之间的关系进展顺利，但她之前没想过这么远。可她与男友在一起时很自在，她能看出，他求婚时就没想过自己会拒绝，这已足够让她想要点头。大家纷纷议论不久之后就要举行的婚礼，觉得这事发生得太快了。人们对盖伊知之甚少，但都觉得琳西是个沉稳的女人，不会做任何傻事。你们在一起开心吗？琳西担心这一切会不会来得太快了，索菲这样问道。他特别好，琳西说，他很体贴。人们取下了水井装饰板并刮净，把那些黏土与装饰材料丢在草场一角。板子洗净晾干后，由杰克逊家的两个男人搬到亨特家谷仓中，收好来年再用。奥利维娅·亨特的大学入学考试结束了，但没有举行庆祝派对。她早就知道自己不会及格了，便同父母聊起去国外做一年志愿者，让他们别再烦她。事实上她并不想出国，却没有更好的计划。她常常待在卧室里制作视频。汤普森家地里的干草已捆好，一捆捆淡绿色圆柱散布在牧场各处。

水库干涸，通向天空的泄洪道像一个个烟囱，渴求很难想象还会再度回归的水源。阳光炽热而坚决，晒得土壤开裂。雄獾站在山毛榉林中，观察一只在自己面前打转的雌獾。它们都发出了低沉拱食的声音。雄獾压了雌獾几分钟，咬着她的后颈。荒芜的地面上出现了许多慌乱的挠痕。斑尾林鸽的雏鸟从巢中跌落。这是雏鸟们初次尝试飞行。主干道旁的旧采石场中，距离地面不高的位置，柳穿鱼正怒放，花朵在苍白的夕阳映照下泛着黄油般的色泽。罗恩·赖特第二次离家。显然，几个月来他一直在找工作，但只有当苏珊娜与他一起坐下，浏览了一些申请后，工作才有了眉目。他问母亲是否正试图摆脱自己，她说他知道的，她非常爱他，但她不希望儿子变成某个仍与母亲住在一起的怪人。当苏珊娜对凯茜转述此事时，她们俩都笑开了，之后苏珊娜突然转变话题问起理查德来。凯茜低头藏起笑容，说挺好的，很开心，进展顺利。苏珊娜等她吐露更多。什么？凯茜问。就这样了，很顺利，他是个好人，但也不是什么大事，虽然。苏珊娜等待着。虽然什么？她问。我觉得他在做无用功，凯茜说，我的意思是，一切都挺有意思的，他很可爱，但我觉得他马上就要犯傻了，比如求婚或别的什么。这有那么糟吗？苏珊娜问道。凯茜翻了翻白眼。我结过婚了，她说，我可不想再搅和进这种事里，我不想对任何人负责，你明白吗？就好比，这是我的房子，那几个是我儿子，这是属于我的时间，可我觉得他心里可能有别的想法。罗恩前去面试并获得了那份工作，他与几位朋友搬至曼彻斯特居住。成年蝙蝠沿河疾速飞行，灵巧而安静地朝乡间小径去，速度极快，行人只得短短一瞥。

八月，琳西·史密斯在城中户籍处登记结婚。他们在卡尔肖大宅酒店举办了婚宴。詹姆斯、罗恩与索菲均到场，拍完合照后他们仍站在草坪上，努力回忆上一次相聚是什么时候。肯定是毕业后那个夏天，罗恩断定。我可一直没毕业，索菲指出。确实，他说，但看看你现在，新媒体达人，这是天赋，天赋可没有学位证书，现在是这么叫的吗？他们见利亚姆进门来，一手抱着一名幼童，另一只手牵着一个年龄稍大的孩子。他冲几人这边点点头，但并未过来打招呼。菜品要在婚礼的种种长篇大论后才上桌，他们不得不等着，一度索菲压住詹姆斯的杯子，示意他慢点喝。他瞥了她一眼，那目光陌生而尖锐。他接着猛灌，当晚索菲只得请威尔·杰克逊送他回罗恩的房子里，他住在那儿。卡德韦尔举行了板球赛，这是三年来大伙第一次打了场完整的比赛，主场作战的队伍获得胜利，重现旧日荣光。杰克逊家的小伙子外出把羊羔从母羊身边带走，安置在牧场里看不见的地方，羊羔整整闹腾了三天三夜，全村都能听见那动静。八月中旬夜晚降临得更早了些，还有些凉飕飕的。清晨的朝露伴着一股潮湿发霉的气息。理查德母亲的房子依然没有挂上交易市场，他设法向姐妹们解释，如果他们想卖个好价钱，就必须等一切收拾完毕。她们会带丈夫来过小长假[1]，理查德的侄儿们已经长大，可以和朋友们待在一起。一夜饱餐畅饮后，房子的话题终于摆上台面。雷切尔重重叹了口气，就像她十二岁时那样，理查德记得这是她自那会儿便养成的习惯，她的丈夫蒂姆说在座各位都厌倦了不断回避这个烂摊子。理查德问他可以坦率些吗，一时间蒂姆没听出其中的讽刺之意。萨拉说没必要为了这种事搞成这样，蒂姆相当刻薄地回嘴说事实上现在就是

---

[1] 原文为 long weekend，指因法定公休日与周五或周一重合，而出现三日（或多于三日）连休的情况。在英国，这种情况多发生在 bank holiday，即银行公休日。八月的最后一个周一即银行公休日，这天英格兰、威尔士及北爱尔兰等地的银行和大多数公司均不营业。

有必要。我以后住哪儿？理查德问他们，我会去哪儿？这儿一直是我的家。没人要赶你走啊，蒂姆说道，但现在是时候谈谈钱了。反正你从来不在这儿，萨拉咕哝着。他们都晓得这房子的价值，被富有的上班族与二手房市场大大抬高了。理查德猜这帮亲戚也明白，作为自由职业者，他永远拿不到那种数额的抵押贷款。你们为什么这样对我？他说。他离开那房子，走过广场前往山毛榉林。他想同凯茜聊聊，但在此之前他想先冷静下来。如果他们可以把这房子再留一段时间，哪怕是几个月，一年。如果他与凯茜进展顺利，两人日后会搬来同住。这看起来是迟早的事。在这么多年后。但现在提这事还太早。他不希望她觉得这只是因为那房子。他希望凯茜明白她对他来说有多重要。他觉得她已经做好准备听他倾诉这些了。她曾说过一些近似的话。如果他妹妹能不再对房子指手画脚多好。当然，他没说起任何与凯茜有关的事。即便他说了，他们也不会当真的。

琳西不再在格拉德斯通酒吧工作了，部分原因是盖伊说看她成天穿成那样在吧台后面工作，他觉得不舒服。她开始在德比一所护理学院学习。盖伊为她买了一辆较新的车，这样她就能每天开车去，也不必担心汽车故障。路途虽长，但她享受自己独处的时间。采石场与乡间小径附近柳兰丛生，这种紫色多梗的小花柱头翻卷，种子乘风一簇簇飞散开去。艾琳家的民宿迎来了第一批住客，她告诉温妮那周末过得很顺利。他们不太健谈，她说，我觉得他们压根儿不想聊天，真遗憾，他们总待在屋子里，但退房时赞不绝口。温妮问后续订房的人多吗，艾琳说自从安德鲁为她做了网站后，预订很快就排满了。他肯定做得特好，温妮说。安德鲁如今住在城里有专人提供帮助的宿舍里，显然他对此很是满意。他在学院里上了门课。艾琳经常在周间去探望他，他也会给母亲发邮件。他教会艾琳如何收发电子邮件。那月下旬，阿什莉·赖特离家去念大学，剩苏珊娜独自住在三床大房子里。那很突然，也没什么事可做。她打听是否能换个小一些的住处，可虽然没有可以更换的房子，她仍需支付卧室税 [1]。她常常待在菜圃里，采摘豆子与第一批南瓜，也整备菜地，为来年做打算。有些寒夜里露丝会同她一道从菜圃出去吃完饭，如果她喝了太多红酒无法开车，就会在露丝家留宿。亨特家高处的针叶树林中，戴菊莺已为过冬蓄膘，胖乎乎的。

十月，老塔克家的房子出售，在交易市场上挂了还不到一个月。来过一辆搬家卡车后，房子便清空了。琼斯自己采摘了

---

[1] Bedroom Tax，为英国政府于 2013 年实施的一项税赋法案，课税对象是家里尚有空房间的低收入群体。该法案规定，领取低收入住房补贴的人，若拥有一个空房间，则减少 14% 补贴；若拥有两个空房间，则减少 25% 补贴。

那儿的水果。亨特家林地里传来两冲程发动机运作的轰鸣，还有一阵链锯切割木材所发出的刺耳尖声，以及另一棵枝繁叶茂的大树撞倒后的声响。狐狸幼崽从山毛榉林中匆匆离去，寻找新的据点，却成批被杀死在路边。河流看守人取出淡水鳌虾捕笼。虾群密密挤在一处，鳌足与身体相互搭在一起。他将鳌虾倒入一个潮湿的袋子里，噼里啪啦一阵喧闹。这顿美餐是看守人工作带来的额外享受，虽然他家女儿碰都不会碰。确实，剔出虾肉来得有一阵忙活，但他觉得这很值得。前几日一批燕子飞走了，其中多数如今都飞往南非，它们会在聚食地过冬，春季再寻路返回。有人见到理查德在凯茜家过夜，但没人觉得有议论的必要。大伙儿觉得那两人这样没问题。清晨理查德先起床，悄悄在屋里走动，烹煮咖啡。随后他又回床上多睡一会儿。他们如此渴求彼此，他早都忘了自己还能如此渴求一个人，或许这种滋味他也未曾真正了解过。除非同她合为一体，否则他便觉得躁动不安。他们年少时在山上远侧做爱，眺望 12 号水库与高速公路，两人都觉得处于失重状态，仿佛将彼此推入空中，伴着低声耳语。与三十年前相比，他们都不再一穷二白了，但兴致不减。凯茜压在他身上，他彻底放弃了对自己的掌控，只在此刻他才意识到，自己过去总是常常退缩。和别人在一起时，即使是对那段关系很认真，他也总是先考虑后果。他总想当然地认为自己仍在寻觅的旅途之中，他说服自己那不是对的人，但如今一切明了：他一直在等着凯茜。等着这一刻。现在两人步入暮年，回到彼此身边，惊讶于他们还能做那些事。他们比过去做得更好。她拉回他，抵着卧室窗沿，让他进入自己的身体，两人十指交握，那扇推拉窗的边框也震得哐当作响。从凯茜的眼中，他可以读出她也在想这些事。没必要大声说出来。这就是他想过的那种两人相处的方式。懂得对方的心思。她入睡时，他做了晚饭，两人一起用餐后又回到床上。之后几个月里得做许多安排，但现在这些问题可以统统靠边站。那晚，再次入睡时她告诉他，他们要谨慎些。她在他耳边如此低语。他以为自己明白她指的是什么。

荒野高处，有人在兰开斯特轰炸机[1]的遗迹旁放了一个罂粟花环。如今村中少有人记得那些年的空袭了。那时每晚轰炸机疾速而疯狂地在空中穿行，天边外冒着熊熊大火的城市一个接一个，还有那种气味。篝火派对上放烟花时，不幸事故发生了。点燃导火索后，插在松软地面上的冲天炮往一侧歪了歪，朝人群上方飞了过去。但无人受伤，大家也同意继续烟花表演。杰夫·西蒙斯在工作室中把上了釉的陶器送入烧窑，进行第二轮烧制。室外正下着雨，室内一面墙上的水珠纷纷滑落。他放

---

[1]　Lancaster，兰开斯特轰炸机是英国在第二次世界大战期间非常重要的战略轰炸机之一，主要担负对德国城市的夜间轰炸任务。

了许多桶接水，但地毯都打湿了。屋里有股纸张腐烂的气味，陶器要过很久才能晾干。惠比特犬过世了，他也不晓得烧制期间该如何打发时间。他开了门透透气，一阵雨幕摆动着扫过门槛。小径上没有行人。驮马桥下河水翻涌，奔腾流向大坝。人们不怎么提起那失踪女孩了，但大家常常想起她。想着当年可能发生的情况。因为一些糟糕的误会，她可能被父母所伤，推了几下或绊倒了，那完全不是他们的本意，而且在盛怒之下他们或许会带她前往某处，他们知道，她从那里跑回村子寻求帮助前会安然无恙。那女孩的父母可能蓄意伤害了她，推她、绊倒她或从身后连续攻击她，女孩就此倒地不起，他们可能将她带往山上高处，埋在某个他们知道大家永远找不着的地方。

凯茜告诉理查德他们不能再这样继续下去时，两人正躺在床上。他的第一个念头是她为什么不能等到两人都穿上衣服再说。这样的对话他已经历过多次，足以认出这个套路，但这种对话还从未在床上发生过。甚至近来，这类对话也从未在他与对方都身处同一国时发生，异地往往是分手的理由。可凯茜的理由更令人困惑。他们都想方设法重建过去的某些东西，她告诉他。像这样是行不通的。两人都改变了这么多，却还视对方为十九岁少年，之后他们会因彼此的改变而厌恶对方的。看来，凯茜明白这种滋味。她预见到这会导致一些问题。但这现在还不成问题吧，他问。对，但未来会是问题，我看得出来，她坚称。我不想让咱们俩走到那一步，我想保护咱们的友谊，她告诉理查德。他不知该如何反驳。他穿衣时突然感到很不自在，便抓着一捆衣服去了浴室。他打开水龙头。下楼后他告诉她自己不留下来喝咖啡了。他再次声明，当然了自己能理解。他向威尔逊先生打了招呼，后者正与纳尔逊一起站在开着的门边，之后他走向小径那头。圣歌歌手们为当地安养院做善事，正捧着烛台挨家挨户歌唱，橙黄的烛光中，他们呼吸氤氲，歌声挤过低空。一度理查德赶上了人潮，不得不一起唱。"美哉小城，小伯利恒！你是何等清静。"

汤普森家农场的挤奶间中，今日最后一批奶牛被领进来挤奶。工人们累坏了。室内几无交谈，最后十分钟，唯有机器规律的汩汩响声、咔嗒声、奶牛偶然的喷鼻息声、盖戳声传来。苍鹭猛地一头扎向水库的水面，在鸟喙刚要探破水面的前一刻打住，小心翼翼地伸直身体，重新恢复静止状态。山毛榉林中的狐狸吵得很。交配季节将近，动物们纷纷宣告主权，嗥叫、啸声连连。入夜后，这些声音里带着一种古老的恐惧。动物们留下气味标识，搏斗厮杀，直至确定配偶。板球场土壤中无数跳虫正蜕皮、进食，朝着光亮处移动，其中一只雌跳虫产下了今生最后一批卵。教堂墓地里，戴菊莺深深埋首紫杉枝叶间饱餐。有人见理查德与凯茜带着威尔逊先生的狗，行至荒野，走向往常纳尔逊不会到达的更深处。狗儿看起来并不在意。理查德正对凯茜解释，他们试着走下去并不是一个坏主意。他们都经济独立了，他们曾在一起过，那时的一些情愫与感觉如今犹在。他们都是来自这个村庄，属于这里，可以分享对家乡的理解。事实上他正在一条条列举理由，并伸手计数。他似乎已说了好一会儿。她打断了他。理查德，她说，这不是在为合同招标，你明白的，对吗？他笑了起来，接着意识到她并不是在开玩笑，他不知该看向何方。他仍翘着手指准备列出第五点。他的心渐渐痛了起来，可他无法放手。

13

午夜，旁边的山谷里升起烟花，村中人心惶惶，但最后并没有失火。直至次日，村民们才发现7号水库旁的旧水利局建筑在冒烟，还有烧焦的痕迹。电视上出现了公开搜寻另一名失踪少女的画面，志愿者们排成一线翻越山坡，他们都低着头。今年排演的儿童音乐剧是《灰姑娘》。大家都知道彩排晚了，参加的人也少，苏珊娜不得不在最后时刻带新人进场，观众与演员们都十分焦虑。奥利维娅·亨特上前念起旁白时，舞台上的主光源还没关闭，人们还在搬运道具。开场几分钟内奥利维娅就二度让人提词，但她浑身洋溢着上台表演的喜悦与活力，人们便也不是太在意。当心，她宣布道，声音中满是期待，恶毒的后妈要来了！一阵漫长的停顿后，莱斯·汤普森拖着腿上台来，他留着胡茬，化了妆，没戴假牙，甚至忘了自己的第一句台词。观众们过了许久才安静下来，他方得以听到提词。没人想到汤普森会出演，而他是如此享受表演，不限于剧本，自由发挥，在一幕幕间穿梭流连，成了当晚最大亮点，让大家捧腹不已。露丝·福勒与苏珊娜完全被抢了风头，两人是后来才决定出演灰姑娘丑陋的姐姐们，还下苦功练习了她们猥琐的对话。剧终时，莱斯被想要与他合照的人包围了。之后的派对上，戈登·杰克逊与奥利维娅说了话，称赞她在一片混乱中仍保持冷静。他告诉她，得是特别成熟的人，才能像她这般控场。他想都没想便伸出手，将她的一缕散发拢到耳后。

除了一些耐寒的绿叶菜，如粗叶脉的菠菜叶、小把的芥菜、一捆变黄的羽衣甘蓝，菜圃里没什么好采收的。霜冻严重。山毛榉林中的狐狸没什么动静。黑暗中，雌狐待在清理铺整好的土地上，暖烘烘的。老塔克的家经翻修后成了一栋度假小屋，更换了电线并重新粉刷，木构件被漆上一层淡淡灰绿，还稍稍对前庭花园进行养护，做了景观设计。庭院里放了布下沙砾及混播草种的花架，还有带户外取暖器的野餐桌椅。山毛榉树上落了雪，阳光由其间洒落，变得稀疏。驮马桥下的河水分出支流，汹涌地没过大坝。失踪女孩的父亲再度因先前的纵火案受讯，并遭到逮捕。苍鹭重建了巢穴。忏悔星期二那天，威尔逊先生邀请凯茜到家中吃煎饼。她得帮他把铸铁煎锅抬到炉架上，但这之后威尔逊先生就坚持要她坐在桌边，由他来完成一切。第一块煎饼很硬，威尔逊先生将之扔在地板上供纳尔逊享用。第二块煎饼看起来很不错，但纳尔逊表现得特别激动，威尔逊先生便也放在地上了。你肯定觉得我这人耳根子软，他说。凯茜并未否认。她将砧板上的柠檬切为四瓣，威尔逊先生做了一摞煎饼，放在烤箱中保温，完事后两人坐下一起吃了起来。琼做煎饼可有一手，他说，能做出褶边来，你知道长什么样子吧？凯茜点点头。纳尔逊走过来，脑袋搭在她的大腿上。然后她说，自己一直不懂如何把煎饼像那样做出褶边来。吃完煎饼后他们牵着纳尔逊一同散步，朝村子走去。为了换换路线，两人在大街上稍做停留后改往菜圃及山毛榉林去。威尔逊先生在广场停下，说他要去格拉德斯通酒吧喝一杯，待凯茜与纳尔逊回来时再会合，凯茜问他的髋部感觉还好吗。他告诉她也没有太糟，但觉得自己都这把年纪了，可以不用上荒野晃荡了。就在她大笑并转身离去时，他朝她微微躬身，做了个如果放在过去定会被称作"脱帽致敬"的动作。她挥手以示回应，接着便由着纳尔逊扯着绳子，沿小径前往山毛榉林、游客中心，以及那爬完叫人气喘吁吁的高山。

有人在旧肉铺外发现库珀单膝跪地，手攥成拳抵着胸膛。苏到医院时他已经在床上，坐起来了。只是吓了一跳，他嗓音嘶哑地说。而苏非常平静地告诉库珀，如果他再做这样的事，她会让他知道什么叫他妈的真正的惊吓。汤普森家的农场中，那棵枯死的橡树周围长出了荨麻，阳光为木材染上一层白色。学校后，一群田鸫由岸边的接骨木上起飞，越过山谷朝东北方向的水库和群山飞去，它们将渡过北海，到达挪威。萨莉·弗莱彻说服布赖恩让她在旧果园里养鸡，还请威尔·杰克逊帮她造了一间鸡舍。威尔告诉她鸡群会四处抓刨，所以要确保场地是安全的。之后她付钱请库珀家的双胞胎帮助处理了宿营车中剩下的东西。孩子们收拾了六口袋，全是塑料块与旧烟蒂里的棉花碎条。马丁在城里的新超市里看见莱斯·汤普森，后者提着一篮子商品站在结账处。此前马丁从未在这里见过他。汤普森注意到一升牛奶的价格，请一个年轻女人大声念给自己听。他盯着她看了许久，之后把钱包塞回口袋离开了，留下打包了一半的商品与困惑不解的年轻女人。一道暗淡的光束在荒野上徐徐游弋，落在被洪水淹没的峡谷与沟渠中，那里变得明亮起来，直至浮云又遮蔽了上方的天空。

　　四月，有人见着第一批燕子在夜里低低掠过牧场，叼起带着露珠的小昆虫。直至今日，直升机经过的声响都不只是单纯的轰鸣，对村民来说，这嘈杂的声音指向那一夜的所有记忆。戈登在亨特家做木工，有人见他休息时在货车旁与奥利维娅攀谈。姐妹石阵边上的林区角落立起几根测量标桩来，库珀发现一家采石公司递交了新的规划申请。理查德母亲的房子被挂在市场上交易，一个月内便售出了，将钥匙交给律师前的那周末，理查德清空了屋子。进城路上，他本想去凯茜家见见她，最后却直直驶过她家车道，往采石场和树林的方向开去，在主干道河边转了弯。欧洲蕨的新芽紧紧蜷缩着，等待白昼变长。威尔逊先生患急病后过世了，人们请简·休斯回来主持葬礼。凯茜接走纳尔逊与她同住。

　　苏·库珀背着巨大的单肩包在村中走动，里头装了新一期《山谷回音》。背包很沉，她费了一下午功夫才干完活儿。奥斯汀曾试图坚持说自己可以应付，但付印这件事就已令他筋疲力尽了。自他犯心脏病来，苏才是那个仔细听完医嘱的人，她也要确保他能照医生的指示去做。轻度运动，健康膳食，充足的睡眠。拽着包在鹅卵石陡街上来回奔走可不行。正如医生建议苏的那样，她待他很严格。这不难。她可不会再让奥斯汀把自己搞垮。下雨后河水高涨。水库注满了水。每日将尽时，梅茜·杰克逊会打好一盆热水，加入肥皂与一点油，端着盆，带上法兰绒面巾与浴巾前往起居室。见了她，老杰克脸上流露的爱意与浮现的鄙夷又抗拒的神色一样多。她无视他，掀开毯子，脱下他的睡衣，接着拧干热毛巾。梅茜给他擦身时，他撇过头凝视着窗外与远山。教堂后方的地里，田鸫已不见踪影。

河边草地上出现了早开的矢车菊，行人经过时，粉色的蓟状小花便随之颔首。村中礼堂里，人们将水井装饰的图纸在嵌着黏土的木板上摊开固定好，戳出设计图案的轮廓。艾琳确认这些做好后，便点头示意可以揭开纸张了。汤普森家的农场里，工人们将捆好的干草装上长而低矮的拖车，运往牧场码成堆并用铁丝网裹好。莱斯·汤普森仔细盯着工人们做事。威尔逊先生的芦笋嫩茎从菜圃肥沃的黑土里冒出尖儿来。一周后，克莱夫割走了最初的两打芦笋，留下地上茎继续生长至植株应有的高度，为来年做好准备。詹姆斯·布罗德在黑牛岩下方边缘攀爬时摔断了腿，被山区搜救队救了出来。琳西得知消息后，从学院请了假前去探望他。她到时，他睡着了，有那么一会儿，她坐着观察詹姆斯腿上包扎的纱布与胳膊上的淤青。他的睫毛翕动。她把椅子往床边拉近了些，他醒了。上这儿实战演练来了？他问。她再度瞥了眼他的腿。得有人换一换这些纱布，她说，但我可不碰这个，搞不好你得了高速传染病[1]或别的呢。他看着她，高速传染病？对，詹姆斯，高速传染病，这是个医

---

[1] 原文为 thelurgy，一般写作短语 "the dreaded lurgy"，是一种虚构的、具有高度传染性的疾病。最早出自 20 世纪 50 年代的一档广播喜剧节目。现多用于指代未知的传染病。

学术语，还有，你闻起来很臭。护理学校学习顺利吗？他问，床边礼仪肯定学得不错。很好，她说，好极了，登山怎么样？没错，挺好的，他说，登山很棒，就是我不太擅长摔倒。她终于大笑起来，他也笑了，却突然蹙眉止住。她猛地一颤。肋骨疼吗？她问。答对了，护士，没错，是肋骨，没断，但也一团糟。她什么也没说，站起来缓缓俯身吻了他的嘴唇。她是情不自禁的，而且一旦开始就很难打住。他回吻了她，抬手抚上她的一侧脸颊。她往后退了几步。她并未真的擦擦嘴，但也很可能这么做了。琳西，他说。詹姆斯，不。她看着他的样子仿佛还有话要说，但她取包离开了。

戈登·杰克逊第一次与奥利维娅·亨特上床时，生动地回忆起了同她母亲在山上野战的那段时光。有那么一刻，他有所保留。她们嗓音相近，虽然奥利维娅比起母亲来话少一些，对自己想要的东西也不是那么确定，她渴望得到什么，而如果要让他解释他有所保留的是什么似乎也不太公平。她父母外出了，谷仓改建房现在都空着。戈登游说奥利维娅有段时间了，两人关系正好着呢。一进屋奥利维娅就脱光了。她看起来很美，但似乎被他盯得不太自在。她跪在床上，皮肤紧绷而有光泽。戈登自认为身材保持得不错，但如今看着她却备感受挫。她伸手够他的皮带。他搂住她的肩膀让她躺下。她亲他亲得太狠，把他从床边推开。窗外飘来一阵浓烈的薰衣草香，还传来四轮摩托在山间驰骋的声音。针叶林中，鸢带着食物回巢，雏鸟快速成长，每天都吃得更多。菜圃温暖的黑土中早早结出了土豆，表面苍白而光滑，像鸡蛋一样。

八月平静而干燥，平地扬起一阵尘土，众人十分担忧山上会失火。斑尾林鸽的雏鸟离巢练习飞行，先自树上挥动翅膀，再张开翅膀进入滑翔状态，疾行直冲地面而去。夜里大部分时候獾都在外游荡，以气味标记领地的边缘。早上人们会在此处发现小坨尚未变硬的动物粪便。杰夫·西蒙斯在工作室里用薄纸和泡泡膜裹好陶器，再封入硬纸板盒中。预订这些器皿的客人觉得自己收到的是花瓶、陶壶或杯子，但对他来说，这些就是器皿而已。他给盒子贴好标签，携之沿小径前往邮局。如今他整天开着门。琼斯的屋子空着，大伙儿不知道他去了何方，也没人能确定他最后一次出现在人们视线中是何时。但屋里的灯一直没亮过，落叶堵住檐槽后，雨水自屋檐下涌出，弄脏了墙面底灰。透过前门的玻璃窗可见依然有信件投递到这里，在门口摞了一堆。短时间内有人担心他是否其实就在屋里，过世了。但布赖恩·弗莱彻晓得他的妹妹身在何处，经询问得知他仍会去探望她，大家也就不再提这事了。他要怎么处理自己的房子是他自个儿的事，人们说。艾琳去了一两次，整修前院并安排人疏通了檐槽。板球场上，与卡德韦尔的对抗赛以失败告终。

　　九月，住在曼彻斯特的罗恩与詹姆斯和住在伦敦的索菲回来同琳西相聚。几人圣诞节时便聊过此事，但过了这么久才安排了聚会。原计划是大家一同散步，但詹姆斯还拄着拐杖，所以他们以开车兜风代替。周日上午，他们在亨特家碰头，四人坐在早餐吧台旁享用咖啡与羊角面包。斯图尔特还在继续工作，可杰丝一直在周围徘徊提问，说他们年少时也曾一起坐在同样的高脚凳上，感觉也就是不久前的事。我猜这会儿你们没空看照片了，对吗？她问。我有几张很棒的照片，是你们毕业那天照的。他们很是礼貌，但说他们现在必须出发了。杰丝站在门边，望着他们挤进索菲车里。她身后的厨房无声晃动着。奥利维娅早就出门了。她转身清理了他们吃剩的早餐。四人开车经过游客中心，朝更高处水库旁的道路开去。他们没什么计划。索菲问詹姆斯腿伤得有多重。他说自己不是完全瘸了，但走不了几里路。这会渐渐好起来的，对吧？只要我不干蠢事。比如从黑牛岩上摔下来，这类蠢事？对，就这种。只要我不再干这种蠢事，就没事了。还有，只要我们不摁住你，跳到你腿上？对，这可帮不了我。了解。只是确认下嘛。索菲沿着一条新路往风力发电机处开，他们把车停在最高处。在此处他们可以看见七座水库，越靠近村庄与远处的河流，水库的数量越少，从另一个方向能望见高速公路。起风了，车子也在晃动。这几下可让宿醉清醒些了，罗恩说。然后他们都打开了车门。詹姆斯需人帮助才能稳当地拄起拐杖，琳西与罗恩分别站在两侧为他挡风。一行人沿山脊前进。风力发电机叶片在他们头顶迅速转动。疾风撕碎了云团，闪烁的日光落在几人身侧。琳西挽着詹姆斯，走路时稍稍朝他那侧靠近了些。三人行动缓慢。索菲很不耐烦，不断大步前进，转身用手机为其余几人照相，之后停下来等他们追上自己。他们由大路走向小径，又上了一条人行道，詹姆斯皱起了眉头。他们能望见 7 号水库顶上的旧水利局建筑。四人停步，詹姆斯说他觉得自己走够了。高速公路那头风雨欲来，众人同意折返。哦，这不完全算铁人挑战赛，但这算是第一次尝试，罗恩说。下回咱们试着走远点，好吗？詹姆斯早已因不适而咬紧牙关，并未作答。琳西一直挽着他的胳膊。来年春天，索菲说，咱们把灰石徒步道走一遍，咱们四个一起，从头到尾？那得走上十天，至少。现在就定好，到时候大家空出时间来。你不是害怕吧，你怕了吗？那得出来好长时间，琳西说。她没明说盖伊不会喜欢这个主意，但几人可以听出她的言外之意。他们回到车里时已达成一致，来年春天绝对要从头到尾走一遭，但只有索菲真信他们会去做这事。一行人回索菲家，这样罗恩和琳西可以开车进城，之后他们在沿河酒吧吃了午餐。那一阵坏天气过了，现在天气暖和，可以坐在户外。罗恩聊了些自己做音乐的近况，索菲试着解释她在伦敦刚起步的小生意。琳西的手机响了几次，在第三次或第四次响起时，她说自己得回家了。詹姆斯突然惊慌地指着河对岸的某处。那儿什么也没有，但当罗恩与索菲扭头遥望时，他倾身轻轻在琳西脸颊落下一吻。她立刻摇摇头，他笑了。走吧，他说，一边脱下鞋袜放在地上。他没等其余几人加入，也没有数到三，就一瘸一拐朝河边走去，此刻其他人也都在他身边，光着脚，索菲与罗恩分别用肩膀撑起他一边胳膊，助他下岸。琳西拿着他的拐杖。漫长的夏季即将过去，即便此时，由山间流下的河水仍冷得叫人倒抽一口凉气，每个人在渡河途中都不时喘口气。中途几人停了下来，到了停车场他们就得各奔东西了，其中三人前路漫漫。四人还未做好分别的准备。流水冲刷着他们的脚踝，在桥下翻涌。啤酒花园中，他们桌下有只乌鸫正啄食面包屑。河水冰冷，潺潺向前，四人站着远眺群山。

白昼渐短，日光变得迷蒙，能见度降低。花园中摆上了家具。河岸边，棕色的川续断长得很高，笔直戳向空中。夜里，最后一批红灰蝶出现在山毛榉林中，栖身埋首于路边的野草间。太阳西沉时，莱斯·汤普森领着他的奶牛群出了挤奶间，朝夜间牧场走去。他在它们身后关上门，再回去清洗挤奶间。一股金属的气味预示着大雨将至，空气凝滞而憋闷。大颗雨珠坠落前曾有些微雨滴，之后大雨如注。苏珊娜·赖特退掉了小巷里的房子，搬去黑尔菲尔德，与露丝·福勒同住在她店铺楼上的屋子里。她们在一起有几个月了，注意到此事的人只觉得惊讶，她们竟过了这么久才同居。她们既没有大肆宣扬，也没有刻意保密。两人继续在自己的菜圃里耕耘。一拨客人走另一拨客人来的日子里，艾琳总在亨特家谷仓改建房中忙碌着。她先打包好寝具，接着开窗给床垫通通风。然后是拖地，用吸尘器打扫，擦洗物品，地板晾干的同时在三间屋子里来回走动。艾琳工作时哼着歌。今日有降水预报，但现在吹进来的风很暖和，带着帚石南的气息。她站在最里间改建房的小卧室中，念了一套祷词，就像她多年来都会做的那样。从前那种想要检查床底的冲动又来了。她换下全部床单和羽绒被，在厨房料理台上摆好迎宾篮，给瓶罐中插上新鲜的花束。她关好窗户锁上门。这是份相当简单的工作，但她得确保自己做得很好。人们晓得她值得信赖。她把钥匙装在口袋里，走下车道，踩得地上沙砾嚓嚓作响。距来此过夜及用早餐的客人入住还有一小时。她有足够的时间歇一会儿。这等好事，是非常难得的。

菜圃里，初霜勾勒出冬季作物的轮廓。凯茜曾以为理查德卖了母亲的房子后也会与自己保持联络，甚至，他也许会寻个由头返回村中。但什么也没发生，她给他打电话时，一阵奇怪的拨号音表明他正身在国外。她第三次打时他才接起，两人聊了几分钟后，她说自己想他了。她之前意识到自己想他了，她说。河水高涨，混了泥炭后变得浑浊，懂行的人晓得其中有大量茴鱼出没。伊恩·多塞特走到磨坊池间的沟渠里，往岩石附近抛下一个加量的假蝇饵，等待鱼儿上钩。寒气早已渗入他的高筒防水胶靴中。他现在很难像过去一样在水中站那么久了。水库水位颇高，山谷来风吹得水面起了阵阵波浪，越过大坝顶点。教堂墓地的紫杉树下，几只戴菊莺为驱寒而紧紧挨在一起。人们还没有忘记那失踪女孩。她的名字是丽贝卡，也叫贝姬或贝克斯。人们曾四处寻找她。在杰克逊家的羊圈里，大伙儿顶着浓烈的羊骚味穿过吓坏了的母羊群，爬上阁楼，从一堆堆捆好的干草后挤过去，室外一片漆黑，他们走过牧场前往其他谷仓时，大口大口地呼吸新鲜空气。大伙儿在洞穴、旧采石场、分布山间的所有水库寻觅她的踪影。无济于事。如今，人们仍然做着关于她的梦。有人梦见她搭上巴士前往火车站，登上一班猛冲脱轨的失控列车。有人梦见她冲到路上，遇见一个开车的男人载她去了渡口。有人梦见她跑着，只是不停跑着，往路上、往巴士站去，去一个她能找着足够多藏身地的城市。有人梦见在女孩失踪的那一夜找着了她，在阴天荒野的暗处偶然撞见她，帮助她回到父母身边。在这个梦里，女孩的父母简短致谢，人们低声说着不必客气之类的话。

　　浮云滑过月面，银色光芒映照着坑坑洼洼的大地，明明灭灭。威尔逊先生家的树篱下，一只乌鸫在落叶堆中觅食。河流看守人打破了磨坊池的冰面，这样就没有孩子会想踏上去测试了。他用一根很长的脚手架钢筋捣下去，捅了好几下才让冰面完全裂开。黑色的水面上漂浮着一些玻璃似的碎冰片。教堂屋檐下，蝙蝠们紧紧蜷缩着进入冬眠状态，四周空气凝滞。工作室里，杰夫·西蒙斯洗去手上这天劳作的痕迹，变硬的黏土溶解后化为米色细流，顺着放水孔汇入水槽下方的陶制 U 形弯道中，清水涌出排放孔，沿户外露天的下水道流了出去。亨特家林地里修剪过的垂柳抽出新枝，在冬季微弱的光线中泛着金红光芒。教堂中萦绕着砍下的紫杉与冬青的气息，人们捧着烛台唱起圣歌。莫莉·杰克逊独唱了《平安夜》中的一节，父母从走廊那头望过来时，她的声音稍有颤抖。莫莉的部分结束后，每个人都低头看歌单，寻找第二段唱词。他们的歌声散入夜中，河流边、学校里、板球场都能听见。清澈的河水不停流淌，在桥下转弯。黑夜多云，街上行人都低着头。家家户户亮着暖色灯光，广场上传来酒吧里人们的交谈声。有人重重关上车门，有人道了晚安，车前灯扫过路面、菜圃，绕着山毛榉林远处打转，接着是游客中心，然后越过了山区。群山剩一片黑黢黢的轮廓。水库呈一派单调的银灰色。荡绳高悬于采石场水面上。老杰克逊躺在床上，倾听教堂传来的歌声。一切如此平静，一切如此鲜活。

致　谢

　　班福德贵格会教徒小区、芭芭拉·克罗斯利、本杰明·约翰科克、克里斯·鲍尔、大卫·琼斯、爱德华·霍根、埃雷亚·洛松、费尔霍姆斯游客中心、吉尔·奥尼尔、吉利恩·罗伯茨、海伦·加农斯－威廉斯、简·查普曼、吉恩·欧、朱利安·汉弗莱斯、凯特琳·莫伊、凯蒂·韦克林、金·戴、马克·戴、梅利莎·哈里森、尼基·威尔金森、妮古拉·迪克、奈杰尔·雷德曼、峰区国家公园媒体中心、理查德·伯金、罗茜·加顿、萨拉－简·福德、乔纳森·摩根警长、特雷西·博安。

文
景

Horizon

社 科 新 知　文 艺 新 潮

水库13

［英］乔恩·麦格雷戈 著

卓雨 译

出 品 人：姚映然
责任编辑：张　晨
营销编辑：杨　朗
装帧设计：山　川
美术编辑：安克晨

出　　　品：北京世纪文景文化传播有限责任公司
　　　　　　（北京朝阳区东土城路8号林达大厦A座4A　100013）
出版发行：上海人民出版社
印　　　刷：山东临沂新华印刷物流集团有限责任公司
制　　　版：北京大观世纪文化传媒有限公司

开本：850mm×1168mm　1/32
印张：8.75　字数：147,000
2020年10月第1版　　2020年10月第1次印刷
定价：49.00元
ISBN：978-7-208-16544-1/I·1902

图书在版编目（CIP）数据

水库13 /（英）乔恩·麦格雷戈（Jon McGregor）著；
卓雨译. —上海：上海人民出版社，2020
　书名原文: Reservoir 13
　ISBN 978-7-208-16544-1

Ⅰ. ① 水… Ⅱ. ① 乔… ② 卓… Ⅲ. ① 长篇小说-英
国-现代 Ⅳ. ① I561.45

中国版本图书馆 CIP 数据核字（2020）第 110137 号

本书如有印装错误，请致电本社更换　010-52187586